谨以此书献给——

我的父亲母亲

创建新中国航校的那一代人

在六航校学习、工作、生活过的官兵、职工及其家属

鹰起燕赵

亦君 著

人民日报出版社

图书在版编目（CIP）数据

鹰起燕赵：“首都航校”创建往事 / 亦君著 . -- 北京：人民日报出版社，2019.10
ISBN 978-7-5115-6230-2

Ⅰ. ①鹰…　Ⅱ. ①亦…　Ⅲ. ①纪实文学－中国－当代
Ⅳ. ① I25

中国版本图书馆 CIP 数据核字（2019）第 217261 号

书　　名：	鹰起燕赵："首都航校"创建往事
	YINGQI YANZHAO: "SHOUDU HANGXIAO" CHUANGJIAN WANGSHI
著　　者：	亦　君
出 版 人：	董　伟
责任编辑：	林　薇
封面设计：	楚泰文化　观止堂＿朱日辉
出版发行：	人民日报出版社
社　　址：	北京金台西路 2 号
邮政编码：	100733
发行热线：	(010) 65369509　65369527　65369846　65363528
邮购热线：	(010) 65369530　65363527
编辑热线：	(010) 65369526
网　　址：	www.peopledailypress.com
经　　销：	新华书店
印　　刷：	大厂回族自治县彩虹印刷有限公司
开　　本：	710mm×1000mm　1/16
字　　数：	275 千字
印　　张：	22.5
版次印次：	2019 年 10 月第 1 版　　2019 年 10 月第 1 次印刷
书　　号：	ISBN 978-7-5115-6230-2
定　　价：	58.00 元

序　言

"首都航校",是人民空军首任司令员刘亚楼对第六航空学校(以下简称"六航校")的赞誉。六航校是新中国最早建设的航校之一,是毛泽东主席亲自定址并曾关注的航校,也是朱德总司令曾亲临视察和检阅最多的空军院校。

六航校的创业前辈们,为人民空军的建设发展立下了不朽的功勋。如今他们早已年届耄耋(不少已逝去),但留下的"创业精神"如日月星辰闪耀着光辉:忠诚于党的崇高精神、艰苦奋斗的开拓精神、敢为人先的创造精神、弘扬传统的自觉精神、严章守纪的自律精神、牺牲小我的奉献精神。这六种精神,并不是前辈们当年自己总结的,但透过本书却能清晰地显现。我谨怀崇敬之心归纳于此!六七十年前,这群为了伟大使命和光荣梦想的人,在最短的时间建起了一座距党中央和军委最近的航空学校;一批批优秀男儿从这里插上钢铁翅膀,英勇无畏地飞赴战场、建功长天,成为享誉中外的空天英雄……志愿军空军战绩中,六航校毕业的英雄飞行员击落击伤的敌机占24.71%以上;国土防空战绩中,出自六航校的功勋飞行员击落击伤的敌机占31.67%以上(见本书第二章)……

2016年八一前夕,我在媒体发表了六航校老二团的回忆文章,没承想受到了很多前辈、老兵和读者的热切关注，他们给予我很多鼓励、支持和期待。表达最多的，是希望不仅继续写下去，还要拓展写作范围，再现那个时期的辉煌、弘扬创业前辈的精神……大量的史料素材从四面八方汇聚而来！我被这份深情厚望打动，无法拒绝，也欲罢不忍！

常言道：历史不会忘记！道理不错，但基本前提是要有人整理撰写出来。没有文字记载，谈何"不会忘记"？事实上，近些年新发掘的光荣历史和传统并不多，而原有的却在被悄然"遗忘"，甚至被加速地"遗忘"！作为人民空军最早的航校之一，六航校有许多光荣历史、英雄前辈，我有幸在那里成长和工作多年，却也有很多前所未闻、浑然不晓……越是在历史长河中徜徉、观照、思索，涌上心头的愧疚、反思和自责也越多。六航校番号无存、建制不再，光荣历史还能被后人铭记吗？优良传统还能传承吗？回忆和追思还有安放之处吗？……我和很多人心中的这种问号越拉越大！

我还经常看到这样的情况：很多老同志和官兵想了解自己部队的历史和光荣传统，苦于找不到客观全面的基本读物；更多人渴望看到真实记述小人物（基层官兵）与蓝天英雄的精彩和功绩……写此书的笔无比沉重！初动笔时，我不清楚会有多难，也不知能产生什么样的效果……况且，做这件事须付出大量精力和时间，在不少人看来没有一点"好处"和"经济效益"可言！

我以为，人的一生多是曲折坎坷的，一路走来也会淡忘很多，但最根本的务必不能忘掉：每个人的成长都曾依赖社会，都要受他人恩惠，也都应以自己的方式回报和感恩，社会才得以发展和进步。我曾长期吸吮六航校的"营养"，又在各级机关做了二十多年的组织、干部、宣传工作，多数时间是在认知与解析包括六航校的许多班子和干部，有着长期的职业历练和优势专长。当拿起笔来，感觉真像是一种命运的安排、一种注定"水到渠成"的反哺！

我的老领导杨永芳主任说："鉴记历史，既能启迪后人，也是回报前辈、尊重自己。六航校只有你有这个条件，最重要的是有这个热情和责任感来写。"前辈游潜智教授也鼓励道："看到这些史料我在想，中国历史是怎么传承的，大概应当是一批良知者奋斗的结果，如同古人修写文史那样……那时是什么条件，今天的人应该做得更好！"

还要感谢时间的赐予，没有了工作压力，摒弃了权势和关系的羁绊，告别了阅历和知识的贫乏，终于能心无旁骛地徜徉在历史长河中，用我眼去观照、用我心去书写……

撰写过程是一次学习追索，也是一次心灵的净化。书中展现了一些创业前辈和创建时期做出贡献的老同志，但也只是那个年代很小的一部分。我不时想起在莫斯科红场无名英雄纪念碑看到的那句话："你们的名字无人知晓，你们的功绩永世长存。"所以，撰写中还要常常扪心自问：是否尊重了历史事实？是否保持了客观辩证的态度？是否发掘了六航校创建史最精华的内容？是否写出了创业前辈的精神和特质？是否抵制了不良诱惑和困扰……作为最终成果，此书可能无法让每个读者满意，但无愧我心了！

为写好此书，我多次往返于军队档案馆和报社、国家和首都图书馆……阅读、考据、甄选的时间远多于撰写的时间。我还采访了不少前辈，他们怀念着那段激情岁月，心胸豁达、博闻强识，给了我很多帮助、鼓励和鞭策。有的前辈在我采访后不久便驾鹤远去或开始失忆……与时间赛跑、抢救历史，特殊的"沉重"压在心头，愈趋紧迫！

书中一些内容曾在报刊摘发或依托微信公号连载，目的在于利用发达的传媒，充分听取各方意见，进一步征集史料素材，不断修改、充实和完善。可以说，这个目标圆满实现。而且，反响之热烈远超出预想。很多热心读者始终关注，阅后认真留言，有的还写来长信，"太有重温感了""每篇都是'文化大餐'""情感的寄托""精神的家园""是件功德事"……一腔腔真挚的情意、一段段深邃的感悟、一缕缕悠长的回味，在某种程度上也是对历史的补充。为此，书中专设附录"读者留言摘要"，选取上千条留言中的极小部分分享在此。感谢和致敬的名单，在书后也专门列出……

鹰翔回首大地，远航不忘来程。六航校（1986年改为第六飞行学院；2012年与四飞院等单位合并为"空军石家庄飞行学院"）的根在何处？从哪里来？……本书多少做了一些溯源，怀念追思也算有了可以安放的地方！能让健在的前辈们晚年有一种精神慰藉，能让校友老兵们回忆军旅生涯有可靠的载体，能让官兵职工的后代了解、认识前辈有可信的依据，能让青年官兵学到更多的空军光荣传统和作风……辛劳苦累皆化为烟云，而荣幸和欣慰至极！

亦　君

二〇一九年七月于北京

目 录

第一章　刘亚楼与六航校 / 001

第二章　六航校打造过多少空天英雄 / 031

第三章　气贯长虹的英雄"速成班" / 055

第四章　六航校创建初期的教学训练 / 079

第五章　溯源人民空军部队的对外开放及飞行表演 / 115

第六章　六航校创建初期的政治工作 / 131

第七章　六航校创建初期的后勤保障工作 / 157

第八章　六航校创建初期的航空机务工作 / 175

第九章　六航校创建初期的官兵文化生活 / 197

第十章　鸭鸽营：雄鹰曾经启航的地方 / 223

第十一章　一群可爱的战士 / 279

第十二章　六航校早期的医护人员 / 293

第十三章　六航校创建初期的家属子女工作 / 309

附　　录　读者留言摘要 / 333

后　　记 / 334

主要参考文献 / 347

第一章

刘亚楼与六航校

空军首任司令员刘亚楼上将。刘煜鸿提供

刘亚楼是中国人民解放军的杰出将领、中华人民共和国的开国上将、人民空军的首任司令员。在他创建人民空军的历史生涯中，最初投入巨大精力的就是创建航校。

人民空军初建时，我军没有航空兵部队。刘亚楼按照党中央、毛主席的战略意图和指示，首先带领刚刚组建的空军班子成员紧锣密鼓地开始创建航校，为尔后建立航空兵作战部队打基础。仅一个多月的时间，六所航校都按时开学，并随后开飞。紧接着又组建了第七航校……一批批飞行员迅速成长，飞赴空中战场，英雄星耀长天！

刘亚楼对航校的重视和付出的心血，很多是通过抓六航校的建设体现出来的。这在人民空军历史上留下了重重的一笔，六航校的历史因此有了特殊的浓彩。这也让六航校（六飞院）的官兵、职工和家属传为佳话，永远难忘。

还要从新中国成立之前说起——

1947年春，时任东北民主联军参谋长的刘亚楼，受东总首长委派，到东安整顿后方机关，检查老航校的工作。这是刘亚楼第一次到航校。他深入调查研究，与校领导们沟通，很快掌握了情况。他充分肯定了航校建设的成绩，也批评了存在的问题，整肃了纪律。根据当时的实际情况，他提出"短小精干，持久延长"的办校思想，后经东北局批准，正式确定为航校的办校方针。刘亚楼那时头戴黄军帽、身穿黑皮衣、腰束武装带、脚蹬长皮靴，英气勃勃、目光逼人，处理问题实事求是、果断利索，给初见他的老航校教学员留下了极深的印象。夏季，刘亚楼再次来到老航校检查整顿工作①。

为加强对老航校的领导，1947年9月，中共中央东北局任命刘亚楼兼任老航校校长。这一年战事特别繁忙，我军在东北连续发动攻势作战，作为百万之师参谋长的刘亚楼，肩上的担子之重可想而知。但东北局经过全面考虑和慎重研究，仍将航校校长的重任压给了他。

刘亚楼与我军航校建设，从东北老航校开始，便密不可分了。

催生新中国的辽沈、平津战役烽火连天。刘亚楼在激烈、紧张、繁重的战斗指挥间隙，始终未忘所兼航校校长的职责。他深知这所我军唯一的航校，尽管规模不大、条件简陋，但在未来人民空军建设中，将起到十分重要的榜样引领、传授经验，特别是人才"种子"的作用……

与此同时，东北老航校有关人员也按照中央军委的指示和刘亚楼的要求，随东野部队入关，积极接收国民党空军的人员、装备及器材……

1949年1月31日北平和平解放。次日，刘亚楼

1947年，刘亚楼检查指导老航校工作。刘煜鸿提供

---

① 杨万清、齐春元：《刘亚楼将军传》，中共党史出版社1995年版，第204页。

作为总指挥，组织了人民解放军长达8小时的入城式……看着这支从井冈山走来、由弱小变得如此威武雄壮的队伍，他心潮澎湃，又想起中央政治局1月8日刚刚做出的《目前的形势和党在一九四九年的任务》指示："1949年及1950年，我们应当争取组成一支能够使用的空军。"这是中国共产党第一次正式提出建立空军。

刘亚楼马不停蹄地召集在北平负责接收工作的同志，研究航校建设和空中支援渡江作战等问题。3月8日，根据刘亚楼的建议，在西柏坡党的七届二中全会期间，毛泽东、周恩来、朱德、刘少奇、任弼时、陈云、彭德怀、贺龙、陈毅、邓小平、聂荣臻等领导同志，专门听取了东总派去的常乾坤、王弼关于老航校情况的汇报。毛主席指示：当前的任务是有组织、有领导地做好新解放区的机场、航空设备与国民党空军人员的接收工作，加强航校建设，加速培养人员，积蓄力量，为创建空军做好准备[①]。这为人民空军和航校的建设指明了方向。

此时的刘亚楼异常忙碌，正在配合东总首长为迎接中共中央、中央军委机关迁往北平做着最后的准备。刘亚楼深知这项任务的重大，为保证党中央、中央军委和毛主席等中央首长的绝对安全，他派东野保卫部长率汽车团专程到西柏坡迎接，同时对沿途东野部队做了周密的部署和安排。他反复强调：迎接党中央、毛主席和中央首长进北平"是一个极其庄严而艰巨的任务，将来要载入史册……安全要做到万无一失"！

3月24日，200多辆美式汽车组成的车队，浩浩荡荡地驶离西柏坡向北平进发，当晚秘密在东野五纵的涿县（现涿州市，以下同）驻

---

① 杨万清、齐春元：《刘亚楼将军传》，中共党史出版社1995年版，第254页。

地停留住宿。几乎所有的党中央和军委领导在一个纵队部停宿一夜，在我军历史上是从未有过的①。涿县距北平中心城区仅五六十公里，而县城东南三四公里处，就是

20世纪50年代初的涿县县城一角

后来六航校的驻地。可以说，刘亚楼这位擅长领会上级意图、排兵布阵的睿智名将，当时对涿县的地理位置，包括当年侵华日军修建的涿县老机场（日军未使用。人民空军接收后即着手建设整修），已经有了详尽的了解和掌握。一张蓝图开始在他头脑中绘制……

25日，刘亚楼专程赴涿县迎接中央和中央军委领导。见到毛主席、周恩来、朱德等领导人的那一刻，刘亚楼这个身经百战、出生入死（他多次讲到，战争时期自己的警卫员就牺牲了42人）的铁血部将，激动得热泪盈眶。从1938年到苏联学习、参加苏联卫国战争，回国后又一直在东北战斗，至今已10年未见到这些首长了，而党中央、中央军委和毛主席的英明指挥、用兵如神，早已令他心驰神往……

毛主席注视着这位红军时期就关注和培养的爱将，亲切地握着刘亚楼的手，说了一句意味深长的话："嗬，十年未见的刘亚楼来接我们进京赶考喽！"

"进京赶考！"毛泽东思考良久、脱口而出的这句话，如今是全党都熟悉的经典名句了，而当时的刘亚楼一时没有听懂。站在一边的周恩来笑着解释道："主席在离开西柏坡时说，我们进北平，是去

---

① 杨万清、齐春元：《刘亚楼将军传》，中共党史出版社1995年版，第255页。

接受考试的,共产党将要领导全国政权,这是一种新的考验,我们不能学李自成。"

睿智的刘亚楼顿悟,兴奋地说:"主席,我们共产党一定能考出好成绩!"①

此时,共产党即将执掌政权,新中国也诞生在即,但毛泽东心里始终有一种纠结,打了几十年仗,唯有天上的事情不好对付。此时,他对建设人民空军的思考越来越深,战略设想也越来越明确,对刘亚楼的使用也有了新的想法。

一个多月后,刘亚楼完成了一系列重大任务,正准备率十四兵团去参加解放中南的战斗。这时,毛主席召见了他,一番话语重心长:空军在现代战争中的作用越来越重要,我们不可没有空军啊!以前没有条件成立空军,现在好了,建立人民空军的基本条件已经具备……②

毛主席高瞻远瞩,深知我军唯一的东北老航校虽然取得一定成绩,但无法满足解放战争、解放海南岛等的需要,更无法满足保卫即将诞生的共和国和打赢未来战争的需要……这次谈话中,毛主席命刘亚楼组建空军。那一晚,毛主席兴致很高,与刘亚楼一直交谈到深夜。

7月10日,毛泽东写信给周恩来,提出要尽快派人到苏联学习并购买飞机,抓紧创建空军……第二天,周恩来当面向刘亚楼传达了毛主席的重要指示。

7月31日,毛主席又一次召见刘亚楼,听取了刘亚楼的汇报,并向他和随行的王弼、吕黎平等人,做了赴苏之前的重要交代。

第二天,刘亚楼率一行人赴苏,配合正在那里访问的刘少奇与

---

① 杨万清、齐春元:《刘亚楼将军传》,中共党史出版社1995年版,第256页。
② 杨万清、齐春元:《刘亚楼将军传》,中共党史出版社1995年版,第259页。

苏联政府和军方谈判,购买拟建六所航校所需的飞机和器材,并邀请专家顾问参加中国空军建设……

在等待苏共中央批准援助计划的日子里,他商请苏方安排参观了苏军的航校、机关、部队和航空工厂,抓紧一切时间学习建设空军的知识。

1949年10月1日,北京天安门广场,毛主席向全世界宣布中华人民共和国成立。同一时刻的中国驻苏使馆筹备处,刘亚楼和所有人都激动万分。刘亚楼似乎听到了催征战鼓,归心似箭……

10月6日,中央军委正式批准创办六所航校的方案①。10月7日,苏共中央批准了援助中国建立空军的协议书。刘亚楼争取到了800多名专家顾问(其中146名后来到了六航校),以及雅克-18、雅克-11、拉-9等飞机近百架及各种保障装备物资。报经党中央同意后,刘亚楼迅速启程回国。

在进入中国后的列车上,刘亚楼能读到国内的报纸了。他专心阅读毛主席在中国人民政治协商会议第一次全体会议上的开幕词:"在英勇的经过了考验的人民解放军的基础上,我们的人民武装力量必须保存和发展起来。我们将不但有一个强大的陆军,而且有一个强大的空军和强大的海军。"读到这儿,他兴奋地站起身来对随员说:"这是人民空军起飞的动员令啊!太好了,有党中央、毛主席给我们插上翅膀,六所新的航校一定能很快办起来,人民空军一定能很快搏击长空,叫敌人闻风丧胆!"

10月16日刘亚楼回到北京,毛主席和周总理立即召见了他。刘亚楼详细汇报了情况,毛主席和周总理对他赴苏取得的成果非常

---

① 空军编审委员会:《空军大事记》(中国人民解放军历史资料丛书),蓝天出版社2015年版,第7页。

满意。周总理笑容满面地说:"开办六所航校的经费,中央给予优先保证,马上拨出。空军领导班子的命令即将下达。选调干部和航空学员的命令军委已经发出,很快就能集中。看还有什么需要马上解决的问题?"刘亚楼信心满满,起身告辞。他要争分夺秒去实现毛主席和党中央的宏伟蓝图。毛主席叫住他,叮嘱道:"空军的基础如何、起步快慢,关键是看你航校办得怎么样。你的当务之急,首先要选好办校人。这方面有什么困难可直接找我。"①

可见,当时在毛主席的心里,把人才放在了空军及航校建设最突出、最优先的位置!

离开毛主席和周总理,刘亚楼像上满了弦的陀螺,带领部属日夜紧张工作:谈话考核挑选各类干部、向军委请示从陆军选调航校政委、组织苏联专家勘察航校驻地……

最后两所航校的定址,因种种原因一时难以确定。11月1日,刘亚楼等将考察情况和苏联驻华军事总顾问兼武官柯托夫的意见,上报中央军委和毛主席。建议:在北京南苑办一个航校,因为机场和房屋条件都好,并且过一个时期,这个学校还能起到从空中掩护首都的作用,因驱逐机学校本身经常停有15架驱逐机②。"驱逐机"是"二战"前的老叫法,就是后来常说的歼击机。

新中国诞生前的南苑机场,我军建起首支担负作战任务的驱逐机中队,队长徐兆文(后为六航校第二任校长)。

毛主席在收到报告当天就批示同意。从此,"空军第四驱逐学

---

① 杨万清、齐春元:《刘亚楼将军传》,中共党史出版社1995年版,第270–271页。
② 《刘亚楼军事文集》,蓝天出版社2010年版,第195–196页。

校"（一个月后定名为"中国人民解放军第六航空学校"）定址北京南苑。六航校也成为距党中央、中央军委和毛主席最近的航校。

10月25日，中央军委正式任命刘亚楼为空军司令员。30日，中央军委正式批准成立六所航校，当天下午，刘亚楼就组织召开了第一次航校负责干部会议。由于

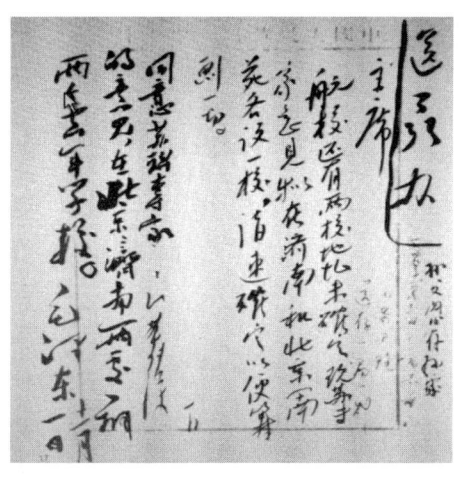

毛主席当年对六航校等两所校址报告的批示

此时中央军委还没有下达航校校长和政委的任职命令，他宣布了各航校的临时负责人，负责六航校的是安志敏、夏伯勋。安志敏当时受刘亚楼的委派，紧急到新疆航空接管、选聘航空人才和俄语翻译，未能参加这次会议。

这里简要介绍一下六航校的首任校长、政委，从中也可以看出中央军委和刘亚楼等首长"挑选最优秀人员建航校"的良苦用心。

校长安志敏是经过二万五千里长征、3次过雪山草地的老红军干部，曾任红四方面军总指挥部参谋，1938年参加新疆航空队训练，并被盛世才关押4年，是我军最早、为数极少的飞行员之一，曾任东北老航校飞行副大队长、军委航空局航管处长，是开国大典驾机受阅者之一。1954年从六航

六航校首任校长安志敏（左）、首任政委张百春（右）

校调任空五军副军长、广空副司令员。

政委张百春，是空军报请军委并由毛主席亲自批示后（当时空军申请选调6名政委配给各航校，毛主席要求按3倍遴选19名）从陆军选调的优秀师政委之一，原47军141师政委，也是老红军干部。他1930年入伍，参加过鄂豫皖苏区历次"反围剿"斗争，抗日战争时期参加过百团大战，解放战争时期参加并指挥过著名的黑山、大虎山阻击战。1950年1月开始在六航校任职，半年后调任空军最早的作战部队第四混成旅11团政委，后任空二师政委……北空政委。

鉴于为人民解放事业和创建人民空军做出突出贡献，1955年他们被首批授予空军少将军衔，成为"开国少将"。

参加这次会议并被刘亚楼点名为六航校另一负责人的夏伯勋，是和安志敏、赵群等同在新疆航空队、东北老航校飞行教员训练班毕业（该班仅21人）的战友。后任六航校副校长、空军最早的作战部队第四混成旅10团（首个喷气歼击机团）团长、空三师代师长、济空副司令员。赵群后任六航校的训练处长、参谋长、第三任校长。

这次会议地点在北京灯市口同福夹道7号的军委航空局。尽管会议室不大，人数也不多，却是人民空军历史上一次极其重要的会议。光荣而伟大的使命和任务，让刘亚楼精神勃发，讲话激情四溢、掷地有声。参会的创建空军的前辈们认真倾听，讲话内容被记录并流传下来：

> 空军的特点之一，是建军必须先建校。没有航校就培养不出飞行员，而没有飞行员就组建不了空军部队。因此，"一切为了办好航校"就是空军初建时期压倒一切的指导思想。目前一切工作都应围绕为办好航校而服务……解放沿海岛屿急需空军，党

中央、毛主席殷切期望空军培训战斗飞行员，越快越好、越多越好。因此你们受命开办航校要只争朝夕，一天一小时也不能后拖，从今天军委下令开办六所航校，到全部建成开学，给大家的筹备时间，按通常的速度，起码要三四个月吧？现在只能给一个月。12月1日必须全部开学……一个月内，在几乎一无所有的条件下，使近千人的现代航校开学，困难很多，困难如山啊！但党中央、毛主席把建设空军的重担交给我们，困难即使像高山，我们也要横下一条心，把它搬走。困难即使像海一样深，我们也要迎着风浪上，把它填平。有铮铮硬骨的共产党人，应该有勇气有魄力，创造空军建军史上第一流的速度！12月1日能否开学，是对每个航校负责干部的第一个考验，就看你们的了！

最后，他还用这样的语言激励参会人员："按照时间开学，是英雄；拖延时间开学，是狗熊！"[①] 这样的比喻，在战场上是我军一些将领常常用来激励部下的，刘亚楼把创建航校当成了打仗、打硬仗。

会议一直持续到深夜。刘亚楼对党中央、中央军委和毛主席指示的深刻领会理解，以及时不我待、雷厉风行、紧张快干的作风，在每个参会者胸中激起了一波波澎湃的热流，随后又形成一股"飓风"卷向了各地……

刘亚楼厉兵秣马，不仅及时下拨了国家给各航校的建设经费（六航校200多亿元，当时的人民币面值），还为航校考核选调英才。他和肖华政委不久在北京饭店接见和宴请航空技术人才200余人，传达了党中央、中央军委和毛主席的关怀与殷切期望。今天回望这

---

① 杨万清、齐春元：《刘亚楼将军传》，中共党史出版社1995年版，第273—275页；《吕黎平回忆录》，中国农业科学技术出版社2002年版，第494—495页。

次接见活动，对于激励这些人才、对于空军建设，意义都十分重大而深远……当时的情形，如今健在的六航校老前辈依然记忆清晰。曾任六航校副参谋长的周智弘，在2005年撰文回忆了亲历的那段历史：

> 我和张大翔等20多人，是刚从东北老航校四期速成班毕业的同学，1949年年底集体调来北京，住在前门外空军招待所等待分配。刚抵北京两天后的一个下午，来了1辆大客车，把我们接送到北京饭店老楼宴会厅，等待刘亚楼司令员的接见。这是我们第一次受到空军高层领导的接见，感到无比荣幸和兴奋。我们20多位同学，被安置在一个长形的西餐桌周围，刚入座一会儿，刘司令员和常乾坤等空军领导五六个人来了，大家起立鼓掌欢迎。司令员向大家挥手致意，并示意我们坐下，满面笑容地对我们讲话（大意）：你们是人民空军的一员，我们向你们表示祝贺！党中央下了很大决心，要建设强大的人民空军，这是革命形势的需要，也是你们参加革命发挥作用的大好时机；空军要立即新建6个航校，准备分配你们去各个航校当教员，你们好比是空军建设的"老母鸡"。目前的条件还很艰苦，希望你们要有充分克服困难的思想准备，去各个航校以后，发挥"老母鸡"作用，培养出更优秀的飞行员来……[①]

周老还回忆：刘司令员一番热情的讲话后，端着酒杯来到每个

---

① 孙维韬主编：《刘亚楼将军传奇》中周智弘《刘亚楼同志的嘱托》一文，中国文化出版社2010版，第490页。

人跟前。因为都是第一次受空军首长接见,又刚听了他鼓舞人心的讲话,很多人激动得说不出话来,只是盯着他的眼睛,不停地说"谢谢司令员",心里默默地立下不负重托、努力工作的决心。当刘司令员走到张大翔跟前时,张大翔激动地对周围东北老航校四期速成班毕业的20多个同学说:"同学们,我代表大家向司令员敬一杯酒。我们一定不辜负司令员的重托和期望,一定愉快地走上工作岗位。我们要以革命的精神,克服一切困难,起到'老母鸡'的作用,培养出更多更优秀的飞行员来!"

在场的赵群、周智弘、洪权中、江鹤龄、杨相林、周政、乔汝琪等20多人,和华北军区航空处机械大队等人员一起,成为六航校最早的创业骨干。

六航校的"启航"是何等艰辛:一无经验,二无设备,三缺专业技术人员,四是面对破壁残垣……总之,困难重重。六航校官兵们牢记刘司令员的指示和嘱托,发扬老红军的艰苦奋斗传统,不分职级高低、年龄大小,也不分白天黑夜,更没有什么节假日,经过20多天的努力,整修了南苑机场的2座楼房、4排平房、2个机库,挖掘营区外壕土方12080立方米,滑行道排水沟土方13840立方米,修复油库3座,安装油罐5个,还整修了营区和通往城里的道路……同时,装配出训练飞机28架。

六航校建校初期的南苑机场一角。刘煜鸿提供

开学后教室不够用,学员就像"抗大"那样,打着背包坐在大树下上课;没有教材就自编自印,课本常常散发着未干的墨香;缺

建校初期，官兵在艰苦的条件下上课学习

少航空器材，就从日军和国民党军队缴获的装备中拆卸拼凑使用；没有能用的电瓶，就用手摇马达发电；没有教具，就自己制造土模型、土练习器；飞行帽紧缺，就六七个人轮着用，天上用一个、地面准备用一个；飞行帽的风镜模糊不堪，每天飞行后就轮流用牙膏擦；学员水平参差不齐，就因班施训、因人施教……

正如安志敏校长后来在开学典礼上向朱总司令和刘亚楼等首长汇报的："航校筹建中，全校官兵发扬战争年代革命加拼命的精神和东北老航校'团结奋斗、艰苦创业、开拓前进'的优良传统，积极克服航材短缺、航油紧张、营房破旧、技术人员匮乏、教学设施简陋等困难，经过刻苦学习和不懈努力，使航校如期开学，这是党中央、毛主席的英明领导，我们全校师生将不辱使命，为人民空军的发展，做出应有的贡献！"[①]

12月1日，六航校和其他五所航校一起如期开学（1950年1月各航校陆续开飞）。在一个多月里，就建成了一批现代航空学校，这在世界航空史上是绝无仅有的。而这种梦想和奇迹，只有像刘亚楼这样的一批共产党人，在毛主席和党中央的领导下才能够做出并实现。

六航校开学典礼的规格，称得上是我军军校历史之最了。1949年12月11日，北京南苑机场简陋的小礼堂，刘亚楼司令

---

① 向本涌：《安志敏将军传》，中国文艺出版社2016年版，第134—135页。

员陪同朱德总司令、聂荣臻代总长及苏联大使罗申、驻空军顾问克托夫托瓦列基、中将武官等，亲临六航校参加开学典礼。看着朝气蓬勃、精神抖擞的六航校学员和官兵，以及整齐列阵的航空装备，朱德按捺不住心中的喜悦，对身边的刘亚楼说："你们这么快就在一张白纸上描绘出了人民空军的壮丽蓝图，空军大有希望啊！"

安志敏校长宣布典礼开始，然后请刘司令员讲话。刘亚楼没怎么讲就请朱总司令讲话。在庄严而热烈的气氛中，六航校速成班、一期甲班学员等官兵，聆听了朱德总司令的重要讲话："为了夺取解放战争的彻底胜利，为了解放我们的全部领土，为了捍卫我们伟大祖国的神圣领空，我们需要建设强大的人民空军！……勇敢加技术就是最好的战术！……同志们，努力学习，努力工作，建设好人民空军！"①②朱总司令威严内敛、言如慈父，给在场的官兵留下终生难忘的印象。六航校从一诞生，就经历了如此重大的精神洗礼，成为官兵永远的荣耀和不竭的精神动力。而刘亚楼，也从此与六航校结下不解之缘。

开学典礼上有一个有趣的花

这是《人民空军》1950年创刊时刊登的图片，记录了刘亚楼陪同朱总司令等首长参加六航校开学的情形。"渤海部队"是六航校最初的代号。刘煜鸿提供

---

① 中国人民解放军历史资料丛书空军编审委员会：《空军大事记》，蓝天出版社2015年版，第10页。
② 空军第六飞行学院编：《雄鹰从这里起飞》，1999年，第6页。

絮。朱总司令讲话没有稿子，一旁的翻译出于紧张等原因，不能通畅地译出，而台下同时还有100多名苏联专家在听。翻译只译了两三句，刘亚楼就起身走近他示意退下，随后笑着与朱总司令耳语几句。之后朱总司令继续讲，刘司令员就在一旁一句一句地译，他流利的俄语，不仅让六航校的官兵吃惊，就连在场的苏联顾问专家，都对这位不到40岁的中国空军司令充满了敬佩之情！当时在场的一期甲班学员周彬，用文字记下了这一幕[①]。

那时，由于形势的发展变化，毛主席每天都在关注着空军建设，经常提出要求，希望快出、多出飞行员。刘亚楼为此心急如焚，在学员培养上想尽了办法……其中采取了一个重大的应急措施，如今看来是十分正确的决策：把在东北老航校学习过的学员，分到各航校，组成改装苏制战机的速成班。六航校速成班的19名学员大多来自老航校。

这些学员多是陆军部队的战斗骨干，在老航校日式教练机上飞过50～80小时，有良好的军政素质。尽管文化水平较低，有的甚至刚摘掉文盲的帽子，但他们团结奋斗，把教室当战场，像打仗一样地顽强刻苦学习。原定6个月期限，最终只用5个月就学完了基本课程，飞了2个机种40多小时，随即成为人民空军首支航空兵作战部队——第四混成旅的基本战斗力量。

与速成班同时开学的一期甲班（83名学员），原定的1年学习期限，实际只用了11个月多一点，就成为空军第二支航空兵作战部队——第三驱逐旅的骨干力量。

[①] 孙维韬主编：《刘亚楼将军传奇》中周彬《刘亚楼司令员参加我们的开学典礼》一文，中国文化出版社2010年版，第495页。

《人民空军》珍贵摄影专页生动记录了 1950 年 5 月 17 日、10 月 10 日，刘亚楼陪同朱总司令等首长分别参加六航校速成班、一期甲班学员毕业典礼并检阅部队的情形。刘煜鸿提供

在不到一年的时间里，从参加开学典礼到两期学员毕业，朱德总司令等党和国家、军队领导人，在刘亚楼的陪同下，至少三次来到六航校（刘少奇、任弼时、宋庆龄等党和国家领导人，多位元帅和大将，也先后到过六航校），是一种多么巨大的关怀、厚爱和激励！当时还没有哪所军事院校能够有此殊荣。

刘亚楼除了陪军委首长参加学员开学和毕业典礼，自己还数次到六航校。速成班学员吴光裕记载：开学 30 天后的开飞首日，刘亚楼又来到六航校，深入训练场了解训练情况和飞机性能。担任校长顾问的苏联专家与刘司令员交谈后兴起，要来教员的飞行帽，迅疾驾驶拉 -9 战机起飞升空，连续做了"双因麦曼"（拉升中连续 2 个半斤斗反转）等一系列高难特技动作。在一片赞叹声中，刘亚楼转过身对教学员们说："苏联同志飞得好呀！今后打空战就必须有真功夫，而技术是练出来的，你们应当好好向苏联同志学习。为了沟通，你们还应当学一点俄语。"①

在《空军大事记》中还记录着一件事情:"1952 年 2 月 14 日,毛泽东视察空军南苑机场,随后又视察了空军司令部……"② 从有关史料和空三十四师展览资料看,当时南苑驻场最早、主要的部队,就来自六航校(空七师、十四师部分进驻不久)。

回到 1950 年,3 月 28 日刘亚楼召开第二次航校校长会议。从会上说的一段话,可以看出他心情的沉重:"一个月的时间筹备开学了,第 3 个月开飞了,第 4 个月有了一个样子,看来可以完成任务。现在我担心的是能不能打仗。"

六航校最早装备的拉–9 高教机群

六航校的党委领导和官兵,没有辜负毛主席、中央军委和空军首长的殷切期望!

雏鹰向往蓝天,猛士渴望战场。经过勤奋学习、严格训练的六航校毕业学员,第一批冲上了抗美援朝空中前线。当时美军飞行员大多参加过第二次世界大战,有一两千小时以上飞行和上百次空战的经历,而六航校毕业学员平均飞行时间才 100 多小时、毫无空战

---

① 孙维韬主编:《刘亚楼将军传奇》中吴光裕《回忆空军首任司令员刘亚楼同志》一文,中国文化出版社 2010 年版,第 309-310 页。

② 中国人民解放军历史资料丛书空军编审委员会:《空军大事记》,蓝天出版社 2015 年版,第 50 页。

经验。但六航校毕业学员以蔑视强敌、闻战则喜、英勇无畏、敢于牺牲的精神,与世界强敌展开了惊天地泣鬼神的"空中拼刺刀"。很短时间就涌现出一批英雄人物:击落击伤敌机 8 架(创造一仗击落 4 架的纪录)的一级战斗英雄、特等功臣刘玉堤,击落击伤敌机 7 架的一级战斗英雄、特等功臣孙生禄,掩护长机王海并击落 4 架敌机的二级战斗英雄、特等功臣焦景文,击落击伤敌机 3 架的二级战斗英雄、特等功臣孙忠国,击落击伤敌机 5 架的二级战斗英雄、一等功臣吴胜凯,击落敌机 5 架的特等功臣、"神炮手"罗沧海,击落击伤敌机 6 架(其中用米格 –15 击落 2 架性能优越的 F–86)的一等功臣刘志田,以及陈亮、魏双禄、牟敦康、刘德林等近 40 位战功显赫的英雄、模范和功臣……

六航校毕业学员无愧为祖国人民的优秀儿子、毛主席的优秀战士,在抗美援朝战场上不负重托,击落击伤敌机 105 架,占志愿军空军战绩的四分之一。著名英雄集体"王海大队"大部、"李世英中队"大部,以及 1958 年 7 月取得 3∶0 战绩的全部飞行员(后所在单位被国防部授予"英雄航空兵中队"称号)、8 月击伤国民党侦察机(后坠海)2 架的"马铭贤中队"全部……都曾是六航校的学员。抗美援朝期间,孙生禄、陈亮、牟敦康等 18 位六航校毕业学员血洒蓝天,甚至第一个在抗美援朝空战中牺

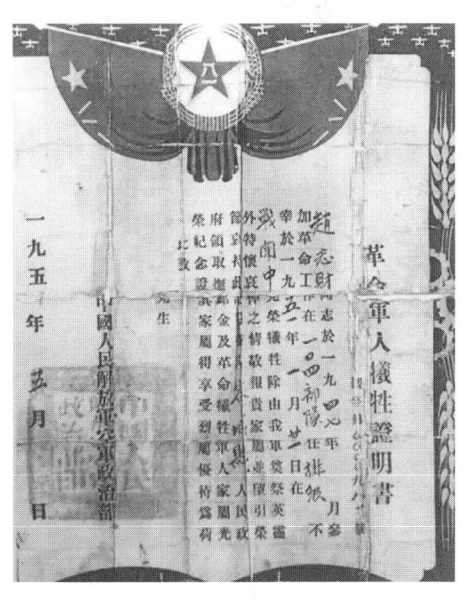

赵志才(不少史料写成赵志财)牺牲后,空军政治部发出的《革命军人牺牲证明书》

牲的志愿军飞行员（配合并掩护李汉首战告捷的僚机），也是六航校毕业学员赵志才！（所有六航校毕业学员战斗功勋、战争期间牺牲烈士详见本书第二章）

那些年，六航校上下认真贯彻朱总司令的重要讲话和刘亚楼"以党和人民的重托为己任"的要求，涌现了许多功臣和先进模范人物。1950年5月召开全校立功受奖大会，校政治部主任翟家骏《渤海部队二次评功总结》被当年的《人民空军》第八期刊发。同年9月学员李显荣出席全国战斗英雄代表会议（空军仅12名代表，是很高的荣誉）。1951年开展评模范单位、模范个人运动。1953年开展安全立功运动。1954年校党委明确提出"以教学为中心、为飞行服务"的办学指导思想……抗美援朝战争期间，学校各项工作呈现跃进状态，取得了优异的成绩。

如今，当年的教学员都已年届耄耋。他们每次聚会都要深情回忆：朱总司令和刘司令员的托付意义重大，让我们终身铭记，使命感责任感贯穿了整个教学及一生。我们永远不忘朱总司令、刘司令员的殷殷嘱托，我们没有辜负党和人民的厚望，为空军建设做出了应有的贡献……这些都是后话。

1952年9月，中央军委决定六航校迁往涿县（机场1951年年初已启用）。校党委认真落实军委和空军的战略意图，在新校区规划、布局和建设上，充分体现了刘司令员高标准、严要求的指示精神。先遣部队和建设者们日夜奋战，很快建成了这座人民空军代表性的现代化军营。外场训练场、山字形教学大楼、王字形办公房、飞机形大礼堂、标准运动场和游泳池等，都是当时一流的。礼堂是华北地区最大的。整个校区布局合理、环境优美、方便实用，以后很多年里都是远近闻名的花园式营区，不仅促进了教育训练，也给来访的数十个国外军和党政代表团留下深刻印象,给六航校的官兵、职工和家属子女,更是留下了无比美好、终生难忘的记忆……

六航校的南营门。马勇摄

六航校的大礼堂

1953年5月,空军在六航校搬离不久的南苑机场,举办了"空军首届教学模型展览总结大会"。在这次盛大的展会上,六航校有53件教具模型参展。这些教具模型把飞机、发动机、仪表等构造的抽象原理及工作复杂过程形象化、简明化,使学员能直观感受、易学易懂。展览期间,毛主席两次深夜看展,刘少奇、朱德也亲临视察。毛主席饶有兴趣地听取了六航校教员沈根融、王维哲的讲解……

刘亚楼高度重视六航校的教育训练,曾做过许多重要指示,布置过许多重要任务。1957年,中央军委提出在现有条件下培训学员数量增加50%的要求,空军为此决定:航校由原来的"3年3机"改为"2机2年4个月"学制。就是说,学员飞完雅克-18初级教练机后,直接上米格-15高级教练机。"两级训练体制"减少了中级教练机训练层次和学习时间。这项意义重大的改革创新任务,当时就交给了六航校。时任校长赵群身体力行、认真组织训练试验,10个月后获得圆满成功。《解放军报》1958年7月23日报道了六航校"实行两级制、加速培养飞行员"的新闻,同时配发社论《独创精神的胜利》。空军在六航校三团召开现场会,向全空军航校推广……"两级制"训练体制,由那时延续至今。

荣誉对军人有着特殊重要的意义。初创时期,空军实施嘉奖和表彰通令的格式是"中国人民解放军空军司令(通令)",署名是刘亚楼为首的空军各首长。1954年给三团飞行副中队长奚圣章记一等功并授予"二级模范教员",给三团中队长张运安、副中队长宫庆昌记一等功;1956年对老二团及一团一大队、三团一大队的嘉奖令……对六航校官兵起到了十分重要的激励作用。

1958年12月20日的《人民空军》刊登过一篇新闻稿件,空军报的同志在电子检索中偶然看到,但已无法查到纸质原件,是刘司令员的女儿刘煜鸿帮助找到的。标题:《2536部队[①]向空军积极分子代表大会献礼 战士演出队向大会作慰问演出》。

本报讯 2536部队为表达他们对大会的祝贺,组织了代表队,于十八日从驻地来到北京向大会献礼、报喜。当执行主席宣布献礼开始时,全场起立,献礼队的锣鼓声和代表们的掌声响成一片,祝贺和感激之情交织在一起。

献礼代表向大会报告了2536部队情况。其中最令人鼓舞的是:十一月中旬有两个班83名学员,由雅克-18直上喷气飞机,全部放了单飞,平均带飞起落46.3次,5.2小时,最低仅飞了26个起落。又:于十一月下旬有一个大队飞行学员全部放了单飞,平均起落55次,92时41分,全期68名学员无一名淘汰。

又讯 十九日晚,2536部队战士演出队,为出席空军积极

[①] 当时六航校的代号。

分子代表大会的代表们作了慰问演出……

这篇文章及配图（见右图），记录了刘亚楼代表大会主席团接受六航校代表献礼时的情形，他脸上露出了欣喜的笑容。

据徐建中回忆："这个大会是在东交民巷 22 号空军礼堂举行的。当时只让有关人员参加，我们宣传摄影干事也没能去。"这或许是六航校校史没有记载这次重要事件的原因。

那时空军作战部队和航校已经建了很多，为什么六航校能独获殊荣，进京"献贺礼"？除了报道中的内容，从那一时期的历史资料也可以看出——

1957 年，根据解放军训练总监部命令，国家考核委员会对六航校 1956、1957 年毕业的学员进行了考核验收，给予了较高评价。雅克-18 飞机延寿等技术革新和科研项目，受到国防部、总部和空军的表彰……

1959 年 1 月 23 日，《人民空军》刊登"工程大队大修雅克飞机成功，空军党委致电六航校祝贺"一文，表彰六航校二支队（老二团）工程大队三中队自己动手大修雅克飞机成功。

1959 年 12 月 25 日《空军报》以"让学员飞得多飞得好，六航校的办法：抓飞行日利用率　抓教学质量　抓安全措施"为题，长篇报道了六航校的训练成绩和经验：

1959年空中飞行时间和次数都大大增加，雅克-18增加了一半，喷气飞机增加了近一倍。大队学员数量增加了五分之二，都能飞上天了，每日单机带飞时间都在三小时以上。在保证安全的基础上，空域得到充分的使用，缩短了空闲的时间。机务、后勤人员缩短飞机在地面的停飞时间，做到了人和汽车等飞机，杜绝了飞机等人的现象。教学中进行了一系列的改革，如实行理论教员下团，组织飞行学员当机械兵，以密切理论教育与实际的联系，在训练中开展群众性的民主教学活动，实行"四同三管"，评教评学，以及采取"直上"等方法。每个科目进行前都要制定安全措施，特别重视了采用飞飞整整的办法，对保证飞行安全起了显著的作用，训练时间、进度、质量和安全都得到充分的保证，较好地解决了飞行日减少与飞行任务增加的矛盾。1959年的前十个月，飞行时间即超过1958年全年，为1957年的一倍多，×期学员的平均成绩达到4.91分；毕业和结业的学员将成倍增加；飞行学员的停学停飞率也由1957年的14.7%和1958年的13%降到5.7%。在完成飞行训练任务的同时，还按照空军党委规定的时间完成了政治教育以及劳动生产等任务……

1958年是"大跃进"的年代，不少人头脑发热。而这一年，刘亚楼却多次强调：空军要讲科学，训练方针只能是"稳步前进"。后来的实践证明，包括六航校在内的空军部队，继续保持了快速稳步发展的形势，取得了让党中央、中央军委和毛主席满意的成绩。

1959年8月，刘亚楼陪同刘少奇、周恩来、邓小平、彭德怀等首长，参观了六航校机械师黄仁钦在技术革新活动中制作并取得良好效益的"座舱练习器"（过去航校只有进口的"射击练习台"，价格相当于 1 架喷气歼击教练机），周总理登机操作后，紧紧握住黄仁钦的手，给予他高度评价。

许多空军前辈回忆：刘司令员是个性极强，也是工作标准极高的将领，一般不会说"好"，也很难让他说"好"。得到他的赏识可不容易。但真要做好了，他也一定会说"好"。

1959 年，是新中国成立 10 周年，六航校和其他航校也迎来 10 周年校庆。六航校没有辜负党中央、中央军委和空军首长的厚望，航校全面建设成绩显著，从建校初仅有一个飞行大队，这时已有了 10 多个飞行大队，每年培养的飞行学员是建校初期的 17 倍多，特别是培养出一大批叱咤蓝天、打出国威军威的英雄模范……面对这些，想到党中央、中央军委和毛主席 10 年前赋予的战略任务的完成，刘亚楼司令员的心中该是多么喜悦！

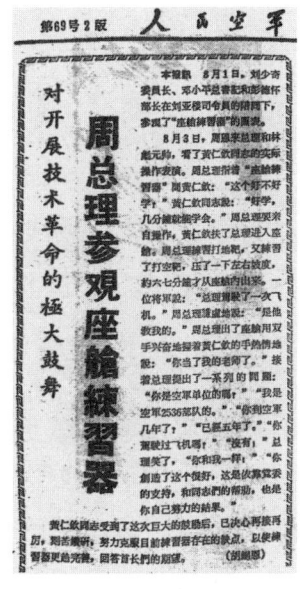

关于周总理参观的报道

六航校 10 周年校庆之际，"空军学校训练工作会议"在六航校召开。这是空军建设发展史上一次重要的会议。同时，六航校举办了展示技术革新成果的"跃进展览"（常乾坤副司令员剪彩），召开了"积极分子代表大会"。

12 月 25 日，又是一个载入

"跃进展览"开幕式

刘亚楼在六航校10周年校庆大会上讲话。徐建中摄

空军史册、让六航校人永远铭记的日子。刘亚楼司令员和政委吴法宪,副司令员谭家述、常乾坤,政治部主任王辉球,工程部长薛少卿及军校部副部长陈熙等,专程到涿县参加六航校的校庆活动。校庆大会的会场设在外场的机库里。刘司令员发表了热情洋溢的讲话:

> 六航校和其他学校一样,在十年中为国家培养了大批的飞行员。每个有革命事业心的同志,都应当看到,十年来办好一个航校的意义,并为此而感到高兴。我们每个同志都要树立奋发图强的思想,分秒必争,扎扎实实地把航校工作做好,这就是我们对党的事业的贡献,这就是为国家尽到了自己的责任……我代表空军党委对六航校建校十周年表示祝贺,六航校离首都最近,经常接待外宾参观,要往更远的目标多想一想,鼓足干劲,改进方法,把航校建设得更加健全、完善。①

刘亚楼充分肯定了六航校10年来的建设成绩,指明了未来的任务和努力方向。"首都航校"美誉,就是在这次讲话中提出来的。

---

① 《空军报》1960年1月6日第二版,李次膺报道。

这样特殊时刻的特殊提法，绝不仅仅是因为六航校地理位置特殊，其丰富内涵中，既有军委及空军党委对六航校成绩的充分肯定，也赋予了建设发展新的使命任务，寄托了深情和厚望……

六航校建校10周年大会现场

刘亚楼讲话的这张照片非常传神，他建设空军的高度政治责任感、时不我待的紧迫感、严格要求和雷厉风行的作风、高昂的革命精神、坚定的革命意志，都生动地体现出来。可以说，这张照片在人民空军的历史图片中有着重要位置，也是很多空军后人对刘司令员的最初印象。这张照片，是时任六航校宣传干事徐建中拍摄的，他后来成为人民日报社高级记者。已87岁高龄的他，对这些大事依然记忆清晰而准确，前几年还在网上发出好几篇怀念刘亚楼司令员的文章，并多次向笔者深情回忆起这些往事……

刘司令员亲率空军领导班子参加六航校校庆的同时，还派空政文工团专程慰问，并把艺术大师梅兰芳任院长的国家京剧院艺术家请到涿县连唱3天大戏。六航校还举行了从建校就在六航校工作的232名同志参加的会议……可以想象，那时的六航校的营区及涿县城里，是何等的热闹喜庆！六航校的官兵、职工和家属又是何等的欢欣鼓舞！

刘亚楼对六航校取得的成绩该肯定的肯定，该表扬表彰的绝不落下,但对发现的问题,也毫无保留地严肃批评、毫不手软地抓教育整改。他曾对六航校某气象台的问题亲笔批示,要求以此为"线索",狠抓各种问题的发现和解决;对某场站的问题,要求派专人进行教育整顿,并及时了解整改进度和结果……这些问题都是发生在基层部队的营以下单位,作为日理万机的空军一号首长,能注意到并紧紧抓住不放,直到解决问题为止,并举一反三警示其他单位,其高度的革命事业心、政治责任感和从严治军的严格作风,深深教育并影响了部队,随着时间的流逝也更显得无比珍贵。刘亚楼对六航校基层建设很关心,对老二团警通连信号班的经验很关注、很熟悉,《空军报》两次发专版宣传,该信号班1964年被空军党委授予"红色信号班"称号。徐建中回忆:"自己写过一个反映'红色信号班'的小歌剧《探望亲人》,北空选用后改名为《T字布》(姜春阳谱曲),主题也改成'标兵变骄兵'。没想到刘司令员看后批评说,'空军的先进典型,本是标兵,你们非改成骄兵!……'他当场把这个节目给'毙'了。"

其实,"标兵与骄兵"绝不是刘亚楼随意而说,这正是他

《空军报》对六航校10周年校庆活动的报道

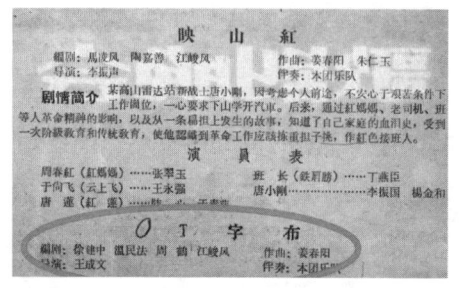

徐建中保存的当年会演的节目单

在那一时期深入思考的问题。1964年研究领导姿态、工作姿态的要求时，刘亚楼专门建议空军党委在其中增加"标兵还是骄兵"的内容，并多次在各种会议上带头做自我批评，大力倡导实事求是、谦虚谨慎的作风，为空军部队做出了表率。

刘亚楼对部队的严格要求，在一些人看来"过于苛刻挑剔"，其实，这正是刘亚楼的过人之处，他对空军建设规律的认识、对空军长远建设的思虑非常深刻，这在抓航校建设上体现得尤为明显。

今天回顾六航校的初创历史，可以明显感受到，刘亚楼司令员的对六航校建设的精力倾注，并非是对一所航校的偏爱，而是体现了对院校建设、空军建设、飞行员等人才队伍培养的关注、投入和奉献……这种不负党中央、中央军委和毛主席重托，牢记责任和使命任务，时不我待、夙夜在公、拼命工作、雷厉风行、严格要求、狠抓落实的精神，成为人民空军宝贵的精神财富！

第二章 六航校打造过多少空天英雄

看一所院校水平最根本的标准是什么？院校应以什么为最大的自豪？显然，是培养出多少优秀人才！作为人民空军的航空学校，就是培养了多少勇于为国献身、能打胜仗的空天英雄。

六航校最早毕业期班"速成班"的英雄们，是中国空军的骄傲，更是六航校的荣耀！以后的各期班英雄辈出、层层叠叠，写就了一部六航校的光荣历史……

1951年冬，正是抗美援朝战争激烈之时，全校官兵时刻关注着空中前线。毕业学员的优秀代表、战斗英雄刘玉堤，此时回到母校给官兵做报告。对这一天，时任校政治部秘书、如今已87岁的姚卫国仍清楚记得：学校非常重视，政治部主任于达康带着机关人员做了认真准备；报告会设在南苑校机关前的小广场上，校长安志敏、政委张少虹和在南苑的官兵们参加了报告会。会议气氛十分热烈，刘玉堤的报告给全校官兵极大的教育和鼓舞。

"大师兄们"的榜样作用，对以后各期班学员都产生了巨大影响。紧跟其后的一期甲班学员，平均飞行62小时42分，圆满完成各项训练科目，于1950年10月达到空军首长提出的"提前毕业"的要求。几乎与此同时，志愿军打响了入朝第一仗。10月初在沈阳成立的空军第二支航空兵作战部队"空军驱逐第三旅"（很快改为空三师），接受了六、四、五航校一期甲班毕业的88名飞行员。速成班、一期甲班乙班、二期甲班乙班等期班学员，前赴后继、英勇无畏地飞赴空中战场，并立下了赫赫战功……以后在国土防空、科研试飞、探索空天、抢险救灾的战场上，各期班学员都取得了骄人的业绩！

一、抗美援朝一鸣惊人

抗美援朝战争是人民空军初试锋芒之战、树立国威军威之战！今天举目朗朗晴空、仰望蓝天丰碑，仍可以清晰看到六航校毕业学员为之做出的卓越贡献！

为尊重并还原历史，清晰展现六航校毕业学员的英勇战绩，下面使用的资料信息，均出自中央文献出版社、空军蓝天出版社等公开出版物，采用的数字对比、战绩统计及功勋飞行员的排序等，也均按照这些书籍资料的内容编写——

在世界空战史上，素有"王牌飞行员"之说。那么，什么人算得上是王牌飞行员？对此，有一个国际通行的评价标准：击落敌机 5 架以上就是"王牌飞行员"。

志愿军空军中，有 7 位飞行员堪称喷气机时代的"人民空军王牌飞行员"：赵宝桐、刘玉堤、孙生禄、蒋道平、范万章、韩德彩、鲁珉。其中，刘玉堤、孙生禄是六航校毕业，占总人数的 28.6%。

1951 年 10 月，空军政治部根据战时需要提出《飞行员战时立功标准》，规定："凡击落敌机 1 架者立二等功，击落敌机 2 架者立一等功，击落敌机 3 架以上者立特等功；凡击中或击伤敌机 1 架者立三等功，击中或击伤敌机 2 架者立二等功，击中或击伤敌机 3 架以上者立一等功。"后来还实行了评定僚机间接战果的制度。

以下是抗美援朝空军荣立一等功以上的人员和集体，其中六航校毕业的学员一目了然——

1. 一级战斗英雄、特等功臣 6 人：赵宝桐、王海、孙生禄、张积慧、鲁珉、刘玉堤。其中，孙生禄、刘玉堤是六航校毕业，占 33%。

2. 二级战斗英雄、特等功臣 5 人：王天保、杨振玉、范万章、焦景文、蒋道平。其中，焦景文是六航校毕业，占 20%。

3. 二级战斗英雄、一等功臣 7 人：李汉、邹炎、高月明、毕武斌、郑长华、韩德彩、吴胜凯。其中，吴胜凯是六航校毕业，占 14.3%。

4. 二级模范、一等功臣 3 人：钱良生、苏志明、耀先。其中，钱良生是六航校毕业，占 33%。

5. 特等功臣 5 人：罗沧海、陈亮、华龙毅、逯松亭、孙忠国。其中，罗沧海、陈亮、孙忠国是六航校毕业，占 60%。

6. 一等功臣 58 人（总名单略），其中，牟敦康、魏双禄、王昭明、张守兰、林钊、刘志田、刘国民、马保堂、刘德林、郑兰儒、李文清、房福堂、樊玉祥 13 人为六航校毕业，占 22.4%。

7. 著名英雄集体、集体一等功"王海大队"（空三师 9 团一大队）。11 名飞行员中 7 名来自六航校：副大队长周凤性、张滋，中队长孙生禄，飞行员焦景文、刘德林、马保堂、鄢俊武。他们 7 人击落击伤敌机 20 架，占整个王海大队击落击伤 29 架战绩的 69%（六航校校史记载为 66%）。

王海大队（从左至右）：王海、焦景文、周凤性、刘德林、张滋、鄢俊武、孙生禄、马保堂。

王海大队成员战绩一览表					
职务	姓名	击落	击伤	合计	荣获
大队长	王海	4	5	9	一级战斗英雄 特等功
中队长	孙生禄	6	1	7	一级战斗英雄 特等功
飞行员	焦景文	3	1	4	二级战斗英雄 特等功
飞行员	刘德林	3	1	4	一等功
副大队长	周凤性	1		1	二等功
副大队长	张滋	1	1		二等功
飞行员	马保堂	1		1	一等功
飞行员	鄢俊武	1		1	三等功
合计		20	9	29	

王海大队合影及战绩统计表

8.著名英雄集体、集体一等功"李世英中队"(空十五师45团一大队2中队)。4名飞行员中3名来自六航校：中队长李世英，飞行员阎清水、宋义春。另一名蒋道平（三航校毕业）。该中队创下击落击伤敌机14架（六航校毕业的3人击落击伤7架），自己无一损伤的14：0的辉煌纪录。

李世英中队在地面演练。左起阎清水、李世英、宋义春、蒋道平

1951年11月6日，志愿军空军第一次轰炸敌大和岛，指挥员是一年前任六航校副校长的夏伯勋。空二师4团副团长、六航校毕业学员张华率16架拉-11为空八师9架图-2轰炸机护航。他们为轰炸机群摧毁目标（命中率90%）做出了重要贡献。①

夏伯勋

英雄的风采热血染就，英雄的荣光磨砺而成。以下选取几名学员的学习和战斗花絮，可以看出这些人由普通战士成长为蓝天英雄的轨迹。

一期甲班有一名学员，1945年参加八路军时才17岁，虽然身材矮小，却敢于同时和两个日本兵拼刺刀（刺死一人，另一逃跑）。他入六航校时只有高小水平，但学习刻苦，还担任学习小组长。开始飞行后不适应，出现了技术障碍……苏联专家对他丧失了信心，提出了技术停飞。但最终，这名学员以顽强的毅力学成毕业。他是孙生禄。

---

① 空军装备部编：《空天铸剑——人民空军腾飞和发展实录》，蓝天出版社2011年版，第55-74页。

同班的另一位学员，入伍前只上过 3 年小学，刚到六航校时连加法都不会，物理、化学更是搞不清。对于螺旋桨如何产生的拉力，教员讲了好多次他才弄明白。但学到最后，理论结业考试成绩都在 4 分或 5 分，荣立了三等功。开始飞行后，他着陆总是拉平低，飞了 90 多个起落还不能单飞，教员都没有信心了……但最终成为合格的毕业生。他是焦景文。

二期甲班有一位学员，因家境贫寒未读过书，在作战间隙和行军途中认识了一些字。他是 1950 年 4 月被选到六航校补习文化后学习飞行的。当时的螺旋桨教练机操作较难，他操纵时心理压力很大，飞机落地总是"蹦蹦跳跳"、起落架拉不成三点……但他最终攻克了航空理论和飞行的难关。他是李世英。

……

六航校所有官兵、职工和家属，在那个特殊的年代里，克服各种困难，为飞行学员创造良好的学习和成长环境，充分发掘了他们的飞行才华和潜能。

首任校长安志敏，在孙生禄飞行最艰难的时候，坚持让孙生禄继续学下去。在安校长的鼓励与帮助下，焦景文得以完成所有飞行科目，顺利毕业。对于李世英出现的技术障碍，安校长带飞检查后决定让他继续飞，并鼓励他和所有学员："只要同志们有信心学，校党委就有决心培养大家。"

机务和后勤保障的同志，也给了学员热情的鼓励和支持。从老航校来的机务骨干吴洪恩，就曾对孙生禄说："咱们是苦孩子，党培养你不容易，一定要争气飞出来！"

这些学员插上钢铁翅膀后，没有辜负党和人民的希望，更没有辜负母校的培养——

孙生禄首次击落敌机是 1951 年 11 月 18 日。林虎率包括王海大队在内的 22 机出战，当王海带 6 机冲入敌机群后，孙生禄被 8 架 F-84 包围，孙生禄发扬"刺刀见红"的精神，紧紧咬住一架敌机，直逼近到 300 米打得其凌空爆炸。1952 年 12 月 2 日，王海率 12 机升空，孙生禄是僚机组长。他见王海背后及三中队分别受到 4 架敌机突袭，便灵活机动紧急左转，一阵猛炮将威胁王

孙生禄

海的敌机驱散，然后又紧急右转，向三中队背后的敌机开炮击落 1 架，随后切半径在 600 米近距 3 炮齐发又击落 1 架。炮弹打光后返航，被突袭敌机击中 12 发，涡轮、天线被打坏，机翼和座舱盖被击穿，看他不顾一切地撞来，敌机慌忙逃窜。他驾驶受到重创、几乎失灵的战机安全着陆。孙生禄一战击落 2 架敌机，扭转了当天的危局，极大鼓舞了部队。第二天正要吃午饭时，24 架敌机来袭，孙生禄拒绝领导安排休息："我一没负伤，二没害病，不需要休息，我们人少战斗任务重，多一个人就多一分战斗力。"随即披挂出战，快刀斩乱麻地迅速击落 1 架敌机。回来刚端起饭碗，战斗警报又响起，100 多架敌机出现，孙生禄和战友扔下饭碗迅速升空。在王海带领下与敌机拼杀，从 12000 米打到 1500 米，从清川江打到大同江。孙生禄带僚机先后与 10 多架敌机格斗，几次奋不顾身掩护战友，使我机群多次化险为夷。被敌机击中后，他驾着燃烧的战机向敌机群撞去……牺牲时年仅 24 岁。他共击落敌机 6 架、击伤 1 架，被誉为"空中突击手"，成为空军一级战斗英雄、特等功臣。

焦景文（右）和长机王海

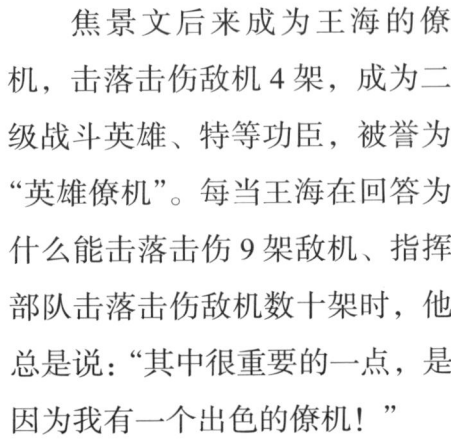

焦景文后来成为王海的僚机，击落击伤敌机4架，成为二级战斗英雄、特等功臣，被誉为"英雄僚机"。每当王海在回答为什么能击落击伤9架敌机、指挥部队击落击伤敌机数十架时，他总是说："其中很重要的一点，是因为我有一个出色的僚机！"

李世英担任中队长时21岁，属下飞行员平均年龄不到22岁。他击落击伤敌机2架，被誉为"空中歼敌能手"，还带出了一个英雄的中队。"李世英中队"入朝7个月，创造了14∶0的辉煌战绩。所属飞行员蒋道平击落美军首席"三料王牌"飞行员麦克康奈尔（其击落过飞机16架，是朝鲜战争中美军飞行员头号王牌）。李世英还率队掩护兄弟中

李世英

队，创出击落5架F-86、击伤1架的间接战果。

孙生禄牺牲后，六航校宣传科副科长祝枝专门安排干事李次膺[①]，对孙生禄生前的同学战友和家人进行了采访。李次膺记载：孙生禄毕业时领导和同学对他的评价就很高，当他离校时，大家都异口同声地说："孙生禄同志一定会是英雄！"

孙生禄的老家在河北定兴县（六航校三团所在地）。他牺牲后，生前的空三师部队为其举行追悼大会，孙生禄父亲的来信在会上引

---

① 后任新华社空军分社社长。

起了官兵强烈反响:

"我只有一个儿子,他牺牲了,自然是很悲痛的……我还有个女儿①,她也在部队上工作,我坚决要给儿子报仇。我现在保定建筑公司当木工,虽然五十多岁了,但也一定要在后方积极生产,支援你们。希望你们把我的痛恨变成你们的力量,来狠狠打击空中强盗,替我那牺牲的儿子报仇!"

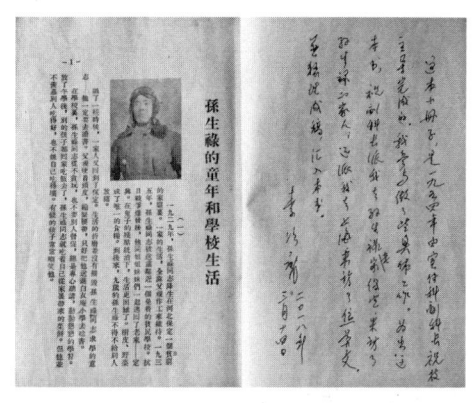

李次膺采写的文章,编入六航校政治部《向英雄模范们学习》一书。右边是李老为本书作者写的相关说明

"空中神炮手"罗沧海,一期甲班毕业。在1951年12月5日的战斗中,与3号长机艾华(六航校一期甲班毕业)一同与4架敌机格斗,罗沧海根据态势请求攻击,在艾华同意及掩护下,罗沧海在1分钟内连续切半径,分

罗沧海

别在340米、240米、145米处向3架敌机开火,1战击落F-84飞机3架,也创造了近、准、狠击落敌机的范例。他技术精湛,在多次空战中曾2次进入螺旋、1次战机负伤29处、1次油料耗完,但都能安全驾驶战鹰返航。他还做过刘志田(六航校一期甲班毕业,一等功臣,后任空军副司令员)的僚机,配合刘志田击落击伤敌机6架。战争后在一次复杂气象训练中撞山牺牲。

---

① 六航校军医孙淑华。

吴胜凯

孙忠国

"英雄的空中指挥员"吴胜凯：二期甲班毕业。不仅自己击落击伤敌机 5 架，成为二级战斗英雄、荣立一等功，还指挥所属团队（空 45 团，包括李世英中队等），击落击伤敌机 15 架。

"空中铁人"孙忠国：二期甲班毕业。击落击伤敌机 3 架。其中 1 架是驾米格 -15 击落性能优越的 F-86，荣立特等功。在一次空战中负伤跳伞，腿骨断成三截，以顽强的意志配合手术治疗，坚持康复训练，终于重新驾驶战鹰飞翔蓝天，被誉为"长空铁人"、中国的"无腿飞将军"。

……

六航校培养的蓝天英雄不胜枚举。以下这张图表，可以简要明晰地展示抗美援朝期间六航校毕业学员的战果、战功和荣誉：

姓名	击落击伤	战功和荣誉（引号中是被称誉的内容）	毕业期班
刘玉堤	8	一级战斗英雄、特等功臣。"双翼猛虎"	速成班
孙生禄	7	一级战斗英雄、特等功臣。"空中突击手"	一期甲班
焦景文	4	二级战斗英雄、特等功臣。"英雄僚机"	一期甲班
吴胜凯	5	二级战斗英雄、一等功臣。"英雄的空中指挥员"	二期甲班
罗沧海	5	特等功臣。"空中神炮手"	一期甲班
孙忠国	3	特等功臣。"长空铁人"	二期甲班
陈　亮	3	特等功臣	速成班
牟敦康	2	一等功臣	速成班

续表

姓名	击落击伤	战功和荣誉（引号中是被称誉的内容）	毕业期班
刘志田	6	一等功臣	一期甲班
魏双禄	3	一等功臣	一期甲班
刘德林	3	一等功臣	一期甲班
郑兰儒	2	一等功臣	一期甲班
王昭明	2	一等功臣	一期甲班
刘国民	3	一等功臣	一期甲班
张守兰	4	一等功臣	一期甲班
马保堂	1	一等功臣	一期甲班
李文清	1	一等功臣	一期甲班
房福堂	4	一等功臣	二期甲班
樊玉祥	4	一等功臣	二期甲班
傅毅之	2	一等功臣	一期甲班
艾 华	1	暂未查到立功准确信息	一期甲班
鄢俊武	1	二等功臣	一期甲班
李文模	1	二等功臣	速成班
张 滋	1	二等功臣	一期甲班
林 钊	1	二等功臣	一期甲班
王显智	1	二等功臣	一期甲班
李世英	2	二等功臣	二期甲班
阎清水	2	二等功臣	二期甲班
宋义春	3	二等功臣	二期甲班
周凤性	2	二等功臣	一期甲班
乔华南	1	二等功臣	二期甲班
祁建君	1	二等功臣	二期甲班

续表

姓名	击落击伤	战功和荣誉（引号中是被称誉的内容）	毕业期班
朱凤岐	1	二等功臣	二期甲班
马建中	3	二等功臣	二期甲班
邸宝善	2	暂未查到立功准确信息	一期乙班
丁士才	1	暂未查到立功准确信息	一期乙班
韩友三	1	暂未查到立功准确信息	一期乙班
郭子潭	1	暂未查到立功准确信息	一期乙班
智学仕	1	暂未查到立功准确信息	一期乙班
胡春友	1	暂未查到立功准确信息	一期乙班
田成捷	1	暂未查到立功准确信息	二期甲班
于云爽	1	暂未查到立功准确信息	二期甲班
姬长贵	1	暂未查到立功准确信息	二期甲班
梁祥久	1	暂未查到立功准确信息	二期甲班
常凤鸣	1	暂未查到立功准确信息	二期甲班
合计	105	（六航校史书记载为104架）	

汇集整理依据：空军司令部编《中国人民解放军空军飞行员名录》（主编许其亮），蓝天出版社1995年版，第79—88页，附录五第90—103页；空军装备部编《空天铸剑——人民空军腾飞和发展实录》，蓝天出版社2011年版，第67—74页；第六飞行学院政治部《首都航校60年》，2009年，第197—200页；《空军英模录》和空三师、空四师等师史馆资料。

抗美援朝期间，志愿军空军共实战起飞2457批，26491架次；实战366批，4872架次；有212名飞行员击落或击伤敌机；取得击落击伤美军为首的"联合国空军"各型飞机425架（击落330架、击伤95架）的辉煌战绩。

这期间六航校毕业学员505名，多名学员飞赴前线参战，其中45人击落击伤敌机，占空军取得战绩飞行员总数的21.2%；他们击落击伤敌机105架（击落78架、击伤27架），占志愿军空军战绩的 24.71%。

抗美援朝志愿军空勤人员牺牲 116 人，目前确认有六航校毕业学员 18 人（校史记载是 15 人），占 15.5%。

联合国军与志愿军空军，敌我双方空战"战损比"为 1.43∶1。这对于刚诞生不久、迎战强敌的中国空军来说，无疑是历史性的、巨大的胜利①。

抗美援朝期间，六航校毕业学员牺牲的 18 位烈士——

孙生禄	陈 亮	樊玉祥	房福堂	刘德林	王靖生	李文清
王显智	刘振兴	鄢俊武	李文彬	牟敦康	林 钊	贾广和
郭武魁	赵志才	于长富	朱学才			

当时的美远东空军司令官斯特梅莱耶曾哀叹："中国空军正在以无法想象的速度迅速强大，空中优势无可挽回地受到强有力的挑战！"时任美军参谋长范登堡也惊呼："共产党中国几乎在一夜之间就成了世界上主要空军强国之一。"抗美援朝战争的胜利，为新中国赢得了较长时期的和平发展环境。六航校的毕业学员，为此做出了卓越贡献，他们充满血性的战斗精神，汇入了人民空军的"英雄基因"！

二、国土防空再展英豪②

新中国成立后不久，空军将不多的主要作战力量投入抗美援朝

---

① 空军装备部编：《空天铸剑——人民空军腾飞和发展实录》，蓝天出版社 2011 年版，第 71 页。
② 飞行员资料依据：肖振邦、牛锐利编著：《鹰击长空——人民空军空战纪事》，蓝天出版社 2016 年版，第 241-257 页；空军装备部编：《空天铸剑——人民空军腾飞和发展实录》，蓝天出版社 2011 年版，第 86-95 页；人民网党史频道文章等。

战场，国民党空军倚仗美军的支持，掌握着浙江、福建、广东沿海地区的制空权，不断窜扰大陆侦察、轰炸，给人民生命财产造成重大损失。人民空军与国民党空军为争夺制空权展开激烈斗争……20世纪50年代中后期彻底改变了势态。

在空海军航空兵部队中，有许多在六航校学习工作过的飞行员，他们为国土防空做出毕生努力和重要贡献，保卫了祖国蓝天的安宁。据空军统计，在1949—1987年国土防空作战中，空海军航空兵共击落各型敌机78架、击伤42架。其中，六航校毕业学员发挥了哪些作用？取得了怎样的战绩？以下的统计，将回答这些问题：

姓名	击落击伤敌机	战功和荣誉	期班
刘玉堤	1	三等功	速成班
张　滋	1	击落敌机毙敌9名。三等功	一期甲班
曹　永	1	暂无详细立功资料	一期乙班
周春富	3	一等功臣。被誉为"孤胆英雄"	五期乙班
王文礼	1	"夜空猎手"。周总理接见	三期乙班
王鸿喜	3	一等功。毛主席接见	三期乙班
高长吉	3	一等功、三等功	四期乙班
张以林	2	一等功。"长空虎将"	四期乙班
赵德安	2	不含追迫在香港落地的1架敌机。一等功、三等功	二期乙班
王砚铭	1	一等功、三等功	三期甲班
马铭贤	2	史料未将4人区分，记为共同战绩。	三期乙班
程开信			三期乙班
陈怡恕			三期乙班
谢进林			三期乙班
陈根发	1	提前晋少校。周总理接见	三期乙班
董小海	1	一等功、三等功	三期甲班
高　翔	1	一等功、三等功。毛主席接见	三期乙班

续表

姓名	击落击伤敌机	战功和荣誉	期班
胡春生	1	首开国产歼击机击落敌机战绩。一等功	三期乙班
李瑞仿	2	一等功臣、三等功	一期甲班
杜凤瑞	2	一等功。"空军英雄战士"	期班不详
王自重	2	一等功、三等功	五期甲班
李大云	1	一等功、三等功	十二期甲班
崔　巍	1	三等功	一期甲班
丁品贵	1	一等功、三等功	二期乙班
岳崇新	1	毛主席、周总理接见	原十二校八期甲班
张振芳	1	集体击落。一等功	原十二校八期甲班
朱嗣珩	1	一等功	原十二校十三期乙班
王相一	1	二等功	原十二校十一期乙班
张炳贤	1	二等功	原十二校十一期乙班
合　计	38	注：其中击落28架，击伤10架	

以上是不完全统计。在国土防空作战中，六航校毕业学员击落击伤敌机的数量，占空海军航空兵飞行员击落击伤敌机总数的31.67%以上[①]。

智勇双全的"空军英雄战士"杜凤瑞：1948年参军，在陆军立过二等功。1953年进入六航校时，只认识几百个字，靠顽强毅力刻苦学习飞上了蓝天。1958年，国民党"双十节"在台湾海峡猖狂出动飞机400

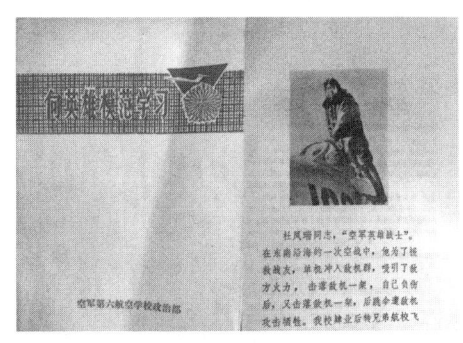

1978年，六航校政治部游潜智等编写的《向英雄模范学习》一书中关于杜凤瑞的内容

---

① 空军装备部编《空天铸剑——人民空军腾飞和发展实录》，蓝天出版社2011年版，第80-105页；第六飞行学院政治部《首都航校60年》，2009年，第201-202页。

周春富

张滋

胡春生

架次，其中 6 架 F-86 窜入福建上空。杜凤瑞驾米格-17 拦截，在战斗中连续击落 2 架敌机，因飞机重伤被迫跳伞，在空中被敌机扫射牺牲！由于我军掌握了闽粤地区制空权，这场战斗后，敌我双方在大陆上空的大机群空战停止。1964 年，国防部授予杜凤瑞生前所在中队为"杜凤瑞中队"。

"孤胆英雄"周春富：五期乙班毕业。1958 年 8 月 14 日，在福建平潭岛上空空战时，为掩护战友，他单机插进敌机群与敌 10 余架飞机激战，在与编队失去联系、敌众我寡的情况下，英勇奋战，1 分钟内击落敌 F-86 2 架，击伤 1 架。因身负重伤、飞机失控而牺牲，荣立一等功。

再立新功的张滋：一期甲班毕业。抗美援朝曾是"王海大队"副大队长，击落击伤敌机 2 架。1956 年 11 月 10 日，驾米格-17 击落国民党空军 C-46 运输机 1 架，敌飞行员和机上特务 9 人毙命。

扬名国产战机的胡春生：三期乙班毕业。1958 年 2 月 18 日，驾歼-5 在 12000 米以上高空，和飞行员舒积成轮番对国民党空军 RB-57A 侦察机进行攻击，首开世界同温层击落敌机的先例。这也是飞行员驾驶国产歼击机第一次击落敌机。

英勇无畏的王自重：五期甲班毕业。1958年9月24日，国民党空军300架次飞机分3批窜至泉州上空，并挂载美国刚研制的世界最先进的"响尾蛇"导弹。我军勇猛快速与敌近战格斗，使其没有发射机会。王自重因飞机失控掉队，在追赶编队中，与偷袭的12架敌机遭遇，为保护战友毅然楔入敌机群，连续击落2架F-86后，被"响尾蛇"击中，血洒长空。这是世界空战史上首次使用空空导弹。王自重被追记一等功，是海航著名的战斗英雄。战后刘亚楼命国防部五院把3枚落地未炸的导弹作为研制空空导弹的样品……

王自重

"夜空猎手"王文礼：三期乙班毕业。1963年6月19日，在江西临川附近，击落国民党空军P-2V夜间侦察机1架，机上国民党军"技术研究组"少校作战长周以粟等14人毙命。这是空军航空兵部队在夜间、低空、复杂气象条件下，首次击落装备新型电子警戒干扰设备的电子侦察机。被空军授予"夜空猎手"荣誉称号，受到周总理亲切接见。

王文礼

勇战强敌的高翔：三期乙班毕业。1965年9月20日，用歼-6挑战美军最先进的F-104C战斗机，成为世界上第一个打掉

在六航校学习时的高翔。高慧青提供

王鸿喜

陈根发

赵德安（左）、王砚铭作战归来

F-104C 的人，同时也创造了空战史上超音速战斗机开炮距离最近（39 米）纪录。而且当时驾驶的飞机发生故障，只有 1 台发动机工作……跳伞被俘的美军飞行员史密斯感叹："这样的部队是不可战胜的！"

敲掉"魔术师"的王鸿喜：三期乙班毕业。一等功臣，在国土防空中击落敌机 2 架、击伤 1 架。其中 1964 年 12 月 28 日，击落国民党空军 RF-101A"魔术师"战术侦察机 1 架，是歼-6 飞机装备部队首次击落有人驾驶的敌机。

夜间歼敌的陈根发：三期乙班毕业。1964 年 11 月 11 日，驾米格-15 击落国民党空军 P-2V 夜间侦察机 1 架。

"赵德安大队""霹雳中队""航空兵英雄中队"：赵德安、王砚铭（也有黄振洪之说）、高长吉、张以林分别于二期乙班、三期甲班、四期乙班、四期乙班毕业。1956 年 10 月 1 日，赵德安、王砚铭在汕头附近击落击伤 F-84 各 1 架。

1958 年 7 月 29 日，赵德安、高长吉、张以林等 4 人驾米格-17 在福建南澳岛上空与国民党空军 4 架 F-84 空战，仅 3 分钟耗弹 165 发，就取得 3∶0 战绩（击落 2 架、击伤 1 架），创造了中国空军的典范战例。因是入闽作战首次胜利，毛主席欣喜地对刘亚楼说："祝贺你们旗开得胜！"

左图：张以林；右图：1965 年 3 月，罗瑞卿大将在广东接见高长吉

赵德安、高长吉、张以林等 4 人以 3∶0 的战绩凯旋，受到战友们的热烈欢迎。

1958 年 9 月 8 日，张以林在广东南澳岛上空与国民党空军飞机空战，在自己飞机负伤的情况下，仍追至敌机 300 米处将其击落，被誉为"长空虎将"。

1965 年年初，刚改装歼 –6 的 54 大队（1961 年航空兵团改称大队、大队改称中队，1970 年又恢复）分成 2 个作战分队赴粤东、广西。3 月 18 日，号称"西方战略眼睛"的 RF–101 战斗侦察机 2 架窜入汕头地区上空，高长吉在万米高空连续做了十几个高难动作，追上最后

董小海

1架,在距600米处3炮齐发,打得其凌空爆炸。这是歼-6在极限速度下打掉敌机,诞生了世界空战史超音速条件下击落敌机的纪录。

4月3日,美军无人驾驶高空侦察机窜入广西南宁地区上空,董小海驾歼-6在距敌机200米处将其击落。15天内,该大队(团)连续打了两个胜仗。

空军开始命名为"赵德安大队",后因大队改中队,1964年9月29日空军命名该大队"霹雳中队"。1965年5月3日,国防部授予该大队"航空兵英雄中队"称号,成为国土防空作战中唯一被国防部命名的飞行大队。

马铭贤中队合影(左一为马铭贤)

"马铭贤中队":该中队马铭贤、程开信、陈怡恕、谢进林均曾为六航校学员。1958年8月13日,马铭贤率4机编队,将国民党2架RF-84侦察机击成重伤后坠海。

指挥歼敌的刘鹤翘:曾在六航校学习工作。1964年任空某师副师长时,指挥所属部队击落国民党空军A-3B型飞机和无人驾驶高空侦察机各1架,1965年1月9日,受到周恩来、贺龙、叶剑英、罗瑞卿等首长接见。

"反劫持英雄"张景海:二十六期乙班毕业。1982年7月30日,在执行重要外宾专机任务中,遇歹徒持枪劫机,他与机组人员密切配合,勇斗歹徒身负重伤,为保证专机安全做出了突出贡献,被中央军委授予"反劫持英雄"荣誉称号。

英雄机组人员合影，坐轮椅者为张景海

三、科研试飞星光闪耀[1]

吕茂繁：三期乙二班毕业，1958年初教–6首飞试飞员。初教–6是我国第一款自行设计生产、性能优良的初级教练机，也是首获国家质量金质奖的机型，至今仍是我军飞行员最基础的训练机型。

葛文墉：三期甲班毕业，歼–7首飞试飞员。1978年，空军党委授予其"飞行技术能手""科技先进工作者"荣誉称号。

滑俊：一期乙班毕业。1980年，中央军委授予其"科研试飞英雄"荣誉称号，获一级英模勋章。

王昂：十二期代训班学员。1980年，中央军委授予其"科研试飞英雄"荣誉称号，

葛文墉

---

[1] 飞行员资料依据：空军装备部编：《空天铸剑——人民空军腾飞和发展实录》，蓝天出版社2011年版，第172-174页；第六飞行学院政治部：《首都航校60年》，2009年，第203-204页。

滑俊（右）和王昂在研究新机种试飞

王冠扬

获一级英模勋章。

滑俊、王昂均为空军试飞团副团长，他们在试飞中不畏艰险，勇闯禁区，攻克难关，圆满完成科研试飞任务，为中国航空事业的发展做出了重要贡献。空军在北京举行命名大会。

王冠扬：十三期甲班学员。空军试飞团副大队长。1977年6月19日驾歼-7科研试飞，因发动机故障空中停车，他不顾个人安危放弃跳伞，成功避开村庄、工厂迫降，身负重伤。空军党委授予其"雷锋式的飞行员"荣誉称号。1978年被全国科学大会评为先进个人。

李少飞：十五期丁班学员，空军试飞员，被空军树为"社会主义精神文明先进个人标兵"。

刘明：八三期庚班学员，空军试飞员，"五四青年奖章"获得者，"优秀飞行员标兵"。

1994年，3名毕业学员取得"国际级试飞员"资格（俄罗斯国家试飞员学院授予），也是空军最早获得这一资格的飞行员：李中华，八三期庚班学员，2007年，空军授予"英雄试飞员"荣誉称号，后又被全军评为"十大爱军精武标兵""全军优秀党员"，首届"八一勋章获得者"；张景亭，八三期庚班学员，L-15首飞试飞员之一，曾任空军试飞团团长，"全军优秀地方大学生干部"；徐勇凌，八四期丁班学员……

带队完成核试验取样的曾广富：一期乙二班毕业。参加过抗美援朝空战。1964 年任空某师副师长时，负责带领 13 名飞行员执行核试验穿云取样任务，因完成任务出色荣立集体一等功（参试飞行员均立一等功）。据空军原作战部领导和飞行员回忆，在完成任务后的归建中，4 机编队着陆，其中 1 架下滑未放起落架（信号员未发现），千钧一发时刻，曾广富准确喊出飞行员名字并要求紧急复飞，飞机成功复飞，尾流将地面尘土吹起……

四、三巡苍穹壮举空前

景海鹏：原十二飞院（并入六飞院）八八期甲班学员。中国人民解放军航天员大队特级航天员。2005 年入选神舟六号载人飞行任务。2008 年执行神舟七号载人飞行任务，实现中国人首次太空行走。同年 11 月，被中共中央、国务院、中央军委授予"英雄航天员"荣誉称号。2012 年执行天宫一号与神舟九号载人交会对接任务，担任指令长，同

"航天英雄"景海鹏

年被中共中央、国务院、中央军委授予二级航天功勋奖章。2016 年执行天宫二号与神舟十一号载人飞行任务，担任指令长，圆满完成与天宫二号空间实验室交会对接，开展一批体现国际科学前沿和高新技术发展方向的空间科学与应用任务，首次实现我国航天员中期在轨驻留。2018 年是改革开放 40 年，党中央、国务院授予其改革先锋称号，颁授其改革先锋奖章。

五、抢险救灾奉献生命

抗震救灾英雄邱光华

邱光华：抗震救灾英雄。四川茂县人，羌族，我军第一代少数民族飞行员。三十期丙班毕业。1975年年底，邱光华进入六航校学飞直升机。他所在班有11个少数民族的学员，被誉为"民族之鹰"。邱光华毕业后多次执行军演、开辟青藏航线、国防科研、中央专机等重大任务。在2008年5月四川汶川特大地震中，冒着生命危险，先后飞行63架次，运送救灾人员87人、物资25.8吨，转移群众180人，为抗震救灾做出了突出贡献。5月31日，在执行任务返航途中，因高山峡谷恶劣天气变化，和机组战友不幸遇难、以身殉职。中央军委追记其一等功。胡锦涛总书记称赞他为"党和人民的优秀儿子"。2009年被评选为"100位新中国成立以来感动中国人物"之一。

共和国蓝天丰碑不朽！六航校英雄浩气长存！

第三章

气贯长虹的英雄『速成班』

进入 1949 年，实现全国解放、保卫即将诞生的新中国领空的任务迫在眉睫。党中央在这种形势下，第一次正式提出建立空军……中国共产党人自 20 世纪 20 年代始的"人民空军梦"，从这年起进入了实现的"快车道"。

新中国成立一个多月后，1949 年 11 月 11 日，人民空军正式成立。同时，在苏联帮助下组建起包括六航校在内的新中国首批六所航校；其后，又利用老航校保留的日籍航空技术人才及装备器材，成立第七航空学校……中央军委很快又做出决定，要在 6 个月内速成训练出 2 个驱逐机团、1 个轰炸机团所需要的飞行员，随后编入空军部队，担负作战任务。

飞行是一门涉及多学科知识的复杂技术，培养一名飞行员需要较长的时间。那时，航校的机场、营房、装备，甚至课本及基本生活保障等，都没有准备好，各类干部不断从四面八方调进，经常来不及谈话就分到各单位……要在非常短的时间里，完成党中央、中央军委赋予的崇高使命、艰巨任务，不能一切四平八稳、按部就班。

空军首长采取了很多超常措施。其中一项：将在东北老航校的 89 名飞行学员、20 名领航学员，分到各航校，组成"速成班"，进行掌握苏制作战飞机的速成训练。空军确定的训练方针为：速成的、分散的、部队性质的……于是，六航校有了一个最早的期班——19 名飞行学员的"速成班"。

近70年的光阴似箭。这19人的资料如今很不完整,尽管笔者"逐人追踪",但很多内容难以查到,有几人甚至没有基本资料。六航校史书上没列入的速成班3名抗美援朝烈士,本书做了补充。下面,根据有限的史料,尽量还原这个速成班的大致情况。

19名学员中,除李延森是1949年1月从杭州笕桥国民党空军官校驾驶PT-17飞机起义的飞行生外,其他18名都是老航校1946年飞行一期至1949年飞行三期的学员,并且都是经过革命战争考验的陆军战斗骨干。

对于这个期班,很多人往往看成是一个早期"老八路学飞行"的普通期班。一经深入了解,就能够感受到一种特殊的"气场"、一束巨大的"光电"……

速成班学员军政素质优良,并且都很年轻。他们平均年龄二十三四岁,最大的才二十七八岁。特别是在东北老航校那段"汽油无比珍贵""器材是第二生命"的日子里,刘亚楼等东总首长要求"每滴汽油、每根铁丝,都要用在经过考验、在今后的创业中能当骨干的同志身上……这是不能含糊的建军原则问题"[①]。所以,转到六航校的学员已有相当基础:都飞过日制99高教,有的还飞过美制P-51战斗机,平均有70小时以上的飞行经验。

飞行员至今仍是我军作战力量的"重中之重",而在新中国之初、人民空军振翅启

日制99高教机

---

① 杨万清、齐春元:《刘亚楼将军传》,中共党史出版社1995年版,第205页。

航之时,"速成班"学员自然就成了"宝中之宝"。他们对于刚刚诞生、飞行员奇缺的人民空军来说,显得尤为珍贵,党中央和中央军委对他们寄予了厚望。

1949年12月1日,六航校速成班和一期甲班正式开课。12月11日,刘亚楼司令员陪同朱德总司令、聂荣臻代总长兼华北军区司令员,以及苏联大使罗申、武官、空军军事顾问等,亲临六航校参加开学典礼。朱总司令等首长不仅参加了开学典礼,以后还参加了毕业典礼,同时检阅了六航校部队。这对于中国空军具有里程碑的意义。直到今天,依然是新中国军事院校开学及毕业典礼的最高规格。

速成班学员都是从战争年代过来的。当年在东北老航校成立大会上,党中央、东北局及东野的代表何长工,问了一句极触动他们的话:"你们当中有谁吃过敌机轰炸的苦头?"台下即刻臂膀如林,几乎人人举起手来。

老航校的学员是我军的精英,多经历九死一生,最懂得没有"制空权"是战场上最大的威胁、没有"人民防空"是中华民族的心腹大患!他们都知道,红三军军长黄公略在第三次反围剿中牺牲在敌机之下;毛主席的警卫员遭敌机轰炸牺牲,夫人贺子珍身上10多处受伤;王稼祥、叶剑英等也都因敌机轰炸受伤……而且,他们也都有自己的特殊经历,刘玉堤的两个战友(其中一个救过刘玉堤的命)在敌机劈头盖脸的轰炸下,一个被削去了半个脑袋、一个死在他手中的担架上。不能上天和敌人厮杀,让刘玉堤恨得咬牙切齿!李文模在延安躲避敌机轰炸

速成班学员都飞过的拉-9飞机——苏联1944年设计的最后一代单座活塞式战斗机

时都盯着敌机下决心："将来我们自己也有飞机时，我一定要当红军的空军飞行员，狠狠消灭国民党空中强盗，为死难的烈士和人民群众报仇雪恨！"他数次向领导要求去学飞行，经历诸多曲折后终于圆梦。就是这样的一群人，刚接到学飞行的通知时，都想到去复仇，为此激动得想哭！

学员憋着一股劲，他们的首长也同样。刘亚楼第一次到老航校，就谈起自己在第五次反围剿中任红二师5团政委的往事："师政委是胡阿林，大个子，就是被敌机炸死的！"在场的人回忆，刘亚楼说这话时眼圈潮红、鼻翼翕动，抓起桌上一个茶缸，把一缸水一气喝干。

速成班学员从老航校开始，就是在这样熊熊的"火堆"上烘烤着、锻造着。朱德总司令的训词："为了夺取解放战争的彻底胜利，为了解放我们的全部领土，为了捍卫我们伟大祖国的神圣领空，我们需要建设强大的人民空军……勇敢加技术就是最好的战术……同志们，努力学习，努力工作，建设好人民空军！"让当时坐在台下最前面、近距离倾听的速成班学员热血澎湃，受到一次崇高的精神洗礼，并自觉化成了巨大的学习动力。

那时我军官兵文化程度普遍偏低，速成班学员最初的文化程度也大多不高。刘玉堤、李文模等人参军时只有小学文化。丁锦章至今记得"自己参军前只读过私塾和两年小学，只是能认字而已"。他们在部队这所大学校里，通过自觉刻苦的学习有了很大提高，到六航校时已不是原来的水平了。刘玉堤在延安时把一本《范氏代数》几乎翻烂，木匠手艺也

六航校速成班学员开始学习。李萍提供

很绝,做的小提琴、二胡很受"鲁艺"乐手们欢迎;李文模经过"红大"学习,胜任了中央机要秘书工作,老航校开学和毕业典礼上都被指派代表学员发言。有的学员基础好一些,如牟敦康家庭条件比较好,参军前接受的文化教育比较多;朱学才入伍前是初中文化程度,参军后在华中局创办的华中建设大学学习过;刘发科上过初级师范;吴光裕是高中毕业生,在学员中文化程度最高……据1950年空司的统计,航校速成班学员具备初中以上文化程度的达66%。

六航校速成班学员有一个明显的共性特征:目标追求十分明确,极其渴望掌握飞行技术。牟敦康的一句话代表了他们的心愿:"我一定要好好飞,将来去打仗。"所以,他们都特别勤奋,初到六航校,就把教室当成了战场。

速成班的航理课程"麻雀虽小,五脏俱全",包括飞行原理、飞机构造、发动机、空中领航、空中射击、航空卫生、气象学、地形学、战术学、电信、降落伞、特设等12门学科。而上课和实习时间只有一个月,竟安排了300多小时。可见其紧张和艰辛程度!那时他们有一句口号:"狠冲猛闯,勤学苦练,突破理论难点!"

六航校速成班学员训练时的合影。李萍提供

六航校开训后,因南苑训练条件有限,夏伯勋带速成班学员移至天津张贵庄机场训练。他们从雅克-18开始,又经过雅克-11,最后完成拉-9昼间简单气象条件下的双机基本战斗科目。由于安排有序、组织严密,人均飞行45小时

36 分,高于空军驱逐航校速成班人均 33 小时的飞行时间。

那时的训练和生活紧张而艰苦,保障条件较差,各种器材紧缺。速成班学员付出了超常的努力,很快掌握了基本课程,原定 6 个月的学习计划,用 5 个月全部完成。

速成班受到军委、空军首长高度关注。李文模回忆:1950 年 5 月 17 日的毕业典礼,朱德、彭德怀等在京的各位老总和三总部首长都参加了。我代表毕业学员发言,因头天晚上才得到通知,也没有讲稿,上台后立正就讲:"我代表毕业同学向党中央、毛主席和军委首长请战、表决心,请求马上把我们编入解放沿海岛屿、保卫祖国领空和领海安全的战斗行列。我们向党中央、毛主席、军委首长保证,坚决服从命令、听从指挥,指到哪里,打到哪里,一不怕苦,二不怕死,英勇战斗……为受袭击而牺牲的烈士和广大人民群众报仇雪恨!"由于发言干脆利落,体现了上级的要求和同学们的心声,首长们个个喜笑颜开、带头鼓掌,鼓掌时间之长和热烈程度超出意料。会后,教学员也都给予好评。①

这 19 人在六航校的学习成绩怎样?很遗憾,笔者未能查到有关资料,但有幸看到了那时空军航校速成班的整体情况:平时及毕业的平均成绩为"四点六二(92 分)",其中特等生占 60% 以上,优等生占 30% 左右,中等生不到 10%。掌握了现代飞行技术,让这批来自陆军、政治素质过硬的学员如虎添翼,更加期待着腾飞向战的那一天。

一些新的史料的发掘,也让今天的人们看到他们学习期间的精神生活,对他们有了更全面深入的认识。

---

① 庄品华、蔡振兴编著:《飞将军李文模传奇》,香港华夏文化出版社 2010 年版,第 98-99 页。

速成班是一个团结向上的群体。牟敦康、吴光裕和刘玉堤是无话不谈的"三剑客""铁哥们儿",在东北老航校就喜欢一块儿出去打兔子、打狍子。刘玉堤是速成班的老大哥,排队总是站在第一个。刘发科会理发,业余时间给同学理、给教员理。已94岁高龄的周智弘是当时的飞行助教,至今还清晰地记得:给刘发科起的绰号是"留发科",因为对其即将离校依依不舍,还开玩笑说:"你走了没人给我理发了!"

牟敦康是这个群体的优秀代表之一。1928年生,1944年参军,1946年进老航校学习,后转入六航校学习。抗美援朝中任空三师7团大队长,击落击伤敌机2架(空军史料的记载。六航校校史写击落3架,个别资料还有写击落击伤4架),荣立一等功。1951年11月30日,在掩护轰炸机部队轰炸大和岛作战中牺牲,年仅23岁。他爱写日记,喜欢与战友通信。能找到的他的第一篇日记,是1950年元旦写的,从这天起至他牺牲共17篇日记。牟敦康的书信,所幸被其家人保存下来,让今天的人们看到他的情怀、思考和战斗激情。

1950年1月1日,他写道:"四九年过去了。回忆这一年,除在技术上的进步外,其他的一切皆与年龄的增加不成正比例。我始终没有好好管理自己的能力,几年来都是如此,尤其今年特别明显。一年来,客观条件对我好好学习提高自己是很有利的,可以将政治文化水平(我最缺少的东西)提到一定的程度,然而又没有这样做……"

牟敦康展望新的一年,这样激励自己:"五〇年再不能这样的混下去,五〇年今天是开始,我要在这时候立下字据,订下计划,在今年度过后完成。根据党的意图,在技术上完成每个计划并成为优秀的完成计划者,努力学习文化,达到能将自己肚子里的东西有系统、有条理地说写,对一般的政治书籍能掌握它的中心,领会到内容(基本上);对眼前的事物,自己的工作、生活有条理抓住中心总结。"

能到六航校学习令他兴奋。他当时想起1946年,老航校一期乙班因飞机紧缺,一年时间未能训练,那时他极其苦闷,甚至提出要离开学校上前线去打仗。他在1月11日的日记里写道:"今番我要以更大的努力来完成学习任务,按着党所希望的、将苏联同志教的一切努力学好,成为一个优秀的飞行员。今天,我也这样向上级、同志表示,一定不使它落空,百分之百实现它。根据过去的情形,我努力学习,可以很好地、完满地完成学习任务。如今,更加努力将会有更好的成绩吧!"

人民空军的诞生、苏联装备的引进,让牟敦康充满喜悦、信心倍增:"在过去一直也没有这样的条件回答(实现)我的希望。今天一切都改变了,努力学吧!一两年后,我一定具备下这样的能力,教训帝国主义者胆敢与中国人民为敌的飞行员们,要他们得到一个新的认识,中国人民的空军是世界上优秀的,碰到他就会倒霉。"

牟敦康也实现了自己学习提高、击落敌机的愿望。他的同学、挚友吴光裕曾说:"牟敦康的飞行技术是我们学员中最棒的!"

速成班1950年5月17日毕业(离校时间不详)。

速成班毕业照。后排左起:曹金书、李文模、赵志才、牟敦康、张华,中排左起:王勇、李延森、朱学才、于长富、陈亮,前排左起:刘玉堤、王金台、吴光裕、王子祥、宋文洲

六航校 50 年校史记载：速成班毕业 17 人，其中丁锦章、于进德留校（60 年校史改为：丁锦章留校，杨扶真去他校）。同时，标注留校的两人未参加这张毕业合影。

笔者初看这张照片就心生疑问：速成班 19 人，为什么照片上只有 15 人？留校的人为什么没参加这么重要的毕业合影？另外两人不太可能停飞，究竟有什么情况？

为此，笔者两次向丁锦章前辈求证。丁老已 92 岁高龄，仍思维清晰、记忆准确："照片 15 人外，当时我留校任教，于进德调到民航系统，杨扶真、刘发科调整到了三十四师飞专机。那时速成班同学都渴望到部队上前线，尽管都知道要去打仗，按当时的飞机和技术基础，牺牲的可能性很大，但都没有退缩和胆小的。自己和另一位同志对留下来极不情愿、特别生气……"

也就是说，留校的两人是因为"闹情绪"没有参加这次合影！要知道，那个特殊年代里，他们争的可不是什么名利待遇、晋升机遇，而是要去为国上战场、去献身！

校长安志敏的一番话语重心长："我不能把我的人都送到前线去呀！我要留下种子！"这句话让丁锦章转变了认识并铭记至今。丁老还回忆道："那时六航校主要是苏联教员，中国教员很少，第一个留校任教的就是我。因为安校长的话，我逐渐安下心来……"丁锦章后来任六航校副校长、四航校校长。

1950 年 10 月 18 日，毛泽东主持研

1950 年春，六航校飞行大队部分战友合影。前排左起：丁锦章、童征、杨扶真；后排左起：陈明、周智弘。陈明提供

究出兵援朝问题。形势复杂、军情严峻，彭德怀心情沉重地对刘亚楼说："空军司令官，我等着你的空军哪！"压力巨大的刘亚楼坚定地回答："请彭总放心！"在决战之前，这种庄严承诺不是轻易出口的，不仅要有坚定的信仰和意志，同时也须有实力的底气：此时的人民空军，已不是一年前的"空"军了！一支虽然不大，但已经显露锐气、杀气与胜利希望的蓝天虎贲之师，这年6月19日在南京出现。六航校速成班学员们，成为人民空军首支航空兵作战部队——第四混成旅歼击机团的基本飞行力量。

当时，第四混成旅下属4个飞行团，空10团是第一个装备米格–15喷气式歼击机的战斗团（其他分别为拉–11活塞式歼击机团、图–2轰炸机团、伊尔–10强击机团）。该团开始驻地徐州，7月初接收了来自六航校、三航校和五航校速成班的30名飞行员。六航校副校长夏伯勋任该团团长。开始是进行拉–9战斗科目训练，8月先后转场至上海大场、龙华、虹桥机场，在苏军顾问指导下改装喷气式歼击机。后来的著名战斗英雄、空军司令员王海，这时也调整到该团……

牟敦康1950年10月10日的一段激情文字，表达了这些飞行员强烈报国之志就要实现时的心情："盼望多年的任务今天开始扛在我们的肩上了。我在保卫大上海了。这是多光荣与高兴的大事。10月10号是我开始战斗任务的诞生，应与47年的5月11号我飞行诞日一样地记在脑子里。自那天以后，我始终努力于学习技术，虽经过无数次的打击，但对每一个技术学习任务，都是优秀的完成任务者。那一切的努力乃是为着学好技术，为了向敌人报复，报答人民，回答党的培养；为着为英雄的中国人争气，为中国人民空军争气。无边际的将来今天等到了，虽然只是担负任务的开始。过去一切理想将一一成为现实。首先担负任务的飞行员有我，但愿首先与敌人见面的也有我。那我将定成为人民空军首创敌人的战士。喷气式的飞机,热爱祖国的飞行员坐在里面,将不会放走任何的敌机。讨还血债的日子即将到来,为人民立功的日子即将到了,振作精神,准备战斗。"

牟敦康和战友们在米格–15上平均飞了16小时25分,10月19日零时起,正式接替苏联巴基斯基中将率领的"混合集团军",担负起上海的防空任务。同一天,麦克阿瑟率"联合国军"悍然越过"三八线"占领平壤,彭德怀率中国人民志愿军赴朝参战。1950年10月28日,空10团转场辽宁辽阳,改编为"空军第四驱逐旅",几天后毛主席批准改为空四师(因战功卓著1956年军委批准改序号为空一师)。刚成立的第三驱逐旅改为空三师,夏伯勋为该师代师长。按照毛主席"采取稳妥的办法为好""初次打仗,一鸣则已、不必惊人""边打边稳边建""部队轮番参战"等指示,空军打破常规突击训练,空四师(夏伯勋1951年7月任该师副师长)最早经受实战、冲上抗美援朝空中战场。此后空军即组建空二师,首任政委是张百春。1951年10月22日,张百春率空二师师部及4团飞行员24名、拉–11飞机24架,由涿县转场至辽宁凤城机场,担负打击敌小机群、配合志愿军陆军攻占大小和岛等作战任务(该师1952年9月还在上海上空击落美军轰炸机一架,取得人民空军国土防空首次战果)……六航校及速成班就是这样,与人民空军每一个关键时刻紧密相连,并且每一笔都是浓墨重彩!

吴光裕1951年10月6日写给牟敦康一封长信,以下是原文录制,内容十分精彩,开头的称呼和问候就很有意思:

敬而且爱的牟大爷同志:首先向你问安,"猪入给,猪入给"①身体好转了吗？现在战备得如何了？

我们到安东后，的确也干了不少仗，我们这些所谓年轻小伙子，特别是那些航校出来的光棍条子们，真的是干得不算差。我们从打敌小批的开始，直到现在，我们已经打大的了。出去一个团或者一个师，在友邦配合下，我们经历了双方共二百、三百架的所谓大会战已经好几次，在战区上空，只看到我们的小燕子和敌人的老鸦，来往穿梭。现在吉世堂、褚福田、郑刚、侯书军、李宪刚都击落F-86各一，其他如申炳昊、吴奇、赵明都击中了，至于敝人差劲，自任了射击主任后，只好当团的四号机，开火机会少，开炮来说，还是我第一打响了，情形是这样，在H11000（米）正发现F-86双机，鄙人在转弯中拉后，这两架便对到阮、陈的后面，吉的前面，我一见这灰家伙见势不妙，拉过来就是一下，打过也必掉高空了，就是一个上升转弯，后来就掉队了。回来一看，原来大家都是稀里哗啦的了，于是掉队也就马马虎虎地过去了。这第一炮打响后，敌人未击落也未击中，以后他们开炮成绩又来了！这仅是一例而已，我还需告诉你几个有趣的事情，（1）一天打F-18，在H11000（米）打乱了，敌人又是单机，孤家寡人了，正在联系时尾部来了两个。我先加满油门，后问后面是何人，他不答，我一看D②可能是1000～2000m，还是个俯击姿势，不妙就拉上升转弯，因为敌人到1200m后边不再上去了（性能关系，因兄弟团李永泰遭八架F-86射击中弹52颗，但未击中发动机，所以他极力爬到12000m，敌便跑了，他又回来了）。我拉了一个上

---

① 朝鲜语，意为绵延起伏。
② 敌机。

升转弯后,见他还在我内侧,我又拉,他们吃不消,内侧不能掉了,嗖的一下,到了 D 外侧被太阳一照,原来是我们的小燕子,我真又好气又好笑。再问问,原来是小李子和孙悦琨,真浑蛋。我再看看高度,已经到了 14400m 了,此一例。(2) 王子祥被敌围住,拉急上升看 V-240 进入螺旋,改正后还是被围,一个急上升 V 已到了 250 了。但对头两个 F-80,通通几炮后,又进入螺旋,螺旋中又见到敌人,又开炮,子弹也是螺旋的,H-1500 还改不出来,就跳伞了。在泥泊里接地走了 2000m,还有三个 F-80,50 米的高度掩护他,朝鲜道木[①]用枪对着他,王说:"中国。"朝鲜人说"呀,中国道木,大大地辛苦了"。(3) 兄弟团一个刘涌新,6 个 F-86 打他一个,他打了一个[②],他也被击中了。H-300 跳伞未成,牺牲。(4) 孙悦琨也跳伞了。佟允庆也跳了伞。到三十八军倍受优待。(5) 王保钧编队感觉飞机尾股冬冬的震。看飞机出烟,知中弹,摇了一摇还好,一见双机 F-86,单机便和他们战斗起来,通了好几次炮,最后敌机安全返航,他也安全返航。我团只牺牲了一个叫魏梦云的同志,其他都健在。不过飞机是消耗了不少。现在打击只想飞新飞机[③],日日盼都是幻想,又有什么法子呢?总的来说,经验如下:(1) F-80V 小追到你尾部,我们 V 到 1000 时就会拉掉了(我在返航中来过一次),追他好追,注意的是,不要冲到他前面去,拉上升垂直动作攻击他最好,不要和他盘旋。(2) F-86 较厉害,所谓敌人的精锐,拉力和我的一样,他加速还来得快。

---

① 朝鲜语"同志"的意思。
② 首次击落 F-86,打破了美军"佩刀式无以匹敌"的神话。
③ 米格-15 比斯。

不过，11000m 上爬高便必是我们的虎了，因此要争取高度干他。（3）H13000 空中停车，可以由新安州滑到机场着陆。（4）我机中弹着火，失去操纵，最妙的是跳伞，最安全，H-1500 以上，王子祥 1500m 跳伞，伞开了，四秒钟后便接地了。（5）兄弟团一位跳伞的（陈衡）V=1250x/z 跳出来安全着陆。由于压力太大，面部和胸部压肿，休养后便可以了，螺旋中跳伞也最安全的。（6）大队间、中队间、双机间要配合好，队形好，便不敢打地靶，也极力来应付空中了，一打也会跑了，经验很少，仅供参考。

至于其他事，大家想，希望你们生力军出马，来显显我们大家的威风，人民空军我想也就出头了吧。最后问刘玉堤老兄、孟进同志、孙景华老弟的好。

牟敦康和挚友吴光裕（右）。牟敦康家人提供

这些同窗战友在紧张的烽火岁月里，依然互相挂念、亲密无间，诙谐幽默的语言体现了革命英雄主义、乐观精神，谈论的中心话题始终是空战、是打赢，他们蔑视强敌、渴望战斗，同时重视战术技术、用心打好每一仗。

1951 年下半年，是抗美援朝战斗最激烈的时期，美军新式 F-86E（佩刀式）开始更换 F-86A（美空军前期 F-86 战斗机不多，主要是 F-80、F-84。F-86 大批装备并多次改进后，性能优于米格 -15，志愿军空军前期米格 -15 对美战斗轰炸机"战损比"占一定优势的情况发生变化……直到换装米格 -15 比斯后，双方战斗机性能各有所长，大体在同一水平上①），并新建 5 个前线机场，将战线大大前移。11 月 4 日是空三师入朝第一战，空 7 团大队长牟敦康率先击伤 1 架 F-84，他的副大队长赵宝桐击落 2 架，为空三师写下光辉战绩的第一页。11 月 17 日牟敦康写信给林军（老航校同学）：

> 在战斗的环境中见你来信，更给了我很大的鼓励。我决心做到你的希望，那也是党和人民对咱的要求，原来你是在开原，早因不知，未常去信联络。仅见你来信，谈到情形尚好，更希望工作学习中多加注意身体……
>
> 　　现在谈谈我的情形，身体和精神都能以环境之需而适，现处在战斗的情况下，虽然经常出去②，然并不能经常地出出杀气，四号的一次，我还是头一次与鬼子见面。我们以六对二十四冲入敌人的机群，直将敌人赶到海里。击落两架，击中一架。你老弟真死拉扒克③。因战术上犯了错误，只击中敌人一架，现在憋了一肚子气，准备下次见面再以有效的手段好好地教训空中强盗（我得空给你好好形容下，那些家伙，那个熊包劲，见了我们简直像绵羊见了老虎一样，跑都不会跑了，对我们来说是名副其实的空中绵羊）。我们现在的生活当然是战斗生活，除了开会就是玩。每天绝大部分的时间生活在机场、机旁和座舱里，至于我们的"公馆"④，每天待不了几个小时，除了睡觉，当然不做别的。林兄，这就是我的个人大概。本想多多的谈谈，没处好写。同时，头一仗也没打出个样来，倒没脸向老友们谈。

---

① 当代中国空军编辑委员会：《当代中国空军》，中国社会科学出版社 1989 年版，第 210 页。
② 指升空执行任务。
③ 朝鲜语，窝囊废，表示自谦。
④ 丹东浪头机场附近的伪满洲国皇帝溥仪的行宫，战争期间空三师指挥部进驻。

林兄,当您下次听到的就绝不是这个了,就此住笔。

这封信写好后,牟敦康却因作战任务紧张始终没有时间寄出。5天以后的11月23日,他和19名战友升空迎敌,牟敦康、孙景华各击落1架、刘玉堤击落4架、赵宝桐击落击伤2架,创造了8∶1(牟敦康飞机受伤)的辉煌纪录。13天之后的11月30日,牟敦康在战斗中血洒蓝天。几十年后,牟敦康家人辗转找到刘玉堤,才得知林军已在前些年病逝。

这里提及的赵宝桐,曾击落敌机7架、击伤2架,创造了志愿军空军飞行员的最高战绩(击落最多),是一级战斗英雄、两次荣立特等功(唯一获此殊荣的飞行员)。他虽然不是六航校毕业学员(四航校毕业),但后来长期在六航校

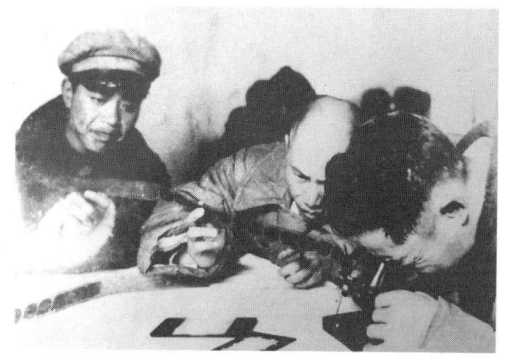

赵宝桐(左一)空战凯旋后,空三师师长袁彬(右一)和政委高厚良(中)判读其射击胶卷。

任职,1961年1月任一团副团长,后任团长,1969年9月由校副参谋长调任三航校副校长。

陈亮也是抗美援朝著名战斗英雄之一,空四师12团代团长,共击落敌机3架,特等功臣。1952年5月26日率队与20多架F-86遭遇,苦苦鏖战,返航凤城机场时遇4架敌机偷袭,以单机英勇格斗,飞机中弹跳伞后仍拔出手枪射击,子弹射完,他被敌机击中壮烈牺牲,年仅27岁。他是空军抗美援朝牺牲的8名飞行正副团长之一[①]。陈

[①] 空军报社编:《自豪的蓝天之路》,解放军出版社2000年版,第41页。

亮 1951 年 9 月 29 日写信给牟敦康：

收到来信，我高兴了好久。知己人的话真好听。……最近来说大家都看到了敌人有的打上了，邹炎有成绩，王宝君机事小伤，仍勇敢战斗。真是热闹极了，这样的生活我感到有趣的。每天黎明即起，马上出发，到点灯后才归来，虽然疲劳，但是让精神愉快把它战胜了。我们都盼你们来。每一个战斗，双方不下 200 架，有意思每天两三次，油箱最多的，五天内丢过五副了①，你看如何，炮都常在叫嚣。不再说了，你又快火了！又要打自己的头了！不要急，日子远着呢！有你的，把力量准备好，主要垂直动作大 V。我最近病了两天，很快又能出任务，望保重。把信给亲爱的孙景华看看，我不另给他写了。亲爱的景华不要怪我，时间太少，今天下雨才有点时间。

牟敦康与陈亮（左）这对同窗英才好友，都为国血洒蓝天。这是他们在六航校期间合影。牟敦康家人提供

1950 年 12 月 21 日，李汉（讲话者）率赵志才等 9 名飞行员进驻浪头机场准备空战

速成班还有 3 名毕业学员牺牲在了抗美援朝空中战场，但六航校校史中没有记载。祖国没有忘记他们，六航校的官兵及后人更不应该忘记——

赵志才，抗美援朝空战中

---

① 丢副油箱即准备接敌空战。

牺牲的第一位志愿军飞行员。河北容城人。1943年4月入党，1946年11月入伍。1948年入东北老航校，毕业于该校三期。他从六航校毕业时成绩优秀，获空军首长奖励。后任空四师10团飞行员、中队长。1951年1月21日人民空军首次空战，空10团28大队大队长李汉（从华北军区空军空勤处参战）率10机出战，击伤美军1架F-84。这是人民空军最早的战绩，当时全国人民和全军将士为此欢欣鼓舞。

赵志才作为李汉的僚机，在战斗中奋力配合和保护长机。在数倍敌机围攻下，从3000米高空一直缠斗到200米，飞机被击伤，他竭力驾机返航，后迫不得已跳伞，因高度过低伞未开而牺牲[①]。他是位有情有爱的英雄，参军前曾冒着危险，在日本鬼子刺刀下为母亲寻医问药。父亲典桑卖地供子女读书的往事让他铭记心怀，学习期间还为老父亲寄关东烟。毕业时领导给他3天假，他到家悉心安抚年迈的父母，彻夜抱着儿子向妻子诉说离别思念之苦、安排以后的生活……

赵志才烈士

于长富，1930年12月出生，江苏海安人，1942年3月入伍，1946年9月入党，1948年入东北老航校。六航校毕业后任空二师4团飞行员。1951年11月30日，志愿军空军夜间轰炸大和岛。志愿军空军第二、三师出动歼击机

于长富烈士

---

① 郭晓晔：《英雄万岁——东北老航校暨人民空军创建史诗》，解放军文艺出版社2006年版，第265页。

朱学才烈士。陈绕天提供

担负掩护任务。空 4 团是拉 –11 螺旋桨飞机，而美军是先进的 F-86 喷气式，双方装备悬殊极大，激战中于长富英勇牺牲，年仅 21 岁。

朱学才，1929 年出生，江苏靖江人，1945 年 10 月入伍，1946 年 2 月入党，1948 年 4 月入东北老航校，1949 年 11 月三期毕业。六航校学习毕业后任空四师 10 团飞行员。曾是特等功臣华龙毅的僚机，参加了抗美援朝空战。1951 年 1 月 8 日，在飞行训练中牺牲，年仅 22 岁。

这些飞行员血洒蓝天，有的没有戴上军功章，甚至保存下来的资料都很少，这种情况在复杂残酷的战争时期是很多的。由于歼击机飞行员的职业特点，多数人是在训练中牺牲的；还有的在空中担任掩护任务，支援并保障战友冲锋杀敌；有的长期从事飞行指挥，在地面引导和协调空中战斗……许多人荣立战功的机会并不很多。但他们都对祖国和人民赤胆忠心、为空战胜利做出了重要贡献，同样堪称人民英雄。

抗美援朝战争期间，刘玉堤在北京中山公园给青少年讲述空战经过。孟昭瑞摄

左图这位速成班毕业学员是人民空军飞行员的杰出代表，不仅战争期间，几十年后仍知名度很高——刘玉堤，抗美援朝战争中著名的战斗英雄，曾击落击伤敌机 8 架，创造一次空战击落敌机 4 架的辉煌纪录，成为中国空军空战的范例。他被授予"一级战斗英雄"称号，荣立特等功、一等功各一次，后任北京军区副司

令员兼北空司令员。

速成班还有一位优秀学员，就是前面提到的有着传奇色彩的李文模。这位当年有名的"红小鬼"，10岁随红军走完长征，14岁入党，是延安年龄最小的党员。在延安时就问周恩来副主席："我长大了也能开红军的飞机吗？"周恩来慈爱地抚摸着矮小的李文模，说了一句令李文模铭记一生的话："有志气，能，一定能！不过你们现在要好好学习文化才行……"①李文模在中央机关当机要秘书时，与毛岸英是同住一盘土炕的好友，临别毛岸英送的一张照片他一直珍藏着。后在老航校、六航校学习都很优秀，两次立三等功，并获空军首长奖状。

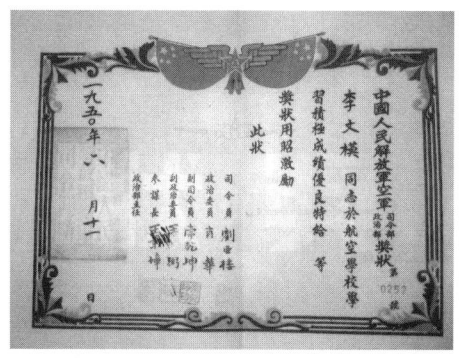

在六航校学习成绩优秀，空军授予李文模的奖状。李萍提供

李文模任空十七师51团团长时击落敌机凯旋。李萍提供

李文模是六航校速成班唯一的老红军学员，还是唯一驾喷气式战斗机参加抗美援朝的老红军飞行员，击落美军F-84飞机1架，荣立二等功。1951年9月25日，他任空四师12团副团长时，率10多架米格机第一次会同友军与敌百机大战，这也是第一次与F-86格斗。一战打出了刘涌新（志愿军空军首次击落先进的F-86）、李永泰两位战斗英雄。1952年2月10日，李文模作为12团的空中带

---

① 庄品华、蔡振兴：《飞将军李文模传奇》，香港华夏文化出版社2010年版，第136页。

队指挥员，在极端恶劣的气象条件下升空，大队长张积慧击落美军"王牌飞行员"戴维斯（飞行3000多小时，第二次世界大战期间参战266次，美军号称"百战不倦""特别勇敢善战"的"空中英雄"）。1958年任海航四师师长时，毛主席亲点其属下10团参战，李文模紧急驾机进京接受刘亚楼当面部署作战任务，并连夜组织10团秘密转场福建，落地两小时就接到福空敌情通报，他指挥"马铭贤中队"将国民党空军两架RF-84F侦察机击成重伤后坠海。因该团战功累累（该团马铭贤、王鸿喜、高翔、胡春生、陈根发、陈怡恕、程开信、谢进林、王相一、张炳贤等击落击伤敌机的功臣飞行员，均从六航校毕业），毛主席于60年代提议国防部命名"海空雄鹰团"（新中国第一个命名的团级英雄部队）。李文模后任东海舰队副司令员。

速成班毕业学员张华，抗美援朝期间任空二师4团副团长，多次参加空战，曾率16架拉-11掩护空八师轰炸机轰炸大、小和岛，为战斗胜利做出了重要贡献。

还有王子祥，后任空二十四师师长、济空司令员，在国土防空作战中，1963年6月19日晚指挥所属飞行员王文礼（六航校三期乙班毕业）击落敌P-2V夜间侦察机一架。先后指挥所属部队击落敌机3架。

据有限的资料，六航校速成班毕业到部队的学员，在抗美援朝战场直接击落击伤敌机16架。战争期间牺牲5人，占毕业到部队的学员的三分之一。

六航校速成班毕业学员一飞冲天，为中国空军横空出世、打破美国"美空军不可战胜"的神话，做出了卓越的贡献，立下了不朽的功勋，向祖国和人民，也向母校献上了优秀的毕业答卷！

速成班学员幸存下来有据可查的，战后有的从事飞行教学工作，有的到航空兵部队担任飞行指挥员，其中多数人担任了军区空军（舰队）、军、师的领导干部，如刘玉堤、王子祥、李文模、宋文洲、吴光裕、杨扶真、丁锦章、刘发科、王金台等。杨扶真任空三十四师师长多年（后任空军副参谋长），多次执行毛主席等首长的专机任务；刘发科任空三十四师副师长，多次执行朱德等首长专机任务，1957年任副团长时率女飞行员阮荷珍等驾驶里-2完成开辟延安机场（1945年毛主席重庆谈判后未起降过大飞机）等重要任务。

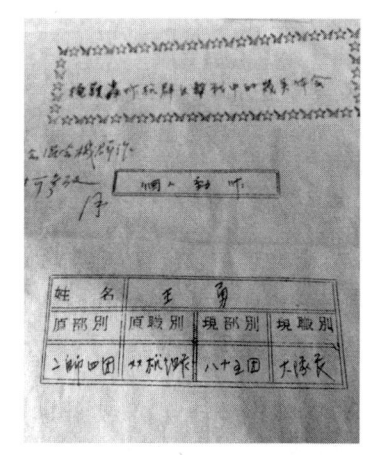

1957年，王勇撰写的空战总结（封面）

六航校速成班是个英雄的群体，是六航校历史上最值得骄傲的期班！但就其数量来说，还只是六航校英雄模范的一小部分。孙生禄等大批战斗英雄和模范人物，是一期甲班及以后期班的，在本书第二章已有详细记述。

第四章

六航校创建初期的教学训练

需要先说明，本书第十章中记述了老二团的飞行训练，也是六航校教学训练的重要组成部分。老二团初期的艰苦训练、"飞烂飞完"老旧飞机……都为校史增添了辉煌色彩！

1949年年底，刘亚楼司令员交代的一句话，令安志敏铭记在心："你到六航校去当校长，任务只有一个，就是给空军带出一支能打仗、能打胜仗的飞行员队伍。"

培养人才是学校建设的硬道理。六航校没有辜负中央军委和空军党委的期望，几年间就打造出一大批战斗英雄。毕业学员用青春热血写下忠诚报国、以弱胜强的蓝天传奇！

回望艰苦创业的岁月，历数战功赫赫的毕业学员，人们不应忘记六航校的创业前辈，是如何克服重重困难，悉心培养飞行人才的。

一、校党委领导大抓建章立制

六航校是"白手起家"，在一张白纸上绘就蓝图。建校之初事务繁多，校党委把快出多出能打仗、能打胜仗的飞行员视为使命，以敢为人先的精神和尊重科学的态度，把建章立制摆在建设航校的突出位置。从校长政委到学员士兵，各层面各单位都积极行动，一切围绕飞行训练，很快形成并实施了12个方面的56项制度，为开好头、起好步打下了重要基础。

飞行训练，按刘亚楼的话"是全盘工作的中心环节"。空军那时急于建立并扩充航空兵作战部队，仅1950年10月至1951年5月半年多时间，就有17个航空兵师横空出世。① 特殊的年代、特殊的使命，要求航校的培训任务不断增加、规模不断扩大，装备、编制、机场也急剧变化。学员也没有固定学制，教学训练是突击速成，要解决的问题很多。

六航校1949年12月1日开学，1950年1月4日开飞。最初没有教材，许多教程都是翻译苏联的教材或专家的讲稿，要临时编写油印。1953年，空军军校部统一组织包括六航校的教学骨干编写教材，1955年完成了《飞行原理》《领航学》《仪电》《合同战术》

六航校教员参编的部分空军飞行教程

等具有我军特色的航校教材。1960年后空军又加大力度，刘亚楼司令员曾亲自挂帅，《飞机构造教程》编写就在六航校进行，机械教研室主任陈材保参编；《飞行原理教程》，江鹤龄（飞行原理教研室主任）参编；《空中射击教程》，陈星庆（战术射击教研室主任）、陈来瑾（主任教员）参编；《空军歼击航空兵战术教程》，王同恩（战术射击教研室副主任）参编。1961年4月，空军条令编写组在六航校成立一个小组，先后组织70多人编写领航学、天气学、无线电原理、飞机构造、雅克-18飞行练习和射击军械6本教材，副校长陈志远、副团长马恭、教员陈星庆参编。每本初稿完成即调往杭州编写组审定。1966年空军组织编写歼击机飞行学员航空理论教育大纲，陈星庆和倪铸参编……经过四年努力，空军组织完成大纲、技术原理教

---

① 郭晓晔：《英雄万岁——东北老航校暨人民空军创建史诗》，解放军文艺出版社2006年版，第271页。

程、教科书 177 本，扭转了缺少教材的状况，六航校教员干部为此做出了应有的贡献。

建校初期，由于学员航理学习和飞行时数较少，技术不够扎实，加上组织训练经验不足、航材短缺等原因，1950—1953 年全校严重事故万时率为 1.326。校党委领导能正视困难和问题（笔者看过当年安校长亲自写给空军首长的信，直陈存在的问题、困难和改进的措施办法），不断吸取教训，重视完善各项制度，为以后飞行安全水平提升打下了基础。

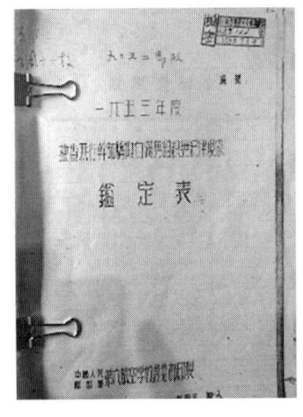

50 年代初六航校司令部政治部印发的飞行干部鉴定表。高杰提供

抗美援朝战争结束后，空军转入较稳定的正规化训练。1953 年，六航校召开第一届教学积极分子代表大会，并对"以教学为中心、为飞行服务"的办学指导思想进行了先期探讨。1954 年开年，空军召开首届教学先进代表会议，随后颁发了《航校各级干部训练职责》《学员管理工作规定》等 6 项制度。六航校在认真贯彻的同时，对本校的制度规定进行了修订和完善，明确了"以教学为中心、为飞行服务"的办学指导思想，提出各级党委必须把教学工作放在首要地位、以教学为中心安排全盘工作，规定了"教"（教授法）、"学"（学习法）、"管"（管理教育）的内容和要求。

1954 年，六航校党委把探索改革飞行训练组织实施方法提上议事日程。要解决的中心问题，是如何增加实际飞行时间、提高飞行训练能力，保证各项教育协调进行，全面提高训练质量，减少飞行事故。经过上下共同努力，找到了有效路子：科学安排日飞行计划，改进组织指挥，增加飞行日和每架飞机的飞行时间，以减少期班所需飞行日；发挥大队的主观能动性，每个飞行日制订三套计划（主计划、备份计划、不能飞时改做其他工作计划），充分利用场道和空域增加每场飞行总时间，缩短地面准备时间，增加学员空中时间。三团摸索的喷气机连续起降的教学法被空军推广。1954年国产初教–5首批就分给六航校，学员首次执行三个机种两年半学制。

1955年开始，飞行学员从地方高初中应届毕业生中选招。游潜智回忆：50年代中期有一两期学员，是从全国中小学教员中选招的，他们与抗美援朝回来的志愿军选飞人员编在同班学习，如后来的校长赵天海、飞行干部云峰书等。鲁开阳也回忆："那时还招了一些地方基层干部，有张宗辕、陈生元、李万祥、贾玉瑛等，他们入伍后都带薪飞行。"

那时的选飞合格率只有1.4‰～3.8‰[1]，选拔培养飞行员的高昂代价，也增加了教学干部的责任感。为了加强学员间相互学习促进，校领导决定把陆军来的学员和青年学生学员每5～6人编成一个学习小组。下面这张图片就是当年六航校三期乙班第六学习小组的合影，一等功臣高翔亲笔标注。

后排右起：高翔、谢进林、许希凤，前排右起：唐玉成、×××、徐富根。右图：高翔在照片背面的标注。高慧青提供

---

[1] 中国人民解放军历史资料丛书空军编审委员会：《空军综述》，蓝天出版社2015年版，第132页。

从 1957 年 7 月起，实行三年三机制，即航理 1 年、飞行训练 2 年；初级、中级、高级教练机。规定平均飞行时间为 115 小时 17 分（实际 136 小时）。是年，军委要求在当时条件下培训学员数量增加 1.5 倍，空军随后在六航校三团一大队进行"两级制"试点（取消中教机训练，学员由初教机直上喷气式高教机），试验组长为时任校长赵群，10 个月后试验成功。1958 年 11 月，空军军校部在三团召开现场会，向各航校推广了这项训练体制的重大改革创新。《解放军报》1958 年 7 月 23 日做了报道，并配发社论《独创精神的胜利》。"两级制"一直延续至今。

二、建校之初的苏联顾问专家

六航校是在苏联顾问专家帮助下建成的。苏联当时派出的是整系统的全套人马。六航校的 100 多名苏联顾问专家，都有着很高的专业技术水平，所任职务分布在教学训练各层面。

速成班学员吴光裕回忆，校长顾问叫凯罗山诺夫，是苏联卫国战争中的英雄。一次，他在北京南苑用拉–9[①]与美制 P–51 空中格斗，他升空后几个战术动作，就把 P–51 咬住了。

一期乙一班学员马占民回忆："我在南苑学飞行时，不仅教官是苏联人，地勤、后勤保障（给空勤开车的司机）都是苏联人。一次从南苑进城

1949 年年底，在南苑机场的六航校部分苏联专家

---

① 1850 匹马力，720 公里/小时，4 门 23 毫米航炮。

穿过北京最老的铁路立交桥,苏联司机突然撞了一下,我们在车上的飞行员调皮,立马装死,吓坏了开车的苏联司机。"

最初六航校主要配备雅克–18(初教)、雅克–11(中教)、拉–9(高教)三种机型,另有几架雅克–12和安–2飞机。1952年开始装备米格–15,取代拉–9。每期学员的训练期限和培训目标,先由校党委按照空军部署提出,苏联专家据此制订航理和飞行训练计划,并负责组织实施。速成班和一期甲班,从教学计划、课程设置、内容安排到课堂教学、复习考试等,都是由苏联顾问专家一手负责进行的。

尽管六航校当时各方面的条件比较艰苦,但校党委首长认真领会毛主席"贷款建空军,出钱买经验"的指示精神[1],按照军委和空军的要求,尽最大努力给苏联顾问专家提供最优厚的待遇和保障。除每

六航校部分领导与苏联顾问专家。赵红燕提供

月按时发放"专家津贴"(其国内工资苏军发给家属),提供的专家灶、宿舍、娱乐设施、交通工具等,都是当时最高水平。王晓光回忆:母亲刘瑞琛从"华北军区供给学校"毕业分到六航校后勤部任会计,负责的一项工作就是定期去苏联院(西院)给专家们发津贴。

六航校党委领导在搞好专家服务保障的同时,认真理解刘亚楼关于"斯大林的空军就是我们的最好榜样"的指示精神[2]和空军一系列要求,号召全校官兵向苏联专家拜师,与他们交朋友,学习一切建设航校的知识技能和苏联军人的优良作风。安排工作计划及时

---

[1] 杨万清、齐春元:《刘亚楼将军传》,中共党史出版社1995年版,第264页。
[2] 《刘亚楼军事文集》,蓝天出版社2010年版,第219页。

与他们协商、听取意见；组织飞行和业务技术的会议，请他们参加并指导；飞行技术的检查和质量标准的掌握，以及一些科目的组织方法等，基本按顾问的要求办。为提高认识、端正思想、纠正偏差，还专门组织过8期以上干部轮训班。

苏联专家工作努力，耐心向六航校干部讲解条令和飞行训练组织方法，帮助统一飞行动作、技术数据、质量标准。航理教学开始没有教材，专家经常与翻译助教一起编写教学提纲，有时加班到深夜。专家们每天上五六节课，常常讲得口干舌燥、喉咙嘶哑。一期甲班学习罗盘时，学员提问较多，专家耐心解答并鼓励道："指南针是古代中国人发明的，罗盘就是现在的指南针，你们一定能学会。"

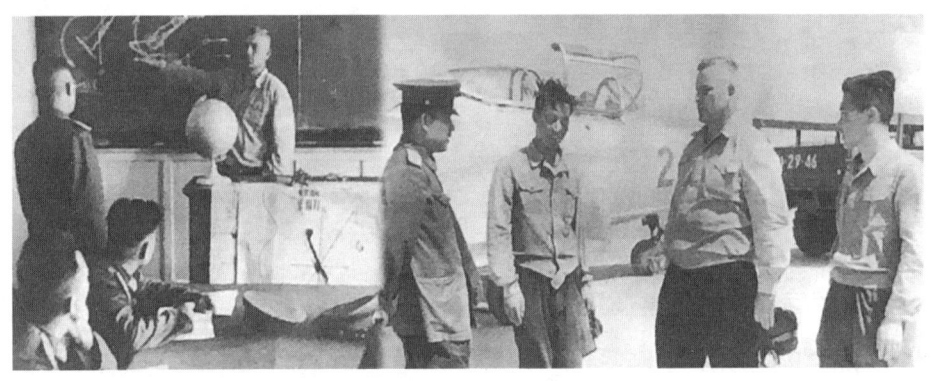

苏联专家、助教和翻译"三位一体教学组"在进行航理和飞行教学

1950年年初，速成班学员和苏联教官在外场。李萍提供

50年代初，孙孟阳（右，后任老二团团长、副校长）与苏联教官。许世茹提供

苏联教官（后舱）在带教学员，右一为翻译

50年代中期，三团首长和苏联顾问。左起：团政委亓盾、副团长王学士、团长张震、机务顾问、飞行顾问、副团长赵永年。吕士青提供

苏联顾问专家工作离不开翻译。陈明，毕业于老航校机械专业和哈工大航空工程专业，曾担任空军总顾问普洛特柯夫将军的翻译，1950年5月调任六航校飞行大队翻译组长。据他回忆：

当时六航校多种机型训练，带来很多困难，翻译组的同志要用大量时间学习各种知识、翻译大量的飞行资料，还要常常面对恶劣的工作环境，承受风吹雨淋、风餐露宿的艰辛。为了抓紧完成训练计划，翻译们轮番上阵，在苏联专家指导学员完成起降训练科目的时候，承受着飞机不停车螺旋桨产生的巨大的气流冲击，在飞机上爬上爬下准确传达飞行教员的指令，使飞行员很好地理解专家教授的技术要领，准确地掌握飞行动作，大大提高了飞行训练质量，培养出了第一批合格的飞行员。那时训练周期短、飞行强度大，要快速地培养出飞行员，翻译们保持了连续作战的优秀品质，许多受到嘉奖，我还立了三等功。

援建六航校的苏联顾问专家，1951年7月开始陆续回国；1952年8月仅留下个别人；1957年7月全部回国。

三、早期的飞行和航理教员们

毛主席有名言，办好学校，一靠校长，二靠老师。六航校建校时，负责教学训练的领导，主要是安志敏及夏伯勋、赵群等老红军干部。他们是党最早在新疆培养的飞行训练和指挥的"种子"，经历了出生入死的考验，又经过东北老航校训练，政治强、会飞行、懂打仗、有经验、善管理。刘亚楼第一次召集航校负责同志会议，安志敏未能参加，是奉命飞赴新疆招聘航空人才和翻译、进行航空接管去了。安校长为空军选招的人才里，高继忠、张玉堂等分到六航校，其他人到了七航校等单位；数十名翻译中10多名分到六航校。

1949年11月，刘亚楼等在北京饭店宴请200多名接收和报到的航空技术人员代表。其中有后来到六航校从事教学工作的洪权中（后任理训处副处长）、张大翔（后任后勤部副部长）、周智弘（后任司令部副参谋长）、江鹤龄（后任飞行原理教研室主任）、杨相林（后任空战教研室主任）、周政（后任机械教研室主任）、乔汝琪（后任翻译室主任）等20余人……

高继忠、张玉堂，分别是原新疆航空学校1932年第一期、1936年第二期的毕业学员，后任过教官等职。那个年代飞行员很少，这所航校两期才毕业24名学员。安志敏、夏伯勋、赵群等25名红军飞行学员是第三期，他们在苏联教员为主的新疆航空队受训4年多（后被盛世才关押4年），最后毕业并回到延安的仅15人。

张静是张玉堂的女儿，她提供了一段张玉堂最初加入人民空军时的回忆：

1949年10月底，安志敏驾新中国空军专机降落在迪化机

场。航空队的人奔走相告。很快我们见到了阔别已久的安志敏。在一阵热情的问候后,安志敏激动地讲述了他此行的目的:代表

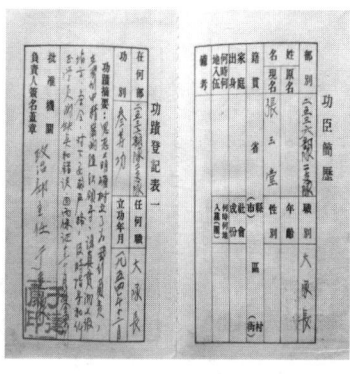

左图:1950年张玉堂在南苑六航校;右图:张玉堂1954年组织训练、保证安全成绩突出,荣立三等功的证书。张静提供

军委航空局接管原国民党空军259供应中队为人民空军迪化航空站;为建立航校挑选俄文翻译;为人民空军航校选招飞行和保障人员。他与我坦诚相见,从近些年的经历谈到飞行技术的发展,又谈到新中国空军的前景,希望我能加入人民空军,并出示了人民空军的聘书。同时要我尽可能带动航空队同事,为新中国空军贡献力量。安志敏的真诚相邀,让我热血沸腾、眼眶湿润,所有疑虑刹那间飞到了九霄云外。我感慨,作为在旧中国历经磨难的空军飞行员终于有了新的归宿,一技之长有了用武之地。当时的心情难以言表。1949年12月下旬,我等飞行员3人、地勤人员1名及三四十位俄语翻译,分乘5架伊尔–12飞往北京,场面颇为壮观。到北京后,我和高继忠留在六航校。高继忠开始跟着苏联校长当翻译,奔波在六航校各大队之间。1950年1月组建1个飞行大队,大队长是高继忠。1950年下半年9—11月扩建2个飞行大队,第二飞行大队大队长张玉堂、第三飞行大队大队长张大翔……

六航校最初只有1个飞行大队,到1951年上半年全校有3个

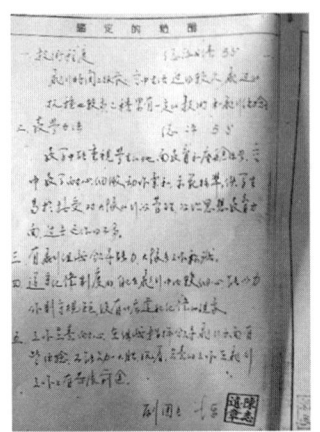

左图：刚加入人民空军时的高继忠；中图：高继忠的简历（可看出他是六航校最早的飞行大队长之一，以后在多个飞行大队任过职）；右图：老二团对高继忠的组织鉴定（负责训练的副团长陈志远签名）。高杰提供

1950年，安志敏（前排右一）、赵群（后排左四）和原新疆航空队部分红军学员袁彬、方子翼、吕黎平、李奎、胡子昆、黎明、张翼等（后均为军区空军或军师级干部），与刚到六航校的高继忠（后排左三）、张玉堂（后排右三）合影。从他们的表情可读出喜悦、责任和憧憬……

飞行大队。能担任飞行大队长，显然是当时飞行训练的骨干。1951年下半年，组建了第四飞行大队（大队长丁锦章）；1952年4月组建第五大队及第六飞行大队（大队长不详）。其中五大队及派生出的六大队，是一团的前身；三、四大队是二团的前身；最早成立的一、二大队是三团的前身。1952年7月，几个飞行大队整编为第一、第二、第三训练团；1959年3月在辽宁开原组建第四训练团，1968年8月在湖南溆浦组建第五训练团。

杨培光，曾是国民党空军起义人员，在东北老航校工作过，并在我军第一个担负战斗任务的"南苑飞行队"担任第二战斗机分队分队长、队长等职。1949年10月，刘玉堤、牟敦康、陈亮（后均为六航校速成班学员、

50年代初在涿县机场，右起杨培光、刁家平、李百川、苏联教官、高登奎、王世勤。杨旗提供

空军著名战斗英雄）被选入该队，进行P-51战斗机训练。该飞行队1950年6月改为"空军独立第一驱逐大队"，杨培光任副大队长。11月苏军米格-9喷气战斗机师进驻南苑担负北京防空任务，该大队随即撤销。9名飞行员中，杨培光等4人调整到六航校（另5人分别到三航校、七航校）进行飞行教学。

显然，上述同志有着很强的专业技能，且经验丰富，是六航校创建初期教学训练的骨干，苏联顾问撤离后他们成为主力，为六航校早期的飞行训练做出了积极贡献。

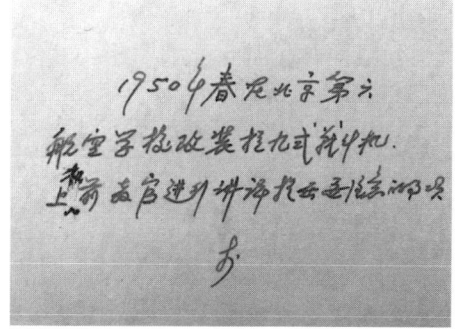
六航校"速成班"训练情形。照片后的文字是李文模亲笔所记。李萍提供

1950—1953年，六航校先后培训了18个期班。由于培训对象

和要求不同,航理教育的时间也不同,如速成班1个月,一期甲班2个月,一期乙班3个月。1951年11月起,空军规定航理教学时间为4个月;1952年六期甲班增加到6个月……

六航校最初设置23个专业。航理教员以老航校干部、接收人员为主,也有从陆军来的连排干部,如射击军械教育股的韩培军、王同恩、周延庚等。以后,从地方入伍的年轻知识分子迅速成长,很快充实到航理教员队伍中,如从湖南大学、西北师范大学入伍的陈星庆、陈来瑾等。

沈根融,1950年是北京农业大学(机械系)一年级学生,抗美援朝初期参军。经过长春预科总队、一航校(轰炸领航)学习,1952年9月毕业到六航校训练处当助教,第二年成为主任教员并在空军教学模型展上为毛主席讲解,1954年因教学成绩突出荣立二等功、出席空军首届英雄模范功臣代表会议,1956年参加空军第二届学校教学积极分子代表会议,其在六航校任教27年后,调空军指挥学院工作。

左图:沈根融参军时的学历证书;右图:荣立二等功后空军司政向其家中颁发的立功喜报

那时学员文化程度很低,面对飞行原理、飞机构造、发动机、空中领航、空中射击、航空卫生、气象学、地形学、战术学、电信、降落伞、特设以及俄语等十几门学科课程,就像读"天书",闹出了不少笑话……要学员在短时间掌握教学内容,任务非常艰巨。

教学的过程就是攻坚克难的过程。按照空军的要求,校党委选拔了一批文化程度高、航理基础好、飞行技术拔尖的同志当"助教",组成专家、助教、翻译"三位一体"的教学组。飞机构造、发动机、军械、仪表、电工、无线电、领航、战术等教学,分别由王冶山、张益、罗教聪、李景肃、洪权中、汪义湘、杨相林

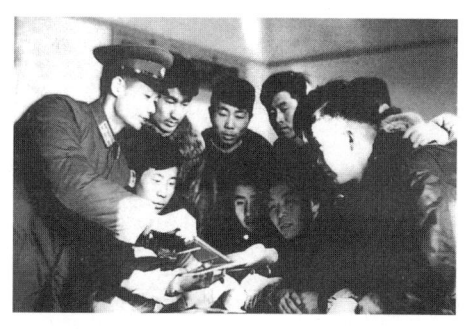
50年代,飞行原理教员唐占生(左一)在辅导学员

后来成为教授的陈来瑾在辅导学员

等担任主任教员(负责人),每组还有苏联专家和教员各一名。同时设实习室(主任夏华)、翻译室(主任乔汝琪)。校党委不拘一格,从地方入伍的青年学生和机械营等选拔培养航理教员,如陈来瑾、陈材保、汪洋等。陈来瑾后来成为空射教研室主任、教授,是六航校任教最长的航理教员之一,空军学科带头人,全军优秀教员。

实行"三位一体"教学时,苏联教官授课,翻译当场口译,助教在一旁听讲记录,发现译得不准的地方,及时纠正和补充。一段时间后,改为苏联教官先帮助教备课,由助教给学员讲课,苏联教官旁听,发现不妥处就当场纠正或补充。

那时各级领导经常跟班听课、组织教学研讨会、经验交流会。教员们积极改进教学方法,由浅入深,循循善诱,因人施教、重点

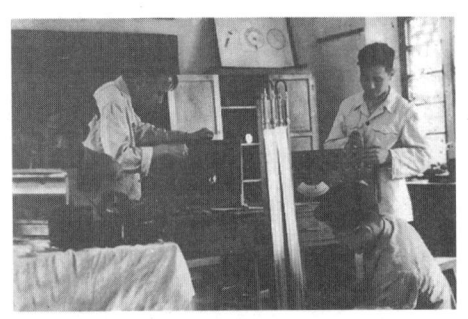

航理教员们动手制作教具和模型

六航校准备送空军展的部分模型教具

辅导，灵活多样，同时制作大量辅助教学的模型、图表和教具，使抽象的概念形象化、复杂的理论简明化，提高了学员学习兴趣，教学进度加快，学习效果增强。

1953年5月，在空军首届教学模型展览总结大会上，六航校53件教具参展。张百全、何维国等设计的固定环瞄准练习器、雅克-18操纵练习器等获得二等奖，江鹤龄、汪义湘等设计的天地线关系位置模型、分气机构和风对航行的影响模型等获得三等奖……

展览期间，毛主席两次深夜看展，听取了训练处航理教员沈根融、王维哲的讲解。今年91岁的沈根融曾撰文回忆当年为毛主席讲解的难忘时刻："那天晚上睡觉以后被唤醒，通知我毛主席要来参观。毛主席来到我负责的'空中领航'展室，我讲了航空地图和仪表的制作原理，看我有点紧张，毛主席亲切地说'我就是学生'，我一下子放松了很多。毛主席参观到深夜两三点，第三天晚上又来，把航模全部看完……王维哲为毛主席讲解飞机模型，用平板飞机演示了前三点、后三点飞机滑跑的稳定性。毛主席高兴地说，还是前三点好。"[①] 刘少奇、朱总司令等也参观了这次展览，教员陈材保为朱总司令做了讲解。

全校官兵积极为教学训练做贡献。早期的军械股长罗教聪设计

---

① 郝玉良等：《第六飞行学院教学发展史》，蓝天出版社2011年版，第16页。

的拉–9机关炮手摇装弹机,改变了以往装弹用木榔头敲的落后状况,装弹速度大大提高,很快推广到部队,空军奖励500万元(当时的人民币面值)。

三团机械师黄仁钦最典型,他的"座舱练习器"设想,在教材科师傅的配合下研制成功,提高了训练效益,很受教学员欢迎,在1959年8月"全国青年积极分子大会"上展出。他受到周恩来、朱德、彭德怀、贺龙等首长接见。

黄仁钦(右)指导学员使用座舱练习器

1965年的飞行学员米允林曾回忆在六航校学习的情况,从中可见六航校教员的敬业和孜孜以求:

> 讲到空气动力学时,教员把我们带到风洞实验室,用烟雾的流动展示空气气流的流动,分析飞机升力、阻力的产生;教气象学的教员,除了在教室上课,还带我们到气象台参观学习,让女台长在观测设备前,讲如何观测天气变化、云图的识别及对飞行的影响。有一天下午6点,我们刚体育锻炼回来,教员手拿一朵大花菜来到学员队对我们说:"我上午在课堂讲的浓积云,顶如菜花,就是这个样子。这种云里,有强烈的上升气流,有雷电干扰,你们今后飞行,可千万不能进这种云。"又一次,我们刚走进教室就听到雷鸣电闪,乌云滚滚而来,气象教员带我们一同在院里观天:"这就是积雨云,里面有很强的雷电,飞行时千万不要进去,否则会被雷电击中,造成机毁人亡。"我们听了很受

50年代老二团外场训练，教员国海银在做机前指示。徐建中摄

启发，教员真是良苦用心，诲人不倦。如果不好好学习，真对不起这样的好教员……

初期的飞行助教张大翔、周智弘、李俊逊、戴逸民、马文超、徐开礼、胡业祥、黄兴等，在训练中发挥了重要作用，认真帮助学员准备，协助翻译教材，辅导学员训练……不久六航校培养出了雷英俊、魏文平、田作义、王臻礼等年轻的飞行助教。1952年装备米格-15时，六航校的飞行教学队伍已基本建立起来。

1951年1月，空军航校负责干部会议研究苏联顾问回国后逐步由自己主持办航校的计划，确定从每批毕业的飞行员中留一部分任飞行教员，抽调大学生担任地面各学科理论教员，以解决苏联顾问离任后所需教员问题，到1952年6月底，空军开始完全自己主持办航校[1]。而1951年下半年，六航校就把苏军航校的教学经验基本学到手，可以独立组织实施教学训练了。

今年94岁的周智弘，是六航校最早的飞行助教之一，也是全校飞行教员任教时间最长的（36年）。笔者认真看了相关资料，并几次探访这位有着传奇色彩的前辈。

周智弘从小立志航空报国，14岁时考入当时的"空军幼年航空学校"。该校史料记载：这是一所为改变抗日空战飞行员牺牲多、难以为继的局面，早选早育飞行苗子的少年新型航校。招收的都是当

---

[1] 中国人民解放军历史资料丛书空军编审委员会：《空军大事记》，蓝天出版社2015年版，第29页。

时经过严格挑选、身心条件上乘的 12～15 岁的小学毕业生，学制 6 年。该校师资精良、教学严谨，学员以抗日空战英雄高志航、李桂丹等为榜样，"风云际会壮士飞，誓死报国不生还""空军的决心，要与目的物同归于尽"是校园标语。从 1940 年到抗战结束，该校先后培养了 6 期 2000 多名小学员。周智弘从该校毕业后，又到"笕桥空军官校""金陵大学"学习。1949 年经民盟主席张澜（后任中央人民政府副主席、全国人大常委会副委员长、全国政协副主席）推荐进入解放区，辗转到东北老航校……由于文化基础扎实、受训经历丰富，懂英语、俄语，能与苏联专家交流，能帮助翻译绘制教学资料，六航校建校之初就担任了飞行兼航理教员，发挥了积极作用。他飞过六航校所有机种，任过飞行大队长、校领航主任兼学术研究室主任、老二团副参谋长、校训练处副处长、校副参谋长等职。曾组织或参加了飞行训练四个过程的试点、初教 –5 直上米格 –15 试点、飞行教学法和飞行心理学研究，创办了校刊《学术研究》，最早创建了六航校电化教学（空

50 年代初的六航校部分飞行骨干。右起：周智弘、于飞、陈志远、张大翔、周彬。陈国平提供

1999 年校庆前夕，46 年前二期乙二班一个飞行教学组的老同学聚会，8 人全部飞到最高飞行年限。前排左起：马生骥、张贵勤、鲁开阳、吴国才、杜连福。后排左起：吴凤声、程开信、胡春生。鲁开阳提供

军航校第一个列编的电化教学研究室），负责编写了多种教材。他曾积极向有关部门建议的"早选早育飞行员"已成现实（空军已在11省16所示范高中建起空军青少年航校）。

周老十分怀念在六航校及老二团的飞行训练生涯。回顾自己的人生路，几番感慨："要传承正气和真实，要弘扬国家和民族的精神！"

左图：2018年秋，高翔（一等功臣）在央视讲述1965年击落美军F-104C惊心动魄的空战故事，经多家媒体传播，引发社会高度关注和赞誉。
右图：1999年校庆时，高翔回母校讲述战斗经过。鲁开阳提供

几年前部分建校初期的教学员在京聚会。前排左起：葛文墉、张永德、常天民、毛世泽、金国俊、张大翔、周智弘、鄂忠民、谢力士、魏文平；后排左起：赵天海、赵一新、杨凤林、张运安、胡志刚、邱孝先、齐中玉、李百川、梁满怀、张小民

英雄迟暮，壮心不已。建校初期健在的飞行教学员，如今都已

在 90 岁上下。他们常常回忆六航校初期的教学训练工作，并自发写出不少回忆文字……他们为六航校、为空军教学训练做出的重要贡献，值得后人铭记！

1952 年以后，从毕业学员中遴选的教员，逐渐满足了教学需要。尽管这些年轻人大多学飞行还不满 1 年，但迫于形势任务被推上教学一线。1953 年年底，六航校召开第一届教学积极分子代表大会，在认真总结航校建设和教学训练的同时，选出参加"空军航校首届教学积极分子代表会议"的 10 名代表。

1954 年 1 月 15 日，空军召开航校首届教学先进代表会议。总结了航校建设四年来的教学经验，表扬了教学先进个人及单位。空军首长签发命令，授予 4 人荣誉称号，其中六航校三团飞行教员奚圣章记一等功、授予"二级模范教员"称号。给三团中队长张运安、副中队长宫庆昌（后在飞行训练中牺牲）记一等功。安校长发表文章《学习奚圣章等同志热爱教学工作的精神》，全校官兵兴起了向奚圣章等同志学习的活动。

前排左起：陈星庆、崔先年、夏镇九、谢力士、×××，后排左起：江鹤龄、宫庆昌、王臻礼、马进友、高登奎

奚圣章（左一）与战友王臻礼交流教学经验

表彰奚圣章等的空军司令通令

奚圣章，时任三团二大队副中队长，在教学中善于发现和解决学员技术难点，把技术教育和思想教育结合。在2年5个月里，带出6批51名学员，平均成绩4.5分以上，无一人淘汰或发生事故。自己安全飞行3个机种3701个起落、675小时12分。

时隔两年，鲁开阳、张汉良、陈来瑾、杨凤林、付祖跃、沈根融、郭凤毛、秦维济、邱孝先、游潜智、赵书田（学员）等，参加了第二次空军学校积极分子代表会议。其中鲁开阳、付祖跃、赵书田、郭凤毛在大会介绍了经验。他们代表六航校官兵接受了毛主席等首长的亲切接见。

鲁开阳，二期乙二班毕业，是六航校

安志敏发表在1954年5月《人民空军》第86期上的文章（节录）。刘煜鸿检索提供

自己培养的最早的优秀飞行教员（特级飞行员）之一，曾在老二团飞行18年，任过飞行大队长、校飞行训练处长等职。他勤于思考，善于动笔，总结了很多飞行训练的经验和教训，对飞行事业的热爱和追求溢于笔端。他曾专门写下文字，总结回顾50年代当教员的情况，摘录如下：

1952年年初，安校长让我和张小民去保定三大队当教员。我和张小民同班学习飞行。为给其他同志让路，我科目进度慢，编队、仪表、航行没有飞。安校长说："你科目未飞完，也算你毕业了，以后教学中再飞吧。"当时，雅克-11我仅飞了起落航线和特技21小时，加上雅克-18时间，总共飞行49小时。到保定开始是助教，4月初正式接组任教。组里有吴国才、胡春生等7名学员，已飞到3练习。

开始教学，什么都

鲁开阳50年代初的飞行工作证和飞行编号

不懂，什么也不会，主要靠自己的一点机灵，现买现卖。每个课目前，中队长先带我、教我，通过教学法研究，学点教学方法，再依样画葫芦，用于教学实践。就这样，7名学员居然都顺利放了单飞，按大纲完成了训练任务。之后，全大队转到涿县机场训练雅克-11。经过8个月艰苦努力，圆满完成了任务，7名学员中5名留教。吴国才后来当了校参谋长，其他4人都成长为各团的训练骨干。另两名学员去了海航，胡春生1958年击落入侵敌机，程开信也曾击伤敌机。

此后，在连续6期雅克-11训练中，我始终在教学第一线，没有住过一天院，没有请过一天假……那时，每个教学组6～7名学员，教员每天飞行时间很长。尤其朝鲜战争结束前，部队急需补充飞行员，航校训练抢分夺秒、只争朝夕。1953年一天，单飞学员着陆，飞机翻扣在跑道上。指挥员一见人安全，放了心，召集教学员讲了讲，T字布右搬几十米，把部分学员单飞调整为带飞，继续飞行。直到当日计划完成，才去处理那架飞机。1个月一般组织20～24个飞行日。不宜飞行天气，才安排政治教育、机械日或休息日。好在那时都是光棍汉，无须考虑过礼拜日的事。飞行日占场时间很长，一般是6.5～7小时，抓天气赶任务时，常延至8～9小时。

教员少，替换带飞的机会不多。带飞阶段往往是开飞前教员

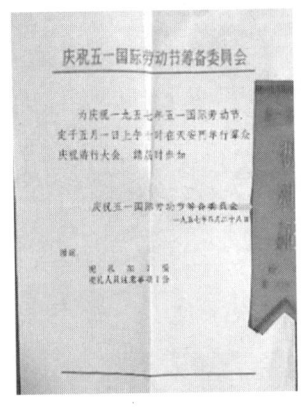

1957年，鲁开阳出席"五一"天安门广场观礼的邀请函和观礼证（空军20名代表里仅2名空勤）

上飞机，直到收场，中间除加油时下来方便一下，连加餐都是在飞机上完成的。1954年新期班开训，有的教员利用两期间隙住院治疗，中队就剩下我和中队长高登魁。19名学员飞行，只好我带10名，他带9名，每天每个学员飞3～4次起落……教员一天要飞起落30次以上，飞特技6次以上，才能完成任务。我一天飞行最高纪录，起落是42次，特技是9次，还要坚持一轮连续飞5～7个飞行日。

当时训练最突出的矛盾是飞行事故严重，安全压力很大。特别雅克-11训练。事故严重的原因是多方面的：一切照仿苏联，自己缺乏经验；组织指挥不严密，天气把关不严，危险天气放飞；教学水平低，教员技术差；机械故障多，带外来物飞行；还有雅克-11设计构造缺陷……

雅克-11操纵十分灵活，接近战斗机性能，但起飞、着陆安定性很差，初飞学员不易掌握。起飞经常打地转，进入地转超过90度，必定折断起落架，打坏螺旋桨。着陆无论拉高、拉飘或跳跃，只要速度小、仰角大，轻则失速擦翼尖，重则翻扣。有一段时间，用于处理飞机翻正的拔河绳，就放在卡车上，以便使用时便当。学员乘车就站在绳子上。

1950年至1957年，8年间发生严重事故10起，其中一等事故6起。这些事故，有6次是我亲自看着发生的……

1960年，北空司令部政治部授予鲁开阳连续飞行安全的奖状

鲁开阳的飞行等级证章、奖章和荣获的二、三等功奖章

我在教员岗位上工作4年带了8个期班,训练出45名学员,无一人停飞,毕(结)业成绩全部合格。教学员保证了飞行安全,消灭了等级事故。为此,1953年、1954年我连续两年荣立三等功。1956年获军旗前照相奖励,同年又荣获提前晋级晋衔,这年秋天还参加了空军学校第二次教学积极分子代表会议,并在会上介绍了教学经验。

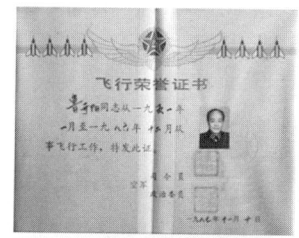

鲁开阳的飞行荣誉证书、功勋荣誉章

上述奚圣章、张运安、宫庆昌、鲁开阳等人,是六航校教员干部的优秀代表,他们获得的一枚枚军功章、勋章等荣誉,标志着他们闪光的教学和人生航迹,不仅是他们个人的荣耀,也是六航校所有飞行教员的荣光……

张小民也曾回忆五六十年代紧张繁重的教学训练情况:"1952年冬,我带学员飞长途(航行),一天带飞了四五条,疲劳极了。有一天在飞安国方向时,竟迷迷糊糊地睡着了。朦胧中,感到飞机左右晃动,耳机里传来学员的呼叫'教员到安国了,对不对呀!'我猛地惊醒过来,吓出一身冷汗。从此以后,再困再累也要振奋精神,有时实在太困太累了,就用双手拍打脑袋、拧大腿……60年代初任二团训练股长时,由于人少任务重,一天之内飞过雅克–18(一大队考试)、雅克–11(二大队质量检查)、雅克–12(为第二天转场试飞磨发)。一天内飞3个机种的特殊经历,全空军也极少有。我还一天飞过5个转场:驾雅克–12鸭鸽营起飞→涿县送螺旋桨→南苑送一名干部学习→杨村取仪器→定兴送仪器→涿县(因天晚第二天返鸭鸽营)。"

1964年,六航校认真贯彻军委、空军的指示要求,培养选拔出郭兴福式教练员和训练标兵18人,全校各行各业都有了比学赶帮超的目标和榜样。

五团飞行教员丁福汰(左一,后任三团副政委)被空军授予"郭兴福式教学干部"荣誉称号

随着空军办学规模的扩大、正规化水平的提高,空军从六航校选调不少教员干部补充到其他院校。据不完全统计,1952—1978年,六航校向空军院校输送的教员干部有120人以上,发挥了"老母鸡"和"种子"的作用……

下面这张图片中的背景建筑,六航校官兵都不陌生,很多人还相当熟悉。这是六航校初期仅有的一座"大楼"。建筑质量很好,敦实厚重、廊道和房间宽大……但今天看,这是最小的"大

50年代中期,飞行学员在"大楼"前列队行进

楼"了,毕竟只有两层高。但就在这座航理训练大楼里,辛勤的教员们"孵化"了数千名雏鹰,为铸就中国空军铁翼立下了不朽功勋!

"所谓大学者,非谓有大楼之谓也,有大师之谓也。"六航校是一所培养歼击机飞行员、专业性很强的指挥学校,飞行和航理教员并不为社会所知。但他们的"大师"作为、"大师"水平、"大师"业绩,融入了共和国的朗朗晴空,铭刻在不朽的蓝天丰碑上。

四、创建时期的教学管理

建校之初,六航校设有学生营,下属1个飞行连、2个机械连。六航校子弟王晓光回忆:

父亲王振英在陆军时是正营职干部,1950年8月调到六航校当飞行连连长。到任不久一次开大会,散会时下起了雨,很多人一哄而散跑回宿舍准备吃饭。父亲见状命令飞行连集合,高声道:"革命军人要有革命军人的样子!"全体寂然。"现在我命令,全体都有,回到刚才的会场重新整队!"父亲率领着飞行连,在大雨中整齐地走回宿舍。这一幕恰被参谋长白云看到,于是就将这年国庆阅兵的训练任务交给了父亲。国庆一周年大阅兵,父亲正步走在六航校方队(父亲讲六航校方队代表空军)的最前面。世界反法西斯战争和中国人民抗日战争胜利70周年

王振英今年99岁,眼不花耳不聋,是六航校健在的创业前辈最年长的。这是2015年和儿子王晓光的合影。王晓光提供

阅兵时，父亲已 95 岁仍壮心不已，坐在电视机前还向子孙讲述那一段历史："现在的阅兵操典与我们那时候不一样了……"

选拔最优秀的青年学飞行，是空军始终如一的原则和标准。1955 年前的飞行学员，主要来自陆军。1949 年军委电令各野战军和大军区，规定选调飞行学员的五条标准：政治可靠，是共产党员或共青团员；有战斗经验，是经过战斗锻炼的连排干部；身体健康，无任何疾病；具有高小以上文化程度；年龄在 18～24 岁之间。1949 年 11—12 月，六航校的第一批学员是速成班（19 人）、一期甲班（83 人）。1950 年 1—2 月从陆军选调上百名学员编为一期乙班；为抗美援朝，1950 年 11 月，二航校学轰炸的一个飞行队整个转到六航校，加入一期乙班学习。学员们把教室当战场，勤学苦练，以顽强精神突破了一道道学习难关。

从下面这份珍贵的史料中可以看出很多信息：六航校建校之初，教学训练情况每周都要上报给空军首长；教员讲授十分耐心，为增强效果想了不少办法；学员们学习刻苦认真……笔者还看过几份那时空司直接下达给六航校或飞行大队的指导意见函，大到训练计划，小至行文格式，对很多问题都是直言不讳的批评，提出的意见要求简明扼要……可见，军委和空军对当时飞行学员的训练极为重视、极为严格。

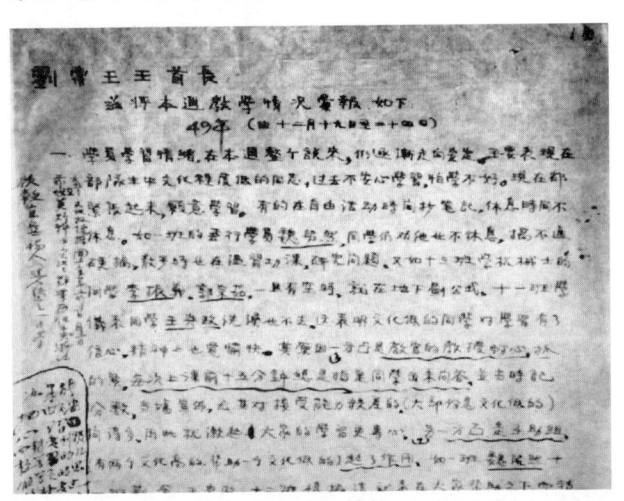

1949 年 12 月 27 日，以安志敏、白云、夏伯勋之名上报给空军首长的一周教学情况（共 4 页）

前面提到，速成班原定训练期限6个月，在空军的部署要求下和教学员的努力下，实际只用了5个月，平均飞行45小时36分（超过空军歼击航校速成班学员平均33小时的飞行时间，基础打得更牢了），于1950年5月17日提前毕业。一期甲班原规定训练期限1年，实际也只用了11个月，平均飞行61小时25分，于1950年10月10日提前毕业。毕业学员迅速加入刚组建的作战部队，成为空军航空兵最早的基本作战力量和骨干……这也是六航校教学训练的光荣史。

一期乙班学员马占民（后任空军参谋长、北空司令员等职）回忆了那时的学习情况：

> 当时一个小组有两个教官，一个是苏联教员，飞行技术好；另一个是从国民党解放过来的助理教员，飞行技术相对差一些。苏联教员脾气火暴，奖惩分明。在学习飞行过程中掌握飞行技术快并且好的学员，他经常表扬，并且给好的学员先飞和多飞；有学员在学习飞行过程中飞得不好的话，他会安排这个学员少飞或后飞。有时苏联教官还会打骂学员（当时我们飞教练机，前面是学员后面是教员，前后都有操纵系统，这两个系统是同步的。有时苏联教员觉得学员飞得不好，就在后面向一侧猛拉操纵杆，有时操纵杆能把大腿部位打得红肿起来，走路一瘸一拐的）。另外，苏联教员讲俄语，但好多学员不懂俄语，沟通就成问题，所以大部分学员喜欢和中国助教学习飞行。这样长此以往就形成了恶性循环，飞行成绩好的学员喜欢和苏联教员学习飞行，结果越飞越好。经常受到苏联教员责骂的学员，喜欢和中国助教学习飞行，结果飞行技术差距越拉越大，最终导致有的学员被淘汰。而我尽一切可能努力学习俄语，尽可能多地

向苏联教官请教,所以最终成了飞行学员中的佼佼者……

校领导对各期班训练抓得很紧。三期甲班学员鄂忠民(后任空军指挥学院研究员),也回忆了一段飞行训练经历:

1958年,六航校初教机结业的部分学员。贾丽君提供

在保定机场第一次放单飞前,大队长张大翔在队前讲话说,今天校长要来检查你们的学习情况,希望大家做好飞行准备,飞出好成绩来。很快,校长驾一架雅克–12小飞机来了。没想到他一来就上了我的飞机,同他飞了3个起落后问我:"你敢一个人驾驶这架飞机飞上天去吗?"我毫不犹豫地回答:"可以!"我是一个胆量很小的人,平时一个人走黑路都害怕。仅仅这么短的时间的带飞,就要一个人驾机升空单飞,确实需要胆量,但我掌握了飞行技术,好像胆量特别大了……

1957年《新观察》第8期杂志封面人物——董安弟。于志摄

那时期有一个叫董安弟的学员,是吉林省的中学生,受抗美援朝志愿军空军英雄的感染,放弃"志在大学"的初愿,三次上书要求加入人民空军、献身国防。彭德怀看到他的第三封信后,1954年12月2日亲笔回信批准其入伍。董安弟进入六航校十一期甲班,经过三年学习毕业分到航空兵部队。由于徐建

中、于志等报道，他成为当时全国新闻人物，六航校又一次受到社会关注，全校官兵进一步增强了自豪感和责任感。

六航校早期编有跳伞大队，驻地保定。在负责本校伞训的同时，还担负保定预校学员的伞训任务。有资料记载，该大队有一批高素质教员，安全跳伞一般在500次以上，分队长以上干部大都在千次以上，一般的保伞员也在30次以上。一位副大队长还是苏联专家帮助培养的第一批跳伞运动员，跳伞2000次以上。学员使用伞兵112型伞，跳伞高度在800米左右，要完成3次以上。

飞行学员跳伞训练出机前。徐建中摄

有老同志回忆，为促进学员的体育训练和教学工作，六航校60年代中期曾请战友杂技团为学员表演，并请团长介绍刻苦练功的过程；还请空军女排来校训练表演，当看到队员一场训练连续翻滚接球300次以上，不仅筋疲力尽，而且关节都磨出了血，不少学员热泪盈眶，表示要像她们那样刻苦训练，为飞行事业奋斗。

1957年，国家考核委员会对六航校1956年、1957年毕业学员进行考核验收，给予了较高评价。

1958年12月20日《人民空军》有篇新闻，在前面提到过，但有关教学训练的内容有必要再写一下——《2536部队向空军积极分子代表大会献礼　战士演出队向大会作慰问演出》：

献礼代表向大会报告了2536部队"大跃进"情况。其中最令人鼓舞的是：十一月中旬有两个班83名学员，由雅克–18直上喷气飞机，全部放了单飞，平均带飞起落46.3次，5.2小时，最低仅飞了26个起落。十一月下旬，又有一个大队飞行学员全部放了单飞，平均起落55次，92时41分，全期68名学员无一名淘汰。

《人民空军》新闻报道的配图

那时空军航校和航空兵部队已经建起很多，为什么唯独选中六航校进京给空军大会"献礼"？是因为六航校的全面建设，特别是教育训练、正规化建设、教学改革的成绩突出，走在航校的前列（次年建校10周年，刘亚楼司令员亲率空军班子前往祝贺并发表重要讲话，是又一次印证）……刘司令员接受献礼时那难得一见的欣慰笑容，也是六航校全体官兵的骄傲。

1972年8月，空军确定驻涿县的四团改为五团，接收空三十四师、二航校部分空地勤人员和直升机装备，进行直升机外训任务。同时，驻五寨的五团改为四团。六航校由此成为当时全军唯一成规模培训直升机飞行员的航校。直到1985年陆航成立，空海军直升机飞行员全部由六航校培训。六航校毕业学员，许多参加了陆军航空兵的创建。中国民航很多飞行骨干也是六航校毕业的，如胡照树（二十一期乙班毕业）飞国际航线，由于技术好、业务精，执行任务多，飞行了44年2万多小时，在六航校早期毕业学员里飞行年限最长、飞行时间最多。

1974年，遵照周总理指示，六航校在新疆、西藏、青海、四川甘孜等地区，招收了蒙古、回、藏、维吾尔、哈萨克、羌、土家、锡伯、门巴、彝、柯尔克孜等11个少数民族的上百名飞行学员。以前空军培养过一些少数民族空地勤人员，但从少数民族聚居区招收学员尚属首次，六航校集中培训少数民族飞行员也是第一次。六航校采取了很多办法，有针对性地搞好教学，取得了很好的效果，这些学员1977年5月毕业，成为我军早期的直升机部队骨干，并涌现出邱光华等英模人物。

羌族飞行员邱光华（右一），1977年30期丙班毕业，在汶川地震救灾飞行中牺牲，被追记一等功

六航校的教学训练也走过弯路。1958年，在"反对教条主义"大气候影响下，一度片面强调操纵、使用、维护，削弱了文化课；不适当地合并课程，分散了教学力量，影响了航理教学质量。1962年，又片面强调"少而精、短而少"，大删大砍教学内容，造成教学质量下降。后来空军学校工作会议做了纠正。

"文革"期间经受挫折最大。航校当时"教育革命"的中心是"缩短学制"。1967年学制由原来的两年4个月，缩短为1年（初教机、高教机各半年），训练科目砍掉50%，飞行总时间从165小时减少到100小时，少得不能再少；理训处被解散，教材被烧毁，航理教育由4个月缩短为8天，取消《飞行原理》《空中领航》两门主课和航理考试，实际是基本取消航理教学；甚至废除了考试和颁发毕业证制度……多年形成的训练体系、制度受到冲击和破坏。虽然有几年毕业学员增多，但由于缩短学制，违反飞行教学规律，质量明显下降，

一团在外场进行教学，中为时任团长方守忠

以致 1966—1971 年毕业的学员不得不"回炉"补训。1972 年后恢复原有学制，教学训练质量逐步回升[①]。

就是在特殊的年代里，六航校飞行训练的组织者和教员们，坚持训练不中断，较好地贯彻了空军历年来"稳步前进"的方针，尽最大努力保证了飞行安全。六航校建校至 1999 年，保证飞行安全的最好纪录为：1971—1976 年连续 6 年没有发生严重事故，1967、1974、1975 年消灭了等级事故，创造了建校以来保证安全时间最长的纪录。

1972 年，一团总结出"按条令组织飞行，按大纲要求质量，按教科书统一动作，按评分标准评定成绩"的经验（副大队长魏东执笔，后任副校长、二预校校长），空军编入《飞行训练工作条例》。一团还总结出"从零做起，始终保持高度的警惕性；从严做起，始终一丝不苟按条令条例规范训练；从我做起，始终把安全工作落实到每个人、每件事；从新做起，始终重视适应新情况，探索保证安全的新路子"的经验，截至 1989 年，一团连续保证飞行安全 37 年，创造空军同类飞行团保证飞行安全最长纪录，多次受到中央军委、国防部及空军的表彰，荣立集体一、二等功各两次；三团连续保证飞行安全 19 年，荣立集体二等功一次，被评为"岗位练兵先进单位"。学院和一团被空军评为"保证飞行安

四团五寨机场。五寨雄鹰提供

---

① 郝玉良等：《第六飞行学院教学发展史》，蓝天出版社 2011 年版，第 96-98 页。

全先进单位"，时任总参谋长迟浩田授予学院"飞行安全红旗单位"锦旗。1980年创下年度飞行时间60099小时的历史最高纪录，实现时间、进度、质量、安全协调发展。四团35期戊班毕业考核被空军评为全空军第一个"优质期班"，受到通报表彰……

　　六航校上述及其之后的成绩，无一不是在创业前辈打下的坚实基础上取得的！

第五章

溯源人民空军部队的对外开放及飞行表演

在人民空军的辉煌历史上,有着许多"第一次""之最"……其中不少打着六航校的印记,或与六航校有着密切的联系。

一、人民空军最早的对外窗口之一

六航校一诞生,就被赋予"渤海部队"的代号!而天空和大海从来都是象征着一种高远与旷达。很快,六航校就被军委和空军确定为对外开放的航校。执行对外开放任务,贯穿了六航校的整个创建时期。

刘亚楼司令员曾对六航校官兵深情嘱托:"六航校离首都最近,经常接待外宾参观,要往更远的目标多想一想,鼓足干劲,改进方法,把航校建设得更加健全、完善。"(在建校10周年大会上的讲话)

六航校官兵没有辜负中央军委和空军党委首长的殷切期望。从建校初"外军来帮"(苏联援建),到很快"外军来看"(参观访问),再到20世纪六七十年代"外军来训"(援外训练、派出外训人员),既是六航校创业官兵艰苦奋斗的航迹,也是中国空军跨越发展的历史见证!

据不完全统计,从建校之初到1965年,先后有20个以上国家的数十个外军(也有政党、青年)代表团到六航校参观访问。那个年代,能代表中国空军、代表中国人民解放军,将形象展示给世界的基层部队并不多。这是一种很高的荣誉,也是对部队建设质量的肯定和褒扬。

外宾每次到访的主要日程为:观看飞行表演,参观飞行装备、教学设施及辅助建设,交流教学训练情况和经验做法。每次访问也都有上级首长陪同。针对不同国家、军队及来宾情况,六航校每次交流的内容也有所不同,而且之前都要上报空军审批。笔者就看到过几份五六十年代六航校上报的有关材料,对学校建设的成绩和不足,表述客观、严谨精练。

外宾不仅在校部参观,有时还乘伊尔–14等专机直飞定兴机场;不仅到校部大院,还到训练团、飞行大队、教研室,以及搞农副业生产的农场、培养军人后代的"育红小学"。当年的政治教员吕士青,在日记里记载了多批外宾参观的具体情况,其中1956年3月30日,印度尼西亚共产党总书记艾地率领的代表团,专门到校政治专修室参观,看了图片展示。

六航校全面建设的水平、官兵英武的军姿、花园般的营区、人们的热情善良,都赢得了来访者的赞誉,树立了中国空军的良好形象。

翻看六航校校史,有关外宾参观访问的记载都是从1954年

50年代中后期,六航校校长赵群(上图)、政委王恨(下图)接待外军访问团

开始的，但实际上要早得多。校飞行训练处《教育训练大事记》就记载："1950年5月初，苏联访华青年代表团成员、苏联英雄阔日杜布来校参观，并做报告。"

"阔日杜布"对于一些老空军人、六航校的创建者和最初的学员并不陌生。马占民回忆："结合我们一期乙一班开学、速成班毕业，朱总司令亲自带阔日杜布来给我们做报告，毛岸英当的翻译。"笔者特委托马玲进一步询问，马司令员又专门与当年的老同学联系后确认了此事。几乎同时，刘煜鸿也检索到了《人民空军》1950年6月第四期上的一篇报道：阔日杜布在渤海部队演讲《我是怎样学习和作战的？》。

《人民空军》全文刊登阔日杜布在六航校的演讲译稿。这是4页中的第1页。刘煜鸿提供

笔者曾到访阔日杜布的故乡及其母校乌克兰哈尔科夫空军飞行学院，了解阔日杜布的生平并在其塑像前恭敬留影。所以听到这个名字如雷贯耳！最初还有些疑惑，直到几番印证后才确信无疑，并为六航校能使这样伟大的传奇英雄光临，深感自豪和骄傲！

阔日杜布，苏联著名的卫国战争英雄，苏联红军的骄傲。他从小接受航空教育，入航校后由于飞行技术高超而被留校任教，直到1943年6月才被批准飞赴战场。参战期间击落德军飞机62架，是"二战"中盟军的第一王牌飞行员、德军飞行员的"克星"。他的呼号"猎鹰13"，令德军飞行员闻之心惊胆战。1949—1950年初，阔日杜布是苏联空军近卫151师师长，奉命率飞行队来华保卫上海安全，击退了国民党空军的轰炸。朝鲜战争时，他又奉命率师进驻我国东北边境机场参战。由于他威名远扬，斯大林担心他的安全，亲自下令不许他驾机升空作战。他还是连续3次授勋的"苏联英雄"（仅3人，另有朱可夫元帅、波克雷什金元帅）。阔日杜布后任苏联国防部长、空军元帅。

左图：1950年4月前后，阔日杜布参加苏联青年代表团访华（毛岸英是该团翻译），这期间到访了六航校。中图：1990年，空军林虎副司令员访苏，与曾并肩作战的老战友阔日杜布会面。右图：50年代中国青年出版社图书《阔日杜布的故事》

阔日杜布1950年5月到访六航校并做报告，无疑对当月毕业、即将出征的六航校速成班（刘玉堤等）、在校的一期甲班（孙生禄等）和一期乙一、二、三班的近200名学员，是一次巨大的鼓舞和激励。王海、韩德彩等中国空军很多早期的英雄飞行员，对阔日杜布也都非常熟悉和崇拜，并在回忆录里提到他对自己的影响。

到访六航校的外军军官名单里，还有一位非常特别的重量级贵宾：蒙哥马利。他是前英国陆军元帅，"二战"期间盟军杰出的将领之一，享誉世界并在欧洲家喻户晓的英雄。他在英国最危急的时刻，成功指挥了敦刻尔克大撤退。他的军事生涯中有三大杰

第二次世界大战期间的蒙哥马利

作：指挥阿拉曼战役、西西里登陆、诺曼底登陆。1942年，他在北非率英军在"阿拉曼战役"中挫败"沙漠之狐"隆美尔，击破了"纳粹不可打败"的神话。1944年，他指挥"诺曼底登陆"，率英军配合美军打败德国，解放了欧洲，为"二战"胜利立下不朽功勋，战后任帝国总参谋长、西欧联盟主席、北约副司令。1958年，退役的蒙哥马利已是古稀之年，仍思考世界和平大势，反省自己的军事生涯，他发现用战争消灭战争以取得和平的想法是一种幻想。于是放眼于东方，1960、1961年两次要求访问中国。第二次到访前，周总理指示："要放手让他看……让他自己看后再做结论，从本质上了解中国。"蒙哥马利到了我国多省市的许多未对外国人开放的地方，为了解实情甚至随机走进街边的戏院、澡堂。毛主席曾两次会见他。他考察后感慨地说："毛泽东麾下名将如云，天才云集，我奉劝自由世界千万不要跟他们打仗。"他预言："中国有能力成为世界杰出的一员！"当然，蒙哥马利考察较多的是中国陆军，但1961年9月4日对六航校的考察，无疑也构成了他对中国人民解放军的认识的一部分。

两位传奇英雄到访，对任何一支部队都是非常难得的际遇，也是一种难得的荣誉！相信两位不按常规行事的军事天才，在访问六航校过程中也会有一些趣事。但很遗憾，笔者未能找到更多的图片和文字记载！

第五章　溯源人民空军部队的对外开放及飞行表演　121

1958年4月，苏联等14国驻华武官团在六航校观看飞行表演

1961年12月，阿尔巴尼亚参观团成员在六航校体验飞行后兴奋地谈感受，其右侧为一团飞行干部陈怀伦（后任一团政治处主任）

外军访问团参观六航校飞行教学装备。吕士青提供

1964年3月，罗马尼亚军官休假团的军官和夫人们到访六航校

1960年的一天,某外军代表团来访并到"育红小学"(六航校代管的北空军官子弟学校)参观。当时的学生王晓光、刘小平(女)至今还记得,那天老师和10多个学生早早地等候在学校门前。看到外宾们来了,两人顿时紧张起来,按照事先排练的程序手捧鲜花跑上前去。一个黝黑高大的军官,见到可爱的孩子,粗壮的胳膊一边一个把他们同时抱了起来,刘小平顿时被吓得哇哇大哭,王晓光也被惊得面无表情。外宾拉起孩子们的手围成一个大圆圈,兴奋地唱歌跳舞。事后,老师责怪两个差强人意的学生:你们怎么都不会笑了?外宾唱《东方红》也不跟着唱!两人回忆,老外军官们当时怪声怪调,他们根本没听清在唱什么。

二、人民空军最早的飞行表演

六航校建校伊始,南苑机场开飞首日,校长的苏联顾问就驾驶拉-9升空,为刘亚楼司令员和官兵做了高难动作的飞行表演;1951年校庆时,飞行教员驾驶中苏机务人员把两架损坏的雅克-11拼修成一架的"校庆号"飞机,也进行过精彩表演。但这些只是校内的飞行表演活动。人民空军的飞行表演的"第一次"始于何时何地?

据《空军大事记》,1952年8月1日这天,人民空军的大事只记录了一件:

"为庆祝八一建军节,空军抽调第六航校、独立第三团20名飞行员和陆战一师115名伞兵(含10名女跳伞员),在北京西郊机场组织了飞行和跳伞表演,出动飞机共14架。表演受到了首都各界群众的热烈欢迎。这是空军第一次组织飞行、跳伞表演,飞行和跳伞表演获得圆满成功，受到朱德、周恩来等党和国家领导人的接见。后来为满足首都人民的要求，按照中央军委指示又于 8 月 10 日组织了第二次表演。"①

1952 年 8 月 1 日，六航校的飞行编队在表演中率先通场。

轰动北京及全国的人民空军第一次飞行表演，就这样打上了六航校的印记。建校 50 年的校史资料对这件事也有记载：当时派出的是刘鹤翘（后任广空司令员）、陈志远（后任六航校校长）、丁锦章（后任四航校校长）等飞行教员。他们驾驶雅克 –12，组成品字形编队通过检阅台。

说到这儿，需要提到"空军八一飞行表演队"。这支如今享誉世界的中国"蓝天仪仗队"，是 1962 年诞生的，最初叫"护航表演队"，属空七师建制。笔者曾因工作关系与八一飞行表演队比较熟悉（出于爱好还创作过《写意蓝天》《有你们才叫美丽天空》等表演队官兵喜爱的歌词和摄影作品），在查阅资料过程中意外发现，这支队伍诞生前后，竟与六航校也有着不少联系。

马占民从一期乙班毕业后分到空十四师，他回忆："1962 年以前没有'八一飞行表演队'，人民空军对外国重要贵宾的表演任务，基本由空十四师的飞行员担任。"那时的马占民和几位包括六航校一同毕业的战友，进行了中国空军前所未有的、充满风险和挑战的歼击机飞行表演训练，并很快担负起了重要迎外飞行表演任务。

马占民回忆这段经历："我曾在空军表演大队牵头，为印度总理尼赫鲁、缅甸总理吴努、巴基斯坦总理阿米佐约等进行过空中表演，

---

① 中国人民解放军历史资料丛书空军编审委员会：《空军大事记》，蓝天出版社 2015 年版，第 56 页。

1956年10月19日，巴基斯坦总理在北京通县机场观看飞行表演。表演成功后，刘亚楼司令员（左三）欣喜地向外宾介绍表演的飞行员。左一张清曦、左二马占民、左四胡春友，均为六航校一期乙班毕业。马玲提供

并创下了低空飞行的最低纪录。当时我的飞行高度仅为15米，我要用无线电通知指挥车把天线收低一些，以防飞机和指挥车的天线擦碰到……表演过程中，飞机上升横滚，要求旋转360度飞上天，一般飞行员转两三圈，我可以旋转六七圈。"马占民说得很轻松，但不难看出这些勇士承受的巨大风险。

飞行表演属于高难度特技飞行，是飞行水平的积累和体现，也是对飞行员心理和技术的巨大考验。几十年来，八一飞行表演队为168个国家和地区的700多个代表团表演600余次，成功率100%（训练中有飞行员牺牲），是世界上仅有的。这与飞行员长期的教育、培养和训练是分不开的。而飞行表演是六航校教学训练多年的传统和习惯之一。外宾到六航校参观流程中的一个主要科目就是飞行表演。1965年的飞行学员米允林记载：

"叙利亚、印度军事代表团参观时，我们学员一同观看。一名副大队长和中队长[①]共同驾驶的初教-6飞机做超低空特技，10米高度倒飞通场。另一对双机编队特技表演也使我们大开眼界。常乾坤副司令员鼓励我们向飞行表演的教员学习……"

"八一飞行表演队"成立至今有上百名飞行员加入过。鲁开阳、

---

① 许希凤和韩玉生。

赵家俊、陈廷海、刘书元、张杰等老飞行教员回忆，这支队伍中不少是六航校毕业的学员。曾任六航校老二团团长的柯发棣回忆："丁安庆、吴国辉，分别是二十八期乙班、三十二期丁班的学

笔者拍摄的八一飞行表演队作品之一。前排中为第11任队长吴国辉，六航校三十二期丁班毕业

员，当年他们都是学员中的尖子，且都是老二团二大队一中队的。我那时就是这个中队的教员。"据不完全统计，仅1982年以前加入表演队的8批50多名队员中，从六航校飞出的就有罗奇华、谷信、施永根、朱运迎、侯洪仁、母树华、丁安庆、藏荣志、冯尚品、吴国辉、李秋、张信民、董文奇、冯义、冯军等多人，占比约30%。其中，谷信是第5任队长、朱运迎是第6任队长、侯洪仁是第7任队长、丁安庆是第10任队长、吴国辉是第11任队长、李秋是第12任队长，还有副队长张信民、冯义……

1964年七八月间，空军组织大比武汇报表演。六航校派出一团一大队参加。副大队长许希凤那时的低空倒飞很有名，他从高空进入螺旋，改出后距地面六七米拉起，保持高度20米以下，倒飞通场，令观众高呼叫绝。表演取得优异成绩。当年9月8日，空军在南苑组织学习"郭兴福教学法"和比武成果向军委首长汇报表演。一团一大队再次执行飞行表演任务，许希凤等驾驶初教-6成功表演了八一队形、12机菱形跟斗、螺旋单机特技、超低空倒飞特技等课目。他们的精湛技术、精彩表演赢得观众喝彩，为空军争了光。

时隔十余年，1978年10月12日，空军在杨村组织"战备训

练汇报表演",五团副参谋长许希凤(后任副团长)、大队长马德胜等23名飞行员,驾驶3架运-5飞出了三面红旗前导、14架初教-6飞出八一队形,表演后受到华国锋、叶剑英、邓小平等中央首长的接见。

三、为国防科研试飞做出突出贡献

中华人民共和国成立初期,航空工业部门努力实现飞机国产化,但却没有专门的试飞机构、试飞部队和试飞员,也没有先进的检测手段。每个机型的试飞和数据采集,都是通过空军挑选的优秀飞行员完成的,标准质量要求很高,承担的风险压力也很大……六航校有许多参与过科研试飞的教员干部和毕业学员(第二章里有更多记述,此处简要提及),这也是教学训练水平、创建人民空军功勋的重要体现。

据高继忠之子高杰提供的资料:1957年,高继忠奉调南昌飞机制造厂,担任第一架运-5飞机(小型运输机,又名丰收-2,仿苏联的安-2)的试飞员。

"初教-6"是空军至今在用、性能稳定的初级教练机。首飞试飞员是吕茂繁(后任校副参谋长),1958年试飞成功,受到了聂荣臻元帅的接见。1961年,六航校奉空军要求组织数据试飞,徐恒瑞、初善东、高崇德等参加了数据试飞,并参编《飞行员手册》《机务人员手册》。后来,许希凤等摸索出倒飞、螺旋等数据,令

吕茂繁和他试飞的初教-6首架样机

飞机制造厂的设计和技术人员惊讶。

1963年，赵国志等人参加了歼教-5飞机的试飞。这是在歼-5甲基础上改型的高级教练机，1966年试飞成功，1967年交付部队。

六航校不少教员干部或毕业学员，因飞行素质全面、技术过硬，在空军组建试飞部队后，被选为专业试飞员。他们用忠诚和生命挑战风险和极限，为国防科研做出了重要贡献。如葛文墉，三期甲班毕业留教，任歼-7首飞试飞员，被空军党委授予"飞行技术能手""科技先进工作者"称号。滑俊，一期乙班毕业（后任空军试飞团副团长），被军委授予"科研试飞英雄"称号，获一级英模勋章。王昂，十二期代训班毕业（后任空军试飞团副团长），被军委授予"科研试飞英雄"称号，获一级英模勋章。王冠杨，十三期甲班毕业（后任空军试飞团副大队长），被空军党委授予"雷锋式的飞行员"称号，1978年全国科学大会评为先进个人。

后面稍年轻一些的还有：李少飞，十五期丁班毕业，空军试飞员，空军"社会主义精神文明先进个人标兵"。刘明，八三期庚班毕业，空军试飞员，五四青年奖章获得者，"优秀飞行员标兵"。空军最早获得"国际级试飞员"资格的三名试飞员，全部出自六航校：李中华，八三期庚班毕业，首届"八一勋章获得者"，空军"英雄试飞员"；张景亭，八三期庚班毕业（后任空军试飞团团长），L-15首飞试飞员之一，"全军优秀地方大学生干部"；徐勇凌，八四期丁班毕业；景海鹏，八八期甲班毕业，"英雄航天员"，二级航天功勋奖章获得者，天宫二号与神舟十一号载人飞行任务航天员乘组

空军装备部《空天铸剑》一书中对三名国际级试飞员的介绍

指令长，曾三巡苍穹……

四、六航校早期的外训工作

20世纪六七十年代，中央军委和空军党委根据党和国家的外交部署和政策，向六航校下达多项外训任务。六航校先后为越南、南也门、刚果、马里、几内亚、塞拉利昂等国，培训过飞行员和地勤人员。

70年代，六航校部分教员干部与受训外国学员

早在20世纪60年代，六航校派出一团副大队长云峰书、大队副政委金昌盛等四人，赴柬埔寨帮助改装初教-6；三团副团长凌志明、副参谋长李汕汕到越南航校帮助培训飞行员。

70年代，六航校派出五团团长谢力士、副大队长柯庭煜、教员尹宗祥等飞行、地勤和保障干部数十人，到越南、老挝、柬埔寨、南也门、坦桑尼亚、埃塞俄比亚、阿尔巴尼亚等国航校，帮助进行训练；校修理厂多次为外军大修飞机，都出色地完成了任务。

外国学员每期训练虽然才一年多时间，但六航校开始没有外训经验、没有教材，教学要涉及多国政治、历史、文化、风俗、习惯等，情况比较复杂，同时须使用英、法、阿拉伯三个语种教学，仅翻译就需要数十人……尽管困难很多，但六航校有艰苦创业的光荣传统，有多年打下的教学训练坚实基础，有一支战斗力很强的教员骨干队伍。经过上下共同努力，终于克服了困难，按时保质达到了教学要求和目标。

六航校初期还执行过重要的救灾飞行任务。1951年，河北、安徽、湖北等省遭受严重蝗虫灾害，6月13日，遵照朱德总司令、陈云副总理的指示，空军派出六航校和空运队的4架飞机到黄骅等地喷药灭蝗。《空军大事记》记载：这是空军第一次派飞机灭蝗，也是中国历史上第一次使用飞机灭蝗[①]。

灭蝗任务完成后，六航校等部队接受地方政府赠旗

六航校飞行训练战勤保障，还有不少应记述的创业官兵，比较突出的有：长期担任涿县气象台台长的康振兰，曾是东北老航校唯一气象班的12名学员之一，是六航校最早的气象干部；四团气象台台长李锡恩（曾在老二团工作），在探索高原气象、保

建校初期的气象女兵们，后排左二为康振兰。李菲提供

---

① 中国人民解放军历史资料丛书空军编审委员会：《空军大事记》，蓝天出版社2015年版，第36页。

站立者为李锡恩

障四团进驻五寨训练贡献突出，1977年被空军授予"雷锋式干部"荣誉称号。通信官兵的代表，有马瑞典等同志……

令人很遗憾的是，由于缺少必要史料，无法写出更多训练保障官兵及其事迹！

第六章

六航校创建初期的政治工作

政治工作内容很多，涉及的面很广。本书不少章节里都对六航校创建初期的政治工作有所记述。在那样一个开创伟业、激情燃烧的年代，政治思想工作发挥了极其重要的作用。六航校政治工作干部的作为、贡献和风采，值得书写和记载。

政治工作是我军的生命线，也是最重要的光荣传统。人民军队与旧军队的根本区别，就是把党的建设作为全部工作的基础和关键，把政治工作当成战斗力的重要源泉，当成团结自己、战胜敌人、克服困难的最主要因素。1951年，刘亚楼针对空军作战部队初建实际指出："在陆军基础上建设空军，强有力的思想政治工作，这就是我们的经验。""政治工作是决定一切的因素。"① 六航校的创建历史，就是一次很好的证明和体现。

"咀嚼"六航校创建初期的政治工作，几个特点十分明显：一是校领导言传身教，使老红军的传统在六航校植下了"根"、生出了"枝叶"；二是军政主官不分你我、不争高低，齐心协力地抓部队政治建设；三是汇聚和培养起一批青年才俊，政治工作开展得有声有色；四是政治思想工作渗透到了各方面、各层级，全面建设成绩显著且实实在在。

空军初创时的成员主要来自三个方面：从陆军来的、新参军的青年学生、曾在国民党空军工作过的技术人员。具体到六航校，既有经受战争考验、身经百战的老红军、老八路，也有国民党起义和留

---

① 《刘亚楼军事文集》，蓝天出版社2010年版，第261页。

用人员；既有相当基础的老航校教学员，也有文化程度较低的陆军基层官兵，以及刚走出校门的青年学生……如何凝聚这来自四面八方、各个层面的力量，培育政治和技术过硬的飞行员，是校党委第一位也是中心的任务。

1949年10月底，空军成立前第一次航校负责干部会议就研究认为：飞行员是驾驶飞机单独在空中作战的，和一般地面工作相比具有明显的特殊性，飞行人员必须要有高度的政治觉悟和对祖国对人民的无限忠诚，既要勇敢机智，又要有牺牲精神。仅一个多月后（几乎航校开

王守诚（右一站立者）就是从陆军调入六航校的基层政治干部，抗战时期入伍的副教导员，身经百战，立大功4次。在六航校历任机务处协理员、学员大队政委、政治部科长、后勤部副政委等职。王晓勇、王晓剑提供

这张1951年的珍贵图片，记录了某军干校欢迎热血青年加入人民空军、报效国家的热烈而庄重的时刻。六航校很多政治工作前辈，就是这个时间参加军干校来到六航校的。

学的同时），毛主席批准了空军"航校政治教育计划"，明确了人民空军战士的四条标准：（一）忠实于祖国，忠实于人民，忠实于共产党。（二）具有高度爱国主义和国际主义精神。（三）钻研掌握先进的航空业务知识与技术。（四）具有政治坚定、自觉遵守纪律、集体主义、英雄主义、准确敏捷的作风。[①]之后，朱德总司令在六航校

[①] 中国人民解放军历史资料丛书空军编审委员会：《空军大事记》，蓝天出版社2015年版，第10页。

1954年4月，六航校召开首届党代表大会。戴小宝提供

1950年年初，六航校领导班子主要成员：校长安志敏（左三）、政委张百春（左四）、政治部主任翟家骏（左一）、司令部参谋长白云（左二）、副校长夏伯勋（右一）

开学典礼上的讲话、空军1950年3月第一次航校政治工作会议等，都为六航校政治工作指明了方向。1950年3月空军航校校长会议，还特别提出"政治部门要把保证伙食当成一项中心任务"。特殊时期的这些要求，在六航校都得到了较好的落实。

政治思想工作有一个突出特征，就是政治干部和军事等其他干部、党团员一起来做。这也是我军重要的光荣传统。建校之初的校领导班子，包括校长、政委、副校长、参谋长、政治部主任等，都是红军时期参军或参加革命、身经百战的同志，年龄多在35岁以下，最大的是政治部主任翟家骏，也只有38岁。

六航校一班人积极做思想政治工作，引导和带动官兵继承我军光荣传统。建校初期，政治工作要保证建校、培养飞行员任务完成，同时与全国形势密切相连，支援抗美援朝、学习英模事迹，路线方针政策和党史学习，军队干部定级授衔、供给制改薪金制等工作也全面铺开……政治工作的任务异常繁重。

1953年8月，中央为精简机构和冗员，也为实行军衔制、薪金制和义务兵役制做准备，启动了第三次大裁军，计划将军队由当时的406万人减少到350万人，因此需要动员大批女军人转业复员（笔者的母亲也是那时转业的）。

能随人民军队走向现代化正规化、戴上金灿灿的军衔，是每个革命军人的梦想，更是所有女干部的热切愿望。当时她们的思想情绪可想而知。安志敏校长此时发挥出党员领导干部的楷模作用。刘淑华是安校长的夫人，解

50年代初期，六航校的部分女干部

放战争时期入伍，在东北军政大学、东北老航校学习工作过，1950年从六航校仪表专业毕业，因学习成绩优良，获得刘亚楼司令员等首长签发的奖状，并且已在六航校担任航空仪表助教。在教员缺少的情况下完全可以不走。

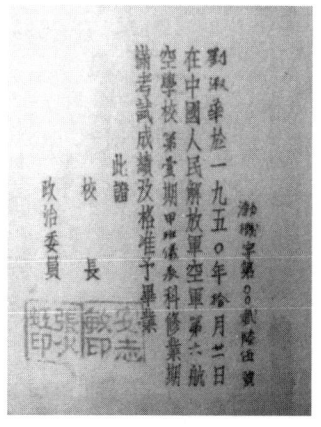

刘淑华在六航校的毕业证书（局部）和奖状。安元新提供

安志敏、刘淑华夫妇和长子安元新在六航校期间。安元新提供

张百春和段琦（时任六航校组织科干事）夫妇在六航校期间。张世红提供

安校长却在校党委扩大会上表态："这是大局，我们要不折不扣地执行。今天我替刘淑华同志报个名，她转业地方。"在安校长的影响带动下，党委成员纷纷表示了态度。安校长下来反复做妻子的工作：领导干部的家属应带头响应党和军队的号召。刘淑华气得3天没理他，但最后还是服从了大局。她从1954年转业拿正排级工资，以后又随安志敏多次调动，一直到1972年全国调整工资时才调升一级，职级待遇一直偏低。

安校长1954年6月调任空五军副军长，参与一江山岛战役准备。虽然他和刘淑华没有参加六航校授衔工作的全过程，但他们的模范行动、言传身教，对六航校做好授衔等工作起到了重要的促进作用。

六航校首任政委张百春的夫人段琦，也是在首批授衔前1955年转业离开部队的，而当时的张百春已是空二军政委。

其实，老领导的表率作用体现在很多方面，特别是面对战争生死、组织安排。张百春是毛主席亲自批示从陆军选调的优秀师政委之一。任六航校政委仅半年，军委和空军党委又选调他任空军第四混成旅11团政委，这种"高职低配"是为创建航空兵作战部队，并且随时准备迎战强敌，使命的重大和牺牲的风险不言而喻。他迅速到任，不久又临危受命，组建空二师并任首任政委。几个月后他率部队飞赴前线，该师在抗美援朝中战功显著。1954年他已是空二军政委，在全国全军"向文化大进军"的高潮中，空军又选派他到新成立的第一文化速成学校（太原）任校长兼政委，行前刘亚楼司令员亲自谈话勉励。

建校之初的副校长夏伯勋，也是老红军出身，上世纪30年代在新疆学习飞行，历经千辛万苦，是我党最早培养的飞行和指挥骨干之一。我军在老航校组建第一个驱逐机中队（任中队长）、开国大典空中受阅地面指挥、抗美援朝空战指挥等，都有他的身影。他与张百春同时"高职低配"到空军最早的作战部队混成四旅，任10团（首个喷气歼击机团）团长，战争期间先后任空三师代师长、空四师副师长、空二师师长，而这几个师都是冲锋在前、任务险重、英勇善战的志愿军空军主力。他服从组织需要，做了许多我军历史上开创性的工作。

孔子言：政者，正也。其身正，不令而行。六航校初建时期的风清气正、成绩斐然，显然与这些领导干部、与当时坚强有力的党委班子是分不开的。这些创业前辈不管在战争年代还是和平时期，始终对党忠心耿耿，为革命事业无私奉献。他们的浩然正气、高风亮节，是人民空军及六航校的红色基因和宝贵精神财富。

政治干部，是政治工作的中坚和骨干。建航校之初，刘亚楼等就向毛主席和中央军委请示，从陆军选调优秀师政委担任航校政委。毛主席批示："这批政治委员必须挑选最适当的人来担任。"并指示各野战军提出3倍的名单交军委审定。张百春政委就是其中之一（半年后接替他的是陆27军80师政委张少虹）。政委刚刚到任，空军紧接着又向军委请示选调政治理论教员。因为培养飞行员政治素质的要求很高，当时从空政和航校内已无法找到能胜任高质量政治理论课的教员，空军建议从地方高校选调18～24名政治教员到航校工作。毛主席对此十分重视、亲自批示，安子文、陆定一等迅速协调，华北大学、华北革命大学、中央团校的 24 名政治理论教员，很快到了各航校。

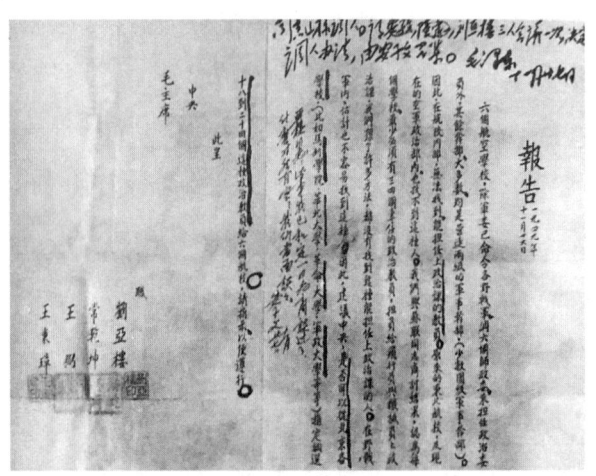

1949 年 11 月，空军首长为航校选调政治教员的报告和毛主席的批示①

第二年，空军政治部向航校发出《加强政治教育领导工作的指示》，要求政委要关心教育工作，亲自动手布置教育工作，担任必要的讲课或报告，加强政教一致；政治教员不兼任指导员，但要参加一个连的党支部领导工作……

今天看这些史实，中央军委及空军首长对航校政治建设高度重视，建设标准和起点之高都是超乎寻常的！正是因为有中央军委和空军首长的高瞻远瞩、正确决策，六航校才得以聚集起一大批政工英才，建校之初的政治工作才打下良好的基础。

据六航校校史记载，空军招收的政治理论教员中，有 5 名分到了六航校：游潜智回忆，有石伟夫；六飞院教学发展史记载，有冯谦、王泽、李敏、曹波（无法查到 4 人资料。有前辈回忆，有的没有报

---

① 空军政治部编：《追梦启航——人民空军诞生实录》，蓝天出版社 2015 年版，第 265 页。

到或调到其他单位）。石伟夫是山西人，从华北大学（为全国解放培养干部的学校，中国人民大学前身）到六航校任政治教员，以后转业到北京师范学院。右侧这张珍贵的历史图片，就是六航校初创时期政治教员群体，其中就有石伟夫。

前排左起张河（女）、石伟夫、杨萍；二排陈楚余、沈国祥、游潜智；三排×××、陈庭龙、彭福生、张荫卿。游潜智提供

一些前辈看到这张照片很感慨。刘鹏是1950年从西南师范学院参军、六航校初期的政治教员之一，后调空政宣传部工作，转业后任中央党校《理论动态》编审、副主编等职。他专门写了《一张老照片的联想》，摘录如下：

> 这是当年六航校政治理论教员团队的合影，都是我很熟悉的老战友，见了此照片令我激动不已。由此勾起我的一些联想。我可以说是这个团队的一员，可惜那时我到团里去了。这张照片是1954年可能是为欢送张河转业时的合影。
>
> 1952年年初，张河、徐崇坪、陈楚余、×××和我5人，从空政宣传部理论教员训练班结业一起分到六航校，开始在南苑，不久到了涿县。起初我们都是当助教，那里已有老教员沈国祥、石伟夫等，属宣传科领导，科长陈清、副科长李炘，后来有从空政调来当副科长的祝枝。科里还有干事杨萍、郑如耿、贾庭楷，文化教员刘云龙、李次膺、张中振、易达武、杨晓音、刘国瑞等。游潜智、陈庭龙、张荫卿等是后来从洛阳干部学校

调来的。还有播音室的马淑芬、徐允俭。

　　张河是安徽人，体格健美，较一般女性高大，也是校女篮的队长。她称得上江南才女，正宗高中毕业，当年女军人中少有的了。还写得一手漂亮的钢笔字，科里要写什么报告、信件等文牍事宜，科长都交给她办。当年我和她同在一间办公室，都是教员训练班同学，坐同一辆汽车来的，所以我对她的印象较深。转业后她和刘国瑞都考入北大哲学系。1957年我已调到空政宣传部，曾去北大旁听哲学课，见过几次面……如健在她米寿88岁了。

　　祝枝从空政《人民空军》调来任宣传科副科长，分管政治课教学。他从声誉很高的西南联大毕业，又是从空军领导机关的杂志社来的，所以很擅长写作，这在我们青年人中很稀罕。他来后第一次和大家见面，就讲要多读书、练习写作。他说，讲一堂课，再好的课，听众也就几十个人；可是一篇好文章、一部小说一发表，读者是几千、几万、几十万，那影响不知要大多少倍。他以风靡全国的杜鹏程的《保卫延安》为例，说这本书初版印刷近百万册，那是多少读者呀！他还讲了故事与《保卫延安》相近、正在全国放映的电影《沙家店粮站》，由作家柳青的小说《铜墙铁壁》改编。看电影的观众多少？至少上百万！他还说杜鹏程原来的文化水平并不高，大概也就是初中生的基础，但他刻苦学习，注意积累，随时记下部队生动事例，后来就写成了这史诗般的作品。他还特别强调，你们文化基础不比当年的杜鹏程差，能像他那样学习、钻研，悉心观察周边事物，说不定将来也会有杜鹏程那样的人物出来。他讲得十分生动，一口四川话，我听起来特别顺耳。他的讲法是我闻所未闻，真是茅塞顿开。他有一次向我们布置，要让学员知道遵守国际法，说是从中央布置下来的，因为一次飞行员的误判处理，造成了国家外交的被动……所以要求对所有飞行员进行遵守国际法教育。为此还要讲一点地理课，让学员知道什么是领土、领空、领海、公海等概念。我们后来真是讲了一点地理课……

刘鹏还回忆："六航校迁涿县当年，1952年11月7日是十月革命35周年。六航校有苏联顾问，这个节日当然要隆重庆祝。那时礼堂尚未建成，会场设在王字房与大楼之间的广场上。宣传科副科长李炘，干事杨萍、

左起：祝枝、陈楚余（政治教员）、石伟夫。这是能找到的唯一有祝枝同志的图片。刘鹏提供

贾庭楷、徐崇坪、张河、陈楚余、马淑芬、徐允俭及后勤的同志都参加了。我和周世灿写中俄文美术字会标，翻译核校后，再依葫芦画瓢在白道林纸上画出大字。礼堂落成后，主席台领袖画像早已挂好。校领导决定在两侧墙上悬挂各国共产党领袖像，科长派我去北京定制。我找到东安商场一家画像店，向店主提出定制要求。十多幅高约1.5米的大幅油画，全科同志费了很大力气挂上，礼堂顿增光彩，大有全世界无产者联合起来的气氛！直到1956年波匈事件后才取下。"

前面提到的祝枝，毕业于西南联大，是六航校政工人才的优秀代表之一。1954年六航校组建"政治系"（隶属理训处，1957年后

改为政治教研室）任系主任。在他的组织下，建成了有大量图书资料的"政治专修室"，还从北京请来工匠制作了"台湾海峡立体教学模型"，较早地把形象化教学运用到政治教育中。这个教学模型在六航校礼堂的图书馆，一直展示到上世纪七八十年代，很多官兵和家属子女都见过。

上述前辈，笔者许多早有耳闻，也仰慕已久，因为他们是六航校早期政治工作骨干，真正的"大秀才""笔杆子"，六航校创建初期的辉煌，离不开他们的奉献，那时总结和宣传六航校，更不能没有他们。他们的才华学识，既体现在创建六航校的火热生活中，也体现在其后漫漫人生路上，以及离退休生活里。如今健在的前辈们，都是 90 岁上下了，很多人依然睿智勤勉、博闻强记，有的堪称六航校的"活历史"。从人才学的角度，能长久地为社会发光发热，就是人才的一个重要标志。笔者是晚生后学，因撰写本书，荣幸地认识了其中许多人。他们的才华和热情、帮助和支持，使笔者深受教育，感动不已，也常想起一句话："革命人永远是年轻。"笔者为六航校有这些政工前辈而骄傲和自豪！

杨萍战争时期在新四军《前哨报》（前身是新四军有名的《东进报》）工作，是最后一任主编，后在苏南军区《战士报》当过编辑。选调到六航校学习过 4 个月的航理，因校政治部创办《学习通讯》，从飞行连选调到机关；后任政治教员、干事、宣传科长，其夫人于光瑾（50

1951年的杨萍，下图为其珍藏至今的六航校第一次党代表大会的会议证。杨晓玮提供

年代初任校政治部组织科干事），也是六航校初期政治工作前辈之一。

1958 年，空军在六航校三团试点，改革航校训练体制，取消中级教练机，学员由初教机直上喷气式高教机。杨萍参加试验小组，发挥了政治工作的服务和保证作用。杨萍在六航校宣传科长岗位上工作了 7 年，1966 年调任空军工程学院政治教研室主任。如今他 91 岁高龄仍笔耕不辍，《空军报》专门报道过他的离休生活。

杨萍为本书作者撰写的部分回忆文字

右边两页手写文稿，分别是杨萍、游潜智撰写的有关六航校政治工作的回忆，都写了满满六七页以上。隽秀的字迹、流畅的表述、非凡的文采，在当今中青年干部中实不多见了！

徐建中、李次膺、刘鹏、姚卫国、吕士青等，也写出不少回忆文字。他们对六航校的怀念、对政工历史的反思溢于笔端、情真意切。

游潜智为本书作者撰写的部分回忆文字

六航校最早的校刊《学习通讯》，是一张 8 开四版的报纸。当时办刊是为贯彻落实校党委意图，反映基层部队思想政治工作情况和交流工作经验。浏览这张报纸，文字量大、编辑严谨、排版考究，像是那个年代的社会大报。

安志敏校长 1951 年 7 月 1 日发表的文章《以实际工作与学习来纪念"七一"》，就是放在今天来看，依然立意很高，有很强的指导性。

当时办刊的还有两位同志，一位是时任政委的夫人秦萍一，还

六航校初期的校刊《学习通讯》。张鸣磊提供

1951年，郑如耿（右）和杨萍。杨晓玮提供

有一位是年轻干事郑如耿。郑如耿是一位大家公子，其父郑铁如是我国杰出的国际金融家、中国银行（香港分行）行长兼总经理，深受周恩来等领导人的敬重，病逝后中央派专机接送骨灰至北京八宝山。其母也出身名门，其舅章汉夫30年代就是中共广东省委书记，后来是新中国最早的外交部副部长。郑如耿于新中国成立前从香港大学投身革命到解放区，在六航校当宣传干事时，用相机为六航校的创建记录下很多珍贵的历史瞬间。他不仅会摄影，还会写文章、会编稿、会办事、会英语，是典型的政治工作多面手。后来转业到广东新华分社，又参与创办"香港中国通讯社"（至今是香港唯一向全球华文媒体同时提供文字和图片资讯的通讯社），是该社第三任总编辑。

徐崇坪入伍前是复旦大学政治系学生，兼校学生会宣传部长，1951年抗美援朝期间带头参军报国。同年从成都入伍的游潜智教授回忆了一件事：当时徐崇坪整理复旦大学"参干"学生名单，上面已有107人（其中包括郑兰荪，当时的上海学生领袖、复旦大学学生会主席，后任北空副政委），徐崇坪想，我若加上不就成了"一百单八将"了！请示领导同意了。

于是，1951年1月复旦108将参加军干校的故事便广为传开了！徐崇坪到六航校历任政治教员、宣传干事、副科长、政教室主任、宣传科长等职。由于长期坚持学习钻研，在政治理论和党史研究方面造诣很深，1977年空军政院复建时调任党史教研室副主任。徐崇坪德才兼备、出类拔萃，是空军优秀教员，受到过空军表彰。1982年因病英年早逝，年仅49岁。该院院史展览中曾有专门介绍，并

徐崇坪（左）和刘鹏。徐建中提供

在全院开展过向他学习的活动。因该院多次转隶整编，难以查到更多的资料。

游潜智1951年1月入伍，是六航校初期的政治教员之一，1956年和鲁开阳、陈来瑾等飞行、航理教员一起代表六航校，参加过第二届空军学校教学积极分子代表会议，受到毛主席等中央首长的亲切接见（1954、1956、1964年空军召开过三次此类会议，仅1956年毛主席接见了代表）。游潜智任过校政治部青年、组织、秘书等科长，1979年由政教室主任选调到空军政院，退休前为该院政治经济学教研室主任、教授。

笔者曾在该院学习3年，徐崇坪、游潜智都是那时军内外知名的教官。因为六航校之缘，看到他们倍感亲切，那是"文革"结束不久、年轻人如饥似渴求知的年代，所以笔者对他们的理论功底、精彩授课印象很深，对他们的政治理论启蒙至今难忘！

从以上简要介绍不难看出，六航校早期政治干部人才济济，不乏学识渊博者。其中，不少人后来当了各级政工领导干部，有些还被上级机关选调。如李次膺，1950年从四川大学入伍，思维和文字

李次膺（右）和徐建中。徐建中提供

能力很强，在六航校期间撰写了大量材料和报道，后被空军政治部选调，退休前为新华社空军分社社长。徐建中、刘鹏、姚卫国等还是老二团早期的政治干部。徐建中后来是人民日报高级记者，他用相机和笔记录了六航校很多历史瞬间。刘鹏擅长理论思维，据老同志回忆，他讲课很受欢迎，曾被空政宣传部选调，至今仍精神矍铄、思维活跃。2016年，笔者在涿州组织"六航校创建历史短片"试播会，姚卫国和于莉夫妇不顾高龄欣然前往，姚卫国的发言思路清晰、言简意赅，令参会人员感佩不已。

在征集六航校历史资料过程中，笔者收获了不少政治工作的历史图片。透过照片，可以看到那个年代活跃的政治工作，以及那个年代政治工作干部的青春风华——

1950年六航校政治部组织科的同志。能辨认的：前排中段琦、右一李志英（曾任七航校副校长、六航校顾问）。张世红提供

政治机关中的组织部门，担负着部队党团组织建设、训练政治工作、立功奖励、纪律检查等多项职责，任务十分繁重。这张历史照片，也许是六航校组织科最早的合影了。看到照片中的前辈们，笔者感到很亲切，因为在此后上世纪80年代末，笔者在这个科代过科长，而且李志英上世纪70年代还是笔者在七航校时的老领导之一。

空军成立之初，空政针对部队情况规定了政治教育的四个专题：

中国革命和中国共产党；爱国主义和国际主义；人民空军的任务、特点、制度与作风；人民空军战士的思想作风。以后中宣部又增加了社会发展史专题。按空军要求，空勤学员政治教育时间占教育训练总时数的13%，地勤学员占17%[①]。

政治教育当时最大的困难是任务重、时间少、人员分散、精力不集中，因此空政特别强调，技术军种更应重视政治素质的提高，政委和政治部主任必须亲自抓教育，善于利用空隙时间、采取短小精干的方式，保证教育时间和教育力量的落实……六航校认真贯彻落实空军要求，从根本着手，结合实际，抓出了实效。右侧是当时开展政治教育活动的部分图片。

六航校政治部早年编写过许多书刊、教育提纲，供部队开展政治思想工作使用，但现在大多无法找到了。右边两本读物，一

建校之初，官兵们在南苑小礼堂听形势教育课。

50年代后期，三团机务大队在开展政治教育活动。赵英军提供

六航校政治部50年代初、1978年编写的两本基层读物

[①] 中国人民解放军历史资料丛书空军编审委员会：《空军综述》，蓝天出版社2015年版，第43页。

60年代，基层官兵上形势教育课。

70年代初，基层政治干部进行思想教育

本是20世纪50年代初由祝枝牵头，李次膺等参加采写；另一本是1978年游潜智等负责编写。应该说，包括《学习通讯》，这些都是六航校早期政治工作的重要文本和记录。李次膺前辈珍藏多年后，将两本珍贵史料赠予了笔者。

据前辈们回忆：早年六航校营区广播办得好。每幢房子和家属区都装有广播喇叭，从起床号开始，革命歌曲、新闻和报纸摘要、校内新闻等内容很丰富。官兵、职工和家属把听广播当成了日常生活的一部分。洗脸漱口的同时就听到天下大事。天气不好待命飞行时，各团的广播会插播一些政治学习的内容。哪个喇叭坏了，会有人主动打电话报修，所以那时感到每天都很充实。校部最早的男女播音员是徐允俭、马淑芬。他们都是北京人，普通话字正腔圆，本校新闻采编播出也很到位。他们转业后，从涿县招来女广播员孟繁荣。

中华人民共和国诞生前后，党和政府对苏联建设经验极为重视。1949年7月刘少奇访问苏联，向斯大林提交了一份学习清单，共30条细目，大到中央与地方的关系，小到税收制度，甚至学校课程安排……创建人民空军及六航校，苏联给予了很大帮助，政治工作也有如何借鉴学习的问题。教员吕士青有写日记的习惯，他记载1955年4月14日，苏联顾问在三团为政治干部讲苏军政治工作经验，但参会的政治干部保持了清醒的头脑，认为很多内容不适合中国国情和我军实际，还是应该从实际出发、走自己的路……

1954年，六航校政治部干部在"王字房"前合影。前排：苗汝鹍、郑如耿、赵维全、张挺歌、李次膺、孙明富、马淑芬等；二排：刘明远、李炘、刘展、张步云、于达康、王辉芝、施嘉达、盖琪等；三排以后有：朱宗玉、朱庆达、郝洪兴、宋家臣、石伟夫、黄群、赵锐、刘德荣、罗文厚、周世灿、贾廷楷、吕封林、杨萍等

那时六航校有很多女军人，她们工作在军事、后勤、教学和政治各个岗位上，其中多数按照统一部署，在1955年前转业复员，许多人进入包括北京人大附中、师大附中等速成中学学习，毕业后很多人又考入普通高等院校，投身国家建设。

1953年，校政治部女干部在涿县开展群众工作。从左至右：陈克纯、于光瑾、尹惠、张乃仪等。杨晓玮提供

首批授衔的六航校部分校官。前排右起傅新喜、王学士、赵群、张步云、×××；后排右起×××、朱敏中、王恨、×××。赵红燕提供

1955年，六航校授予尉官军衔仪式

漆远渥政委为干部授衔，身后中校为时任校干部部长黄明华。左起：陈星庆、×××、周道常、杨澄志、×××、游潜智、张润宇、张荫卿。游潜智提供

1955年，六航校军官首次授衔，仪式严肃而庄重。北空首任政委漆远渥、空军机关领导和苏联顾问等参加了驻涿县部队的授衔。六航校驻保定部队就近在二预校、老二团就近在四航校授衔，均由北空漆远渥政委授予。

1958年1月，空军召开政治工作会议，着重研究了执行军委《关于动员10万干部转业复员参加生产建设的指示》，会后空军大规模展开这项动员工作。到1959年4月，空军共2.46万名干部转业复员，投身社会主义建设①。六航校一批干部听从党的号召，服从国家建设大局，做出了牺牲。下面这张珍贵图片，姚卫国前辈看到后，对战友的怀念油然而生，依然记得：其中有老二团气象台台长夫妇、军务科一对参谋夫妇……训练处同志提前把一副对联贴在火车站："昔日金戈铁马，今朝建设边疆。"姚卫国等同志一直把这些战友送上火车。

1958年3月，六航校领导班子为奔赴北大荒的军官送行。这些军官和家属今天仍令人感动。杨晓纬提供

---

① 中国人民解放军历史资料丛书空军编审委员会：《空军大事记》，蓝天出版社2015年版，第116页。

校长吴胜凯

校政委李德保

上世纪60年代,有两位搭班子的校长、政委,有必要多写一写。他们是校长吴胜凯(任校长5年多)、政委李德保(任校政委9年多)。

1965年入校的飞行学员米允林,在自己的《长空情》一书中,记录了吴校长为他所在的十八期全体学员上的第一堂航理课。

吴校长说:"我们那时绝大部分飞行员都是从陆军部队来的。参军前家里穷,上不起学,参军后又忙于打仗,没有时间学习。我参军不久,就打孟良崮,孟良崮战役打完,又打淮海战役。刚结束,上级让我学飞行初教机,飞行不到20小时就让飞改装的苏联生产的米格–15型战斗机,当时还没有同型教练机,苏联教官在拉–5活塞式螺旋桨教练机上带飞了几个起落就让我去单飞米格–15飞机。飞行员都知道,上去容易下来难,我第一个起落下来,偏出跑道翻到沟里,我从飞机上爬了出来,又给我一架飞机,老红军政委[①]问我敢不敢上。'敢!'我坚定地回答。我又飞了上去,第二个起落冲出跑道,把一边起落架折断了。政委再次问我敢不敢继续飞。我说:'有什么不敢!'第三个起落就顺利下来了。喷气战斗机飞了不到10小时,上级就派我到朝鲜前线打仗,由于理论懂得少,飞得又不多,飞行中发生了不少问题,走了不少弯路。今天大家有这么好的学习机会,有这么好的教员,一

---

① 张百春政委。

定要好好学习、努力学习，为下步实际飞行打好基础……"

笔者做过多年基层思想政治教育工作，用今天的标准看，吴校长的这堂课无疑也是水平很高的教育课。吴校长是二级战斗英雄、一等功臣，曾击落击伤敌机5架，他既有榜样力量，又有较宽的知识面，能将飞行教学与思想教育巧妙融合，所以说服力强、引人入胜，让学员铭记了很多年。

米允林还记录了那时预科大队一位副大队长在另一场合对学员的幽默讲话："我是校长的同学，一起学飞行，又一起上前线打仗。校长多次打下飞机成了英雄，当了校长。我没打落敌机，反被敌机打落，跳伞后回到部队。师长把我臭骂了一顿，停了我的飞行，让我扫跑道，所以今天我才是个副大队长。你们不要学我没出息，要向校长学习，好好学习当英雄。"

其实，这位基层军事干部也是在做思想工作，只是风格与校领导不同，但讲的是大实话、心里话。他心直口快、性格豪爽，很受学员们的喜爱和敬重。

20世纪五六十年代，空军题材的文学艺术作品还不多。1965年，空军大抓歌剧《江姐》创演的同时，确定拍摄《女飞行员》故事片。这可以说是当时空军政治工作的一件大事。刘亚楼司令员对此很重视，不仅确定六航校配合拍摄，还把吴胜凯校长叫到北京当面交代。吴校长回来后，马上在礼堂召开大会。学员米允林和战友们参与了拍摄，他详细记载了这段往事——

  吴校长在大会上说："空军刘亚楼司令员专门把我找去，给我们学校下达了一项光荣的政治任务，就是全力配合电影《女飞行员》的拍摄，要人给人、要飞机派飞机……"

电影《女飞行员》两位主要演员剧照：杨巧妹放单飞取得良好成绩，林雪征向她祝贺

为了使电影更加真实，导演要求剧中人物对口学习体验，演校长的跟校长，演政委的跟政委……还请校长、政委来当裁判。导演说："你们说像咱就拍，你们说不像，咱就让他练到你们说像为止。"校长笑了笑说："真校长好当，假校长难当啊！"李政委也笑着说："你校长难当，我这个政委也不好当，我们两个都脱不掉手了！"把在场的演职员、学员都说笑了。

在"文革"动乱的年代里，六航校经受了冲击和破坏，李政委和吴校长的政治素质和政治工作水平，在这复杂特殊的年代和环境里凸显出来。"文革"初期，理训处被解散，很多教学骨干流失，1970年6月，空军航校工作会议决定恢复理训处。尽管教员队伍曾受重创，但全校18级以上的航理教学骨干，之前已被"储存"在了五七干校，以及政工、行政和一些技术岗位。正因为如此，当空军提出改革训练体制、部署接受部队和外训等新的任务时，六航校才能有较好的人才基础，很快恢复了教学元气。对此，六航校校史有记载："空军和北空机关都称赞当时的政委李德保、校长吴胜凯有远见卓识，他们在极为困难的情况下，尽最大努力巧妙地保存了人才骨干。许多老同志至今对他们仍抱有怀念之情。"

1950年，校政治部按空军部署要求进行整顿，机关干部在南苑进行队列训练。杨晓玮提供

六航校初期的政治机关注

重作风建设。建校伊始,坚持深入基层、掌握实情,有针对性地开展工作,就成为政治干部的自觉行动。1952年空军下发《飞行训练四个过程中的政治工作》(1954年总结修改为《飞行四个阶段的政治工作》)①,六航校政治干部认真学习,身体力行,留下了许多好传统、好作风。游潜智回忆:"刚当政治教员的时候,几乎每天都要同飞行学员一起上机场,观察训练现场,了解学员思想与情绪的变化……"六航校后来很多政治干部,成为熟练掌握"四个阶段""三个环节"(及时发现、确实弄清、正确解决)的行家里手。

1958年春节,老二团保卫助理员解忠和(右)替警卫战士站岗执勤。徐建中摄影报道

政治工作的成绩,是通过部队全面建设水平体现出来的。通过强有力的政治工作,建校初期的那些年,从战争走来的工农干部提高了思想水平,适应了形势发展的更高要求,担负起了航校建设的领导责任;青年知识分子为树立革命人生观打下了基础,促进了由老百姓向革命军人的转变,为航校建设注入了青春活力;从旧军队过来的人,接受了党的

1963年河北严重洪涝灾害期间,校政治部机关干部头顶烈日,涉水几十里从三团返回涿县。右一戴草帽者为杨萍科长。杨晓玮提供

---

① 中国人民解放军历史资料丛书审委员会:《空军回忆史料》,解放军出版社1992年版,第385-386页。

教育和积极的思想改造,很多成为各方面建设的骨干人才……

"六航校当时各项工作开展得很好,在几所航校中名列前茅!"这是建校初期的老教员沈根融、夫人林寄生(气象员)数年前对六航校初期老领导的子女说的一句话,借用来结束这一章。

第七章

六航校创建初期的后勤保障工作

后勤保障工作有多重要？中国兵法自古就有"兵马未动，粮草先行"之说。到了当代，情况虽然发生了很大变化，但官兵的衣食住行等保障，依然紧紧维系着部队的战斗力、凝聚力；特别是航校的飞行训练后勤保障，对教学质量有着直接影响。

六航校始建于南苑。1904年，这里曾出现两架法国推销的小飞机，中国有了起降飞机的最初记录；1910年，清政府在此建设飞机试验厂和简易跑道，有了中国第一座专用机场；1913年，中国第一所航空学校在此诞生……这里堪称中国航空的摇篮。1949年1月，人民解放军解放了北平。国民党不甘心失去北平，更不愿看到人民空军在此萌芽，进行了多次破坏，仅1949年5月，就两次派飞机针对南苑机场轰炸，造成人员的伤亡及房屋设施的重大损失。

1949年11月，六航校奉命在南苑组建。面对残破的营房设施，校领导带领官兵不分昼夜艰苦奋战，20多天后，南苑机场营区的2座楼房、4排平房、2个

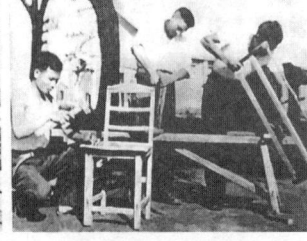

南苑机场物资匮乏、百废待兴，六航校官兵自己动手、克服困难，保证了按时开学和开飞。

机库得到修缮；营区外壕挖掘土方 12080 立方米、滑行道排水沟挖掘土方 13840 立方米；修复油库 3 座、安装油罐 5 个；营区和通往城里的道路得到了整修……空军首长"按时开学"的决心和命令，得到了圆满落实。

尽管开学开飞了，但基本生活和飞行训练保障困难重重。开飞不久，因南苑机场条件有限，速成班在夏伯勋的带领下，转至天津张贵庄机场训练。那时，全国有 800 个左右日伪留下的亟待整修的老旧机场，涿县机场是其中之一。

老飞行教员张廷禄是二期甲班学员，他回忆道："我是 1950 年 10 月到六航校的，那时陆军老大哥已跨过鸭绿江，我们求战心切，放下背包就进课堂，20 天后就上飞机。刚开飞老天爷就发难，连降几天大雪，只能用汽车拉着石磙压出起降地面继续飞行。1951 年 3 月我们三大队进驻涿县机场，机场实在太糟糕，是日本人修的，长久不用老百姓种了庄稼，土地松软加上春季大风，对飞机起降影响很大，往往前面飞机起飞了，后面的要等尘土散了才能起飞；前面的飞机降落后，后面的飞机只能沿着前面飞机着陆后扬起的风沙尘土带下滑着陆。大风天气，在空中看不见着陆的 T 字布，不得不转场到张贵庄机场。张贵庄净空条件好，有一条 60 米 ×2000 米的水泥跑道、一条半径 1000 米的土地机场，但只有机库和特种设备用房。地下水是咸的，生活用水要到天津市去拉，有时水不够，每人只能分一碗，洗漱只能用铁路边小溪的水。苏联专家都住在天津市，每天有班车接送，我们空地勤人员只能搭帐篷住，夜晚冷得难以入眠、白天热得像烤面包，食堂也是个大席棚。机场因蒿草、芦苇多，扎坏了不少飞机轮胎，又没有备用轮胎，只好请陆军老大哥来帮助除草，全团教学员和地勤人员也干了2天。"

老飞行教员杨凤林是四期甲班学员，也是一团建团时的第一批学员。他回忆说，那时训练和生活条件都比较艰苦，住的是日本人留下的破旧营房，一个飞行中队20多个人挤在一起，上厕所要排队，冬天烧煤取暖要安排专人值班。洗漱间的水管经常冻裂，不得不借老乡的水车拉水洗漱。飞行穿的是老羊皮袄、狗皮靴。六七个人的飞行组，只配两顶破旧不堪的飞行帽，风镜是很薄的胶片，布满划痕、模糊不清。由于器材匮乏，雅克-18只能固定桨距，配备的木质气动变距螺旋桨要保证飞特技时用。这样，机务人员就要辛苦地不断地拆装，由这架飞机拆下，装到另一架飞机上……

驻张家口榆林机场的一大队、四大队条件更差。老飞行教员齐中玉回忆说："我是1953年毕业后到四大队任教的，张家口冬天风大寒冷，我和张跃华、张汉良、覃宗范住在一屋，既没有暖气也没有煤火炉，晚上零下20多摄氏度，只有自己增厚铺盖保暖。去厕所就像是过一道难关，脏手纸在头上飞舞，粪便冻得梆硬，两腿冻得发麻。机场也没有澡堂，洗澡要到市里的公共浴池。这种情况一直持续到1955年夏季转场到鸭鸽营机场。"

鲁开阳回忆：那时榆林机场生活很艰苦。学员60人住一个机库、睡一个大通铺；使用的上下连体旧飞行服，是缴获国民党空军的，即使这样也不能保证供应，我所在的二期乙班开飞许久，仍发不下工作服，学员都穿着棉袄上飞机；航材设备紧缺，飞行时要经常相互借用无线电收发话机、各种仪表甚至座舱盖……

这段特殊困难的日子，是后勤官兵从较为熟悉却比较落后的陆军后勤保障，向十分陌生却较为先进的空军后勤保障过渡的时期。虽然东北老航校开办过两期"场站班"，但仅有38名学员，后面也没有资料记载其中谁到六航校工作。也就是说，六航校初创时期的后勤保障工作，最初没有人懂、没有经验可循，一切都在实践、学习和摸索中进行。

六航校初创时期的后勤保障官兵，没有被物质条件差、经验知识少等困难所束缚和吓倒。他们艰苦奋斗、边学边干，逐步积累了知识和经验，提高了能力素质，进而实现了从一般管钱管物到现代化后勤保障、从一般生活物资供应到围绕飞行训练施行保障的历史性转变。同时，逐步树立起面向外场、面向连队、面向基层，为部队服务、为训练服务、为飞行服务的指导思想，较好地完成了各项后勤保障任务，同时为六航校的建设发展打下了良好的基础。

形势迅速发展，任务不断增加。根据毛主席批准的空军"扩充航校培训规模"的方案，从1950年4月起，六航校几次扩编，到上世纪50年代中期，全校官兵数量达到3000多人，基本可以做到每年接收和毕业两批学员。六航校和其他兄弟航校一起，保证了组建和扩大航空兵部队的需要。与此同时，航校后勤保障的任务更艰巨，要求也更高了！

1952年六航校搬至涿县前，先期到达的后勤官兵和建设者们，在很短的时间里下大力气对草地机场进行整修、压实土地。据空军史料记载，1951年10月，六航校首任政委张百春（此时是空二师政委）就是从这里率空二师师部及24名飞行员驾驶24架拉-11战机，飞赴抗美援朝前线的。

在先遣部队和建设者们的艰苦努力下，一座远近闻名、一流的现代化营区拔地而起。1952年9月，六航校从南苑迁到涿县，部队教学和生活水平在短期内实现大幅提升；驻外地各机场的后勤保障

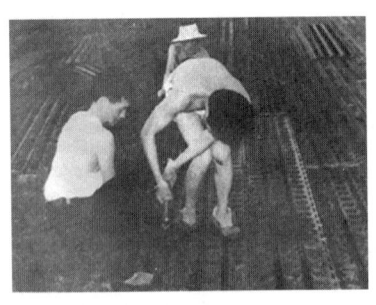

直到 1985 年，空军才开始为六航校革地机场铺设钢板跑道

能力和水平，也很快有了较大提高。

刘亚楼司令员在 1949 年 10 月第一次航校负责干部会议上提出，"一切为了办好航校"的要求和经费开支"三条原则"："时刻照顾国家整个财政经济困难的情况；只开支为建设空军所十分必需的款项，而一切可以缓办或不办的，都推迟或不办；必须照顾到广大陆军现实的物质生活条件，空军在物质生活方面，绝对不要突出，不做败家子。"

1950 年 5 月在各航校负责人和机关处以上干部会议上，刘亚楼传达党的七届三中全会精神，又重申了上述原则，要求重大经济开支都应由党委决定，坚决同贪污浪费现象做斗争，绝对不做违反政策的事。

六航校党委认真贯彻了这些指示要求，官兵们用实际行动继承艰苦奋斗传统。老二团有一座能容纳 800 人的礼堂（一直用到 1992 年撤销），还有一个不小的游泳池，虽然比不上校部的宏大气派，但也庄重温馨，是老二团官兵文化活动的重要场所和地标建筑。关于这两座给官兵、职工和家属带来无数美好记忆的建筑，如果不是笔者亲眼看到一份纸色已经泛黄的史料，可能永远

建校 10 周年，王恨政委向刘亚楼等首长的汇报稿。今天已成为人民空军早期的珍贵史料。李次膺提供

不会知晓：这些都是老二团创业官兵们自己设计、自己动手建设起来的，没有向上级要一分钱！

早在1949年11月22日，毛主席批准空地勤人员伙食大幅提高的标准。按照当时供应的实物折算，地勤人员每日需小米11.2斤，飞行员每日需小米13斤，

1969年，老二团官兵自己动手挖防空洞，平整后又在地面建成飞行员锻炼器材运动场地。朱玲提供

即一个地勤人员约等于4.5个野战军战士的伙食标准，一个飞行员等于5个野战军战士的伙食标准①。以后，空地勤人员的伙食标准不断提高，并逐渐拉开差距。尽管有了供应保障标准，但由于新中国诞生不久，国家及部队困难很多，体系供应中有许多问题……六航校后勤官兵和职工竭尽全力，为部队训练和生活提供了有力保障。

那时六航校还专门从京津等地聘请了一批西餐、中餐厨师，对迅速提高炊事人员的水平、搞好伙食保障，起到了积极的作用。鲁开阳回忆："50年代时全盘学苏联，空勤灶使用刀叉吃西餐，上午飞行结束后，午饭常喝一杯冰镇啤酒或格瓦斯②，吃点可口饭菜，晕乎乎睡上一觉，起床后精神倍增。"

1961年入伍、1965年到六航校的十八期乙班学员米允林，在《长空情》一书中记录了亲身感受的六航校后勤工作：

> 从预校转到六航校，马上就感到住宿条件不但比预校强多

---

① 中国人民解放军历史资料丛书空军编审委员会：《空军大事记》，蓝天出版社2015年版，第9页。
② 用面包干发酵酿制的酒精度很低的饮料。

三团炊事人员将热饭菜送到训练一线

了，吃的方面更是今非昔比……学员宿舍每10人一间，全是单人床，每床配备一个床头柜，床上配有绿色军毯和一个棕垫，屋中央安有一具生火取暖的铁炉，地面为木质红地板。空勤灶吃饭每10人一桌，桌前台面上放着一个大白瓷盘，盘内放有刀和叉，还有一个小花碗，完全像电影中吃西餐的摆设。食堂中央一排长条桌上，靠厨房一头摆满了各种各样的点心，另外一半桌面上几个大盆内有雪白的大米饭、馒头、烙饼、稀饭随你选择。当我们刚盛好自己喜欢的主食坐在自己的桌前时，4位身穿白大褂、头顶白帽子的炊事员分成两组，一人摆盘子，一人分菜，鸡鸭鱼肉样样俱全。需要喝汤，有两种不同味道的鲜汤任你选择……后来听说，我们校部空勤灶正副班长原是北京饭店的一级厨师，虽然家庭出身有问题，但思想、技术突出，被选派到苏联，学习两年空勤灶的厨艺，又随苏联飞行教官来到我校，与苏联空勤灶厨师共同负责苏中空勤人员的食堂工作。苏联专家撤走以后他们继续留在空勤灶工作。见我们年轻学员个个狼吞虎咽，长得白胖的炊事班长微笑着对我们说：小伙子，不要急，慢慢吃。今后天天如此，有你们吃的。我们开始以为刚来招待不错，今后说不定就不是这样了。没想到那以后天天都一样，伙食不断翻新……到一团飞行时，机场有空勤餐车，车上有米饭、花卷、馒头和各种各样的点心，炒菜现炒现吃，服务十分周到热情。

最初建校还同时出现一个突出问题，就是如何组织飞行训练的后勤保障。在以后的很多年里，一些事关飞行训练的供应保障始终比较紧张。尤其是50年代末、60年代初，由于油料和航材的严重短缺，飞行训练无法正常进行，部分学员停飞、期班合并、学制延长，这也是造成六航校历史上没有十六期学员的原因。1962年后恢复正常。

为缓解航材保障困难，后勤航材官兵与机务人员同心协力，开展技术革新，加强检查、维修和保养。上世纪50年代中期，三团改装了一部不卸电瓶启动车，减少了每天搬运8000多公斤的繁重体力劳动，启动次数也提高一倍以上。对来源困难且损耗又大的电瓶、火焰筒、起落架开关、高压油滤等器材，官兵们也逐渐能自行修理，有效延长了使用寿命，保证了训练的需要。老二团航材股和修理所官兵，在老旧飞机"飞烂飞完"的10年间，想尽办法在器材保障上修旧利废，圆满地完成了任务。不仅老二团，六航校把全校使用的初教–5（雅克–18）、雅克–11、米格–15、米格–15比斯、直–5等5个机种全部飞烂飞光，最后光荣地把它们送进航空博物馆。

各团油料官兵重视业务训练，认真落实分区负责管理制，做到熟悉保管和司泵工作、严格执行安全操作要求。60年代大比武，油料官兵蒙住双眼用鼻子就能无差错辨别几十种油料，航材官兵也可以不用眼睛凭手摸准确发放数百种器材，各团场站的练兵比武大会精彩纷呈。60年代初，六航校油料官兵还和空地勤人员一起，圆满完成"国产航空煤油试验试飞"任务，为结束空军依赖"洋油"的历史做出了积极贡献。

运输工作是后勤保障的重要方面。保障空地勤训练需要，是汽车兵的基本任务。后勤领导从建校之初就高度重视汽车分队建设，也是指导、督促、检查相对较多的单位之一。1963年入伍的老二团

80年代中期老二团的汽车兵以及主要装备

汽车连班长麦伟金回忆：

我当兵的时候司机少，我一人曾负责油罐车、中吉普和嘎斯卡车3辆车，往往停下这辆就开另一辆。去外场保障飞行，常常将一辆自行车搬到车上，到机场后再骑自行车回车场把另一辆车开到机场待命。上级对汽车兵训练抓得很紧。我们连在经验丰富的邹积荣等师傅指导下，进行过精确驾车过桥、爬装火车定点停车、蒙眼拆装分电盘及汽油泵和排除电路故障、快速更换轮胎等训练。连长吕宝华组织架起"钢轨桥""圆木桥"，司机驾车出场、回场都要先准确通过这两个桥。我们还将一辆卡车改装为野战抢修车……这些措施有效提高了官兵技术水平，保证了训练需要和行车安全。

安全工作成绩最突出的，当属校后勤部汽车连，以及一团、三团汽车连，都是空军长期安全行车的先进单位。校后勤部汽车连是空军较早组建的汽车分队之一，安全行车数千万公里，荣立一、二、三等功多次，并获"全军红旗车分队标兵单位"荣誉。这个连队现转隶到空军石家庄飞行学院，连续保证安全行车60多年。有一件事很值得六航校官兵、职工和家属自豪：全国妇孺皆知、经年流传的著名交通警句"宁停三分，不抢一秒""铁路道口事故多，一慢二看三通过"等，就是六航校后勤部汽车连官兵总结出来的！这些汽车兵在有限的军旅生涯中，为国防建设留下了平凡而闪光的轮迹，也为国家交通事业做出了不可磨灭的贡献！笔者有幸在三四十年前，耳闻目睹分管这支连队的后勤部领导是怎样用心管理的；以后因工作

1989年，六航校后勤部汽车连安全行车40年，北空主要首长参加庆功大会。中央电视台、《解放军报》等多家军地媒体做了报道

也到过这个连队，看到官兵们是怎样热爱和建设自己的连队。

农副业生产在六航校历史上也比较突出，有许多值得回望和闪光之处——

1952年7月，空军确定后勤三级供应体制（空军、军区空军、部队）。为了弥补体系供应的不足，后勤部领导和官兵们周密计划和组织，在充分利用机场周边空地发展农副业生产上，走在了空军部队的前列。

以下是六航校10周年总结中的部分数据：1958年，全校官兵参加劳动日34501个，1959年1—9月达到76617.5个劳动日（平均每人29.4个劳动日）。1959年，全校产粮132255.5斤；养猪1296头，鸡4777只，鱼119325尾，羊416只，牛120头；年产肉131960斤，平均每人（不含刚组建的四团和非在编人员）49.14斤；年产蔬菜1125013.5斤，人均418.6斤；年产食油24801斤，人均9.3斤；年产豆制品322402斤，人均119斤。猪肉实现了自给，蔬菜能自给9个月以上……

农副业生产的这些成绩，放在当今也是很好的水平了。一年年辛勤劳动的丰硕成果，不仅弥补了六航校官兵、职工和家属生活的

1958年，徐建中对六航校基层农副业生产的报道

不足，部分蔬菜和肉类还支援了空军机关。

校直农场和各团农场，在保障生活、弥补供应不足方面发挥了重要作用。王贵贤是校后勤部农场助理员，也是六航校后勤工作创业者之一。其子王明利回忆："那个年代父亲天天起早贪黑在单位忙，也不知道忙些什么！有件事印象比较深，就是有一年研制出了电动玉米脱粒机，大大提高了生产效率，这是他和战友、职工共同苦干多日的成果！这让他高兴了好一阵子……"

六航校是空军最早的迎外部队之一，来访的外军客人有时也会参观农场。据史料载，外军来客们对一位饲养着520多只羊的职工赞不绝口。

六航校那时总结了农副业生产的经验做法：一是抽调人员组成劳动队，担负经常性的劳动，一般每周或每月轮换一次；二是播种、秋收等突击性的劳动，组织全体人员参加；三是突击性的劳动，组织不影响训练进行的人员参加，同时分片包干，团和小单位相结合完成规定的生产任务；四是加强经常性思想工作，鼓起群众的革命干劲……

20世纪60年代初，由于遭受严重自然灾害，苏联撤走专家、中断经济和军事援助，国家和军队经济生活出现严重困难。但六航校的种粮种菜、家禽养殖，以及豆腐、豆芽、酱油、粉条、面包等小作坊遍布营区，十分活跃。到1965年，六航校各团的农场养猪种菜实现70%的自给，这在当时是很了不起的成绩！一些农副产品还成了远近闻名的特色食品,如三团一位华姓老职工的拿手绝活"豆腐丝",在以豆腐丝为"特产"的保定地区都有名气,常常供不应求。《北京军区空军史》记载,那时六航校的农副业生产,达到了空军党委提出的"第一类标准"。

那个年代里官兵职工们春播秋收的火热场景,至今还让不少老兵怀念和动情。1963—1968年在二团服役的老班长张溢传回忆:"那时我和师傅史志成(1959年入伍)开拖拉机,每年要用一周时间播种小麦。到了收割时节,全团总动员,从团首长、飞行员到家属都参加。我给他们磨镰刀、送镰刀。大家热情很高,休息时还唱歌、拉歌,两天时间麦子就全部收割完,苦累全忘了!那个场景至今仍令我十分难忘。"

老二团在六航校所属团里较为偏僻,军地保障都有不少困难。尽管训练任务繁重、生活条件比较艰苦,但官兵、职工和家属业余时间生产热情很高,很多连队自产蔬菜吃不完,日子过得有滋

50年代初,校政治部干部杨萍(左)、植善柱,在小麦收割现场。杨晓玮提供

70年代,校司政后领导带领官兵开镰收割。赵英军提供

50年代末,老二团场站的部分军官。韦思旦提供

有味。警通连人员多、业务杂、住处散，24 小时处在执勤状态，但伙食是最低的"大灶"标准。曾任过该连连长的赵金才、指导员赵国权回忆，连队不仅种粮、种菜、种花生、栽果树，还养兔子、养鱼、养鸡、养山羊挤奶……有一位战士饲养员叫潘临官，入伍前是上海的一名技术工人，他为连队养猪不怕脏累，为了母猪产崽安全整夜看守。官兵们的劳作，换来伙食不断改善，连队的面貌有了很大变化。

老二团卫生队司药王冬红，一家三代人曾长期生活在鸭鸽营。她善于勤俭持家，对过去的日子有深刻记忆：

"当年卫生队在油库种了药材、花生和蔬菜。油料股种的红薯吃不完，4 分钱一斤卖给家属。农场的优质牛奶供应完空勤灶，余下的卖给家属，每斤 2 角；场站冷库卖冰棍 1 分钱一根，牛奶冰棍 3 分钱；香喷喷的豆腐 1 角 2 分一块，女儿买后边吃边到家。鸭鸽营 5 天一个集，茄子 2 分钱一斤，大葱 1 元 40 斤，白菜 1 元 80 斤，5 元钱的蔬菜一家老小能吃上一星期。为了节约，家属们还养鸡种菜、在营区捡柴火烧饭……"

"欣颖"是一位军人后代，40 年前嫁给老二团一名优秀飞行教员，她回忆说，儿子出生后，"鸭鸽营"就是每年都要去的"小乡村"。儿子骑自行车、打乒乓球、踢足球、玩单双杠、滚铁环等，都是在那儿学会的。赶集也是平生第一次，有趣的是，那里卖东西不用秤，鸡蛋论把（一把 10 个）、鸡论个、蔬菜论堆。她的儿子孙飞 12 岁前每年去老二团，心中植下难以割舍的情感，看到笔者的文章瞬间泪目，少时的记忆化成了文字："那里有个加工房可以拿面粉去压成面条，有个豆腐坊可以拿票去换卤水味很浓的豆腐，有个冰库夏天可以买甜得发苦的冰棍……"

笔者到老二团工作已是 80 年代，仍可感受到前辈提及的不少趣事。每逢周末的鸭鸽营大集，去买上一整副猪骨架，才三四元钱，加上 2 瓶小酒，政治处的弟兄们可以痛快地解一顿馋。

后来笔者到场站工作，与崔保余、袁明政、索富槐等同志搭班子，对后勤保障的酸甜苦辣有了直接感受。那时是改革开放初期，原有的体系供应多纳入了市场经济，后勤保障出现不少新情况、新问题。有些公司对部队"吃拿卡要"……为了保证官兵生活水平不下降，后勤干部不仅要吃苦耐劳，还要"忍气吞声"。

中秋是不少官兵"害怕"过的节日。但老二团每年中秋自产的美味月饼，却给很多人留下了甜美的回忆。每临中秋节，军需股的官兵职工都要提前十几天忙碌起来，面粉、五仁、杏干、葡萄干、香油、冰糖……都要备上不少！自制月饼品相上佳，4角钱一块（4块一斤）。因价廉实惠，连周边百姓都来购买，常供不应求。很多年过去了，"鸭鸽营月饼"朴实清香的味道，至今让包括笔者在内的不少人留恋。而当时场站领导的"特权"，就是可以早买上几块、多吃上几天！

让官兵和家属子女难以忘怀的，还有农场牛奶房那味香汁浓的鲜牛奶。职工同志很辛苦，每天按时挤完奶、过滤好，立马送往空勤灶和各家各户。随着清脆铃声而至的，不仅有浓香，还有温暖……如今回到鸭鸽营的官兵和家属，

左图：中为水暖工张国茂，左右分别为卫生队干部陈德润、王冬红。右图：中为牛奶房职工赵胜民。左右分别为李斌、王冬红。王冬红提供

许多人要去看看那些朴实敬业、任劳任怨的老职工。当他们真诚表示谢意时，当年牛奶房的赵胜民师傅一句话又打动了很多人："给飞行员喝的牛奶，不能含糊！"他还告诉人们："我们那时喂奶牛，都是黄豆和草料，讲究质量的。"团副参谋长云凯和干事李斌的女儿云佳，就是喝着这种牛奶长大的，她后来随转业的父母回到天津，喝过很多进口品牌的牛奶，但都觉得不如鸭鸽营的好。听说父母要回鸭鸽营，特地对母亲说："看看送牛奶的老师傅，照张照片带回来！"

为老二团后勤保障立下汗马功劳的，还有水电师傅王景安、王新学、张瑞成、贾计申……不仅老二团，校后勤部和各团都有不少这样的职工同志。校机关干部当年在后勤部农场菜园轮转劳动的最多，班长王维生带领大家把几十亩菜园打理得生机盎然、井井有条，很多官兵和家属业余时间都喜欢到菜园转转；牛奶房班长郑杰芝，不仅饲养着大量奶牛，还有不少骡马牲畜。很多人不知道，他是创建六航校的老兵之一，1949年从陆军调到南苑后又到涿县的；养猪场班长刘凤茹，出了名的只会干活、不会讲大道理，把养猪场搞得红红火火，是多年的"先进工作者"，还曾当选为校后勤部党委委员。如今他们有的已经离世，但给很多官兵和家属子女留下了很深的印象。他们吃苦耐劳、踏实工作、认真负责，很少顾家，为部队和家属提供农副产品、改善生活做出了积极贡献，是六航校创建发展中不可或缺的组成部分。

六航校创建初期的后勤保障工作，也培育了很多优良传统和作风。1950年8月，政治部主任翟家骏在评功总结中写过一些事例，如供应处审计张泽瓒50多岁了，工作学习积极，参军十几年没回过家，尽管家里困难不少，但工作从未出过差错；炊事员常山注意节约，每天做完菜后注意封起火眼，两个月节煤6000多斤；电工余宗昌，捡废材料修成变压器，节省了数百万元（当时人民币面值）的开支。曾任后勤部财务科助理员的焦馥怡老阿姨回忆，那时财务科的同志春节开联欢会，买的糖果、花生和瓜子等，都不能在公款里报销，是科长从自己的工资里支出的。后勤部老领导白庆琛回忆：50年代营房科一个助理员，为迎合讨好上级机关的干部，让木工房用公家木材做了一个座钟盒送到北京；后来，这个助理员不仅退赔了公款，还受到了纪律处分……

60年代末，六航校后勤部先进个人代表合影

艰苦奋斗、精打细算、勤俭持家，六航校后勤工作的创业前辈们，不仅为六航校发展打下一份好的家底，也为空军建设贡献出一份宝贵的精神财富。他们无愧于校党委和官兵们的期望与重托！

第八章

六航校创建初期的航空机务工作

航空机务是空军航空兵部队和航校的一项主要工作，也是保障作战训练不可或缺的重要方面。空军创建初期，机务人员被称为"飞行员的影子""飞机的保姆和医生"，机务部队则被称为"鲁班部队"。比起当代赞誉机务人员为"托起战鹰的人"，这些称谓似乎少了些诗意，但细细品读，空军前辈们的形容还是最准确、最到位的，尤其处在那样特殊和困难的年代里。

空军成军前的1949年7月，毛主席批准了刘亚楼等人的建议："飞行员与机务人员的比例1∶2较合适。"随着装备的不断改善，机务人员的比例也越来越高，数量也越来越多。因此，空军的很多地面干部（包括笔者），都曾做过航空机务工作。

因为这个缘故，笔者在查阅有关历史资料时，对航空机务的内容多了一些留意。经深入了解，第一次得知六航校的航空机务工作曾经是那样出色，那样可歌可泣！无数机务官兵和职工为六航校的建设发展做出了重要贡献，也为六航校历史增添了不少光彩。遗憾的是，不止笔者，很多人做了很长时间的机务工作，甚至转业退伍了，都不曾了解自己行业的光荣历史——

从历史上看，六航校初期的航空机务工作，似乎有一个相对较好的"老底子"。之所以这样说，是因为当时驻南苑的"华北军区航空处机械大队"，就是组建六航校最早的基础。这个机械大队虽然规模有限，实际上却是空军最早训练航空机务人员的机械学校。当时已招收来自各野战军、各军区，以及华北军政大学青年总队的青年学员794名。

说到这里，需要再提一下新中国开国大典。当时还没有六航校，但这次受阅却与一个多月后诞生的六航校有着许许多多的联系。当时参加受阅的只有17架飞

开国大典空中受阅机群（局部）

机，周总理说了一句话："飞机不够就飞两遍。"所以，有了其中9架飞过天安门后绕回再次加入编队，让观众看到26架飞机飞过天安门广场。

在这个不大的机群中有两名飞行员，一位是日后成为六航校首任校长的安志敏（空中第六分队左僚机），另一位是不久之后成为六航校教员的杨培光（空中第二分队长机）。南苑机场塔台指挥负责人是后来六航校第二任校长徐兆文。和安志敏一起被刘亚楼点名组建六航校的夏伯勋，也是训练和受阅的地面指挥员之一。这里要重点说的，是踏着军乐走来的浩荡队伍里有一支400人的大方队。这支队伍如果不是穿着第一次亮相的上黄下蓝、后来被称为50式的空军军服，恐怕相对那些庞大威武的重装方队来说太不显眼了。那天，这身军装被蓝天白云映衬得格外有气势！这就是以华北军区航空机械大队为主、军区航空处机关部分官兵参加的受阅队伍[①]。他们代表着我军最早的航空机务人员，其中不少人（大队组织机构和以连排干部为主的80名学员）成为六航校机务工作的先驱。六航校首任机务主任（1954年后改称航空工程勤务处处长、机务处主任、装备技术部部长）田杰就是他们当中的一员。而他们身上这套空军最早的军服，设计也不是来自什么大机关和研究所，只是一个小小的设计组，负责

---

① 郭晓晔：《英雄万岁——东北老航校暨人民空军创建史诗》，解放军文艺出版社2006年版，第234页。

人是当时军委航空局航管处处长、一个月后成为六航校校长的安志敏。

六航校组建初期，机务保障对象主要是雅克–18、雅克–11、拉–9等机型，还有少量的雅克–12、安–2。面对苏制飞机和苏联专家，让校领导最头疼的，就是人才紧缺：飞行助教缺、俄语翻译缺、飞机维修的机务人员缺得更多……机务人员维护经验很少，维修设备也很简陋，只有一台随苏联飞机来的修理车。以后才开始筹建小型修理厂。很长时间里，团的修理所就是一台修理车。

据六航校校史记载，那时机务工作领导骨干是从东北老航校过来的8名机务干部（东北老航校纪念馆资料：分到六航校机务人员20人），其中的李自强、吴洪恩两人后来担任过校机务处主任。

在六航校初期，很可能还有一个几十人的"地勤速成班"、上百人的"一期甲班地勤班"。据空军史料记载：东北老航校527名地勤学员分到新建的各航校，与空勤速成班同一时间速成学习；选自各野战军和各地军政大学等单位的地勤学员1436名，进入各航校一期甲班，与速成班同时开学，学制一年。而六航校史料对此没有记载。六航校最早的"学生营"设3个连，其中2个连是机械连，1950年扩编成2个机械营，可见机务学员增加之迅速。

那时有一位名叫李显荣（也有史料写成李宪荣）的机务学员，1950年5月进入六航校，之前是四野147师炮兵一连指导员，曾荣获2次战斗英雄、1次模范工作者和巩固部队模范的称号。据原总政治部史料记载：他入校后，是机械连文化水平最低的学员，不久又患了疟疾，但他拿出战场上的斗志和勇气，以顽强的毅力挤时间学习、虚心求教，逐渐适应了要求、赶上了进度……1950年9月，他光荣当选"全国战斗英雄代表会议"代表（空军仅12人）。大会前正好学习告一段落，7门课程考试，他全部取得了满分的好成绩，毕业时被选为"学习模范"。李显荣毕业到部队发挥了骨干作用,在精心维护装备的同时带教了13名军械士,再次被评为功臣。对此,1951年8月《人民空军》杂志第29期,用专页对他做了图文报道。

六航校最初的机场很分散,分布在北京南苑、张家口榆林、天津张贵庄、保定、涿县、通县等地,有的是与其他单位共用一个机场。建校时只有一个飞行大队,外场机务人员都是编在飞行大队中的。半年后陆续组建起2～6飞行大队,1952年下半年整编为训练团,1960年空军施行新体制,机务人员才集中编为航空工程机务大队。可见,早年的机务人员队伍和飞行员队伍一样,都是在边建、边训、边干中不断成长壮大的。

1950年,为尽快解决机务人员紧缺的问题,空军批准从各航校警卫部队选一些文化程度较高的官兵学习机务。遵照这一精神,六航校从警卫营(原湖北军区独立1师3团转隶)等单位官兵中,首批挑选了近百名文化程度较高的官兵突击速成,跟随苏联顾问

此页出自原总政治部《全国战斗英雄代表会议纪念刊》。李汉文提供

苏联专家指导外场实习的机务学员

首批航空机务军械专业学员在上课

学习机务工作。

　　苏联专家最初遍布机务保障各个岗位。他们很敬业，工作负责、一丝不苟，尽心尽力带教学员，对机务建设发展帮助很大，很多老同志印象很深。在南苑期间，苏联机械师立维索夫同志不幸触电牺牲，把年轻的生命献给了六航校的创建。

　　最早学习机务的官兵的文化程度比飞行学员还要低，多数只是小学文化，有些开始连电、磁都不知道，更无技术经验可言。但是，他们刻苦勤奋地学习，很快掌握了基本维护技术，担当起了机务保障的重任。到1951年7月苏联专家大部分回国时，六航校机务骨干已经成长起来。这年10月，苏联专家和六航校机务人员合作，将2架损坏的雅克-11整修成1架，命名为"中苏友好号"。如果放在今天，这或许不是一件难事，但在当年实属不易，标志着空军航校机务修理能力的大幅提高。1951年12月11日建校两周年，飞行教员驾驶着这架飞机驰骋蓝天，潇洒地表演了各种动作，六航校首长由此给这架飞机命名为"校庆号"。此事还被载入"北京军区空军史"。

"校庆号"06号飞机

　　1952年7月以前，空军没有专门的航空机务学校，航校和航空兵部队所需机务人员，都是由航校培养毕业后分配去的。曾任六航校文化教员的吕士青回忆，在那个年代他给不少机务人员上过课，官兵们学习很努力，教学关系也很融洽，修理厂的一位学员还特意为吕士青做了只折叠小木凳，吕士青至今还在使用……

　　1952年4月六航校整编，新设机械营、机械兵连。到这年年底共培养出各类地勤人员1178名，向航空兵作战部队输送了好几批航空机务人员。

钱良生，六航校最初的电气学员。他出身贫苦，曾在国民党军队当过勤务兵。抗战结束后借钱脱离了旧军队，在亲友的帮助下上了中学和高级工业学校电机科。1949年我军渡江后入伍。在六航校期间，他善于学习、乐于助人，全班20多名同学都受过他的帮助，曾

钱良生

荣立三等功。1950年10月分到作战部队，抗美援朝是空三师9团特设电气助理员，总结出了空军第一套特设维护经验。志愿军1300名机务人员立功，一等功只有10名，他是其中之一，而且是唯一被空军授予"二级模范"的机务干部，在志愿军机务人员中的名气首屈一指！

六航校的航空机务学员开始主要来自陆军，很快一批刚走出校门的十八九岁的青年学生加入进来。他们只学习了几个月机务就奔赴抗美援朝前线，用青春激情和热血生命保障战机升空作战，使志愿军空军飞机的战斗出勤率达到99%。

1952年9月，空军在太原成立专门培养航空机务人员的"第十航空学校"（1967年改称第三航空机务学校，1970年撤销）。六航校部分教学、机务和机关干部成为组建十航校的骨干力量。

有关建校初期飞行机务人员共同编组的资料极少，

六航校训练处转隶十航校的部分干部

28号机组集体立功奖状。孙似金提供

但笔者有幸看到一份史料：老二团初期有个28号机组，飞行人员和机务人员配合默契，教学关系好，飞机维护质量高，保证了教学训练任务的完成。那时飞行安全问题比较突出，立功条件尤重安全成绩：要保证2000个起落飞行安全、没有因机务原因耽误飞行训练。由于飞机少、训练任务重，遇到大的故障或更换发动机等，机务人员经常加班干通宵，看天快亮了就裹着飞机蒙布席地打个盹儿。1954年12月，28号机组被评为优秀机组，荣立集体三等功，同时成员也有个人立功。

28号机组是六航校众多机组中的优秀代表。建校之初，由于驻地和飞行训练场变动不居，包括装备、编制、训练环境等，都有很多不确定情况和未知因素，训练任务又十分繁重，机务保障的困难和不安全因素很多。徐建中、鲁开阳对老二团机务人员的一起惨痛事故记忆很深，对此鲁开阳在2002年专门写过一篇文章记述此事，摘录如下：

1958年8月《解放军报》报道：老二团优秀机械师车家杰少尉维护的飞机每次检查都是五分，保证了飞行安全。徐建中摄影报道

雅克-11这个机种难飞难训故障多，在我校诸机种里事故万时率也最高……1956年8月的一天，当时我任副中队长，和机械师杜建华完成一架雅克-11飞机试车后，随即组织地空勤交接飞机。杜建华抱住螺旋桨想把其竖直（当时要求，准备好的飞机螺旋桨要竖放），由于天气炎热，停机坪温度近50

摄氏度，飞机温度也过高，搬动中引发发动机自燃爆发，带动了螺旋桨反弹转动30度。螺旋桨猛地击中杜建华的前额，他当场牺牲。其中的教训很多……

杜建华于1948年入伍，内蒙古人，高大魁梧、为人豪爽，妻子刚随军，怀孕3个月。全团同志非常沉痛，失去了一位好战友、好机械师！追悼会前，鲁开阳代表机组专门到石家庄选购了一个精致的花圈。那时的飞行训练就是这样，不仅考验并磨炼着指挥员、飞行人员，同样考验磨炼着机务官兵。

1958年，在空军何廷一副司令员主持下，空司抽调人员在六航校一团编写初教-5检查条例及操作规程。这是我军自行编写的第一部机务工程检查条例。初教-5是1954年10月交付空军的，虽然是仿制雅克-18，

曾为人民空军立下功勋，如今成为文物的初教-5飞机

却标志着中国航空工业从修理跨入制造的新阶段。首批交付8架，空军决定第1架由六航校负责维护，做保管和陈列用，其余7架由六航校、三航校试用。

那时各级领导和机务人员，为提高维护质量，保证安全，想尽了办法，也积累了许多好的经验、取得了不少成绩。1956年9月1日空军司令通令（校史中没有记载）：《以通令嘉奖六航校二团等三个单位事》，署名为刘亚

五好机械师车家杰为"新机械兵"讲解发动机构造原理

1959年6月,《解放军报》对飞行人员当机械兵的报道。徐建中撰文摄影

楼司令员等首长,表彰老二团抓紧飞行训练的组织领导,对事故采取积极预防措施,保证了全团安全飞行19个月,教学质量有所提高。同时受表彰的还有一团一大队,发挥中队长的作用,改进教学方法,保证飞行安全两周年;三团一大队,机务人员积极克服困难,保证飞行安全3年4个月。

当年机务人员有两句口号叫得很响:"不让故障过夜,不带故障上天""一丝不苟,保证安全飞行"。还有,老二团飞行人员、领导干部和"三门干部"当一个时期的机械兵,在当时形势下不愧是一个创造性的办法,不仅是一种思想锻炼,而且促进了学习风气,密切了空地勤关系。动乱年代,航理教育受到严重破坏,一些单位也搞"当机械兵",但这与老二团初期摸索改进工作的性质完全不同。

1958年11月,《解放军战士》杂志报道老二团政委汤涛、政治处主任施嘉达当"机械兵"。徐建中报道

笔者上世纪70年代在七航校修理厂当过机械员,80年代在高教、初教团定检中队都工作过,知道大修飞机是修理厂的主要任务,而团属机务大队主要是对飞机进行日常维护、保养和定检。所以,开始听说老二团机务大队"大修过飞机"就心存疑虑,还用了不少时间求证。是徐建中1959年1月23日《人民空军》的一篇报道证实了此事,也彻底打消了笔者的疑虑。

《空军报》同志也帮助检索到同期《人民空军》刊登的《工程大队大修雅克飞机成功,空军党委致电六航校祝贺》一文,更令笔者对老二团机务前辈肃然起敬。报道全文如下:

本报讯 第六航空学校二支队工程大队三中队,自己动手大修雅克飞机成功,空军党委特致电该校党委祝贺这一成就。贺电里说:这次翻修成功,是由于你们政治挂帅,思想领先,破除迷信,充分发动群众的结果。你们在支队修理车原有的基础上,积极创造了土机器、土设备,在人员不增加的情况下完成这一任务是值得表扬的。为了更好地推动这方面的工作,望将此次大修的经验全面加以总结,并将材料上报空军领导机关,以便研究推广。大修后的雅克18,经过试飞检查质量良好。

徐建中关于六航校老二团机务中队大修飞机的报道

空军党委致电表彰一个基层机务中队,在空军历史上是极为罕见的。这也是六航校校史中的一个空白。后来笔者才知道,这个三中队就是后来老二团机务大队定检中队。

笔者看到《人民空军》这篇报道很惊讶,因为笔者就曾在这个中队任职过一段时间,但对所述的本连队前辈积极克服困难、努力提高修理能力的事迹,竟从未听说,丝毫不晓!由此联想到,小到一个连队、大到一支军队,官兵不知道本单位的光荣历史和优良

1977年，定检中队（曾为三中队）部分官兵合影。前排右起：王春苟、白洪昌、吴咸珍、张三喜、贾继明、田来云；中排右起：林国辉、肖文啟、陈效武、谢辉学、吴德福、张长利、殷德；后排右起：许召道、卢志飞、袁湘山、方伟。吴德富提供

在阎良试飞初教–6的全体同志

老二团机务官兵精心维护老旧苏制教练机

传统，还谈什么弘扬和传承？创业前辈逐渐逝去，如果再不抢救、发掘、整理并传播，恐怕知道的人会越来越少，传承难以为继！很多前辈对此担心忧虑，鲁开阳就给笔者写来长信，特别讲道："你做的这件事非常有意义，今后不会再有人编写六航校的历史了……"这些是题外话。

还有一件事情，虽在前文提到，但这里有必要再着重写一写。初教–6是空军飞行员都驾驶学习过的机型，1958年由六航校飞行干部吕茂繁首飞试飞成功。

1961年年末，初教–6开始装备空军航校。能飞上初教–6是教学员的期盼，能维护初教–6也是机务人员的渴望。到1963年年底，空军航校只剩下六航校二团、四航校二团没有改装。根据初教–6生产补充情况，空军

也曾计划在 1964 年 7 月给六航校二团改装完（笔者看过有关文件）。但最终空军不仅没有把新机分给老二团，反而下了一道命令：将空军所有的雅克–11、雅克–18"全部收容"到老二团，而且还要"飞烂飞完"。六航校史书上因此写道：老二团成为"收容队""光荣后卫"。然而笔者看到这段历史时，联想到的是战场上的"断后"，感受到的是浓烈的"悲壮"！要知道，这两种机型都面临"寿终正寝"，其中还有第二次世界大战时期使用过的"老爷机"，各部件接近设计寿命，故障率极高，且由于机型停产、器材短缺、维护困难，不仅飞行员的风险大大增加，机务人员的维护难度也成倍增大。但老二团机务人员充分理解国家的困难，把这项任务看成是空军党委对自己保障能力的信任和考验，全身心地投入维护工作中……

1969 年，老二团机务一中队退伍老兵和中队干部。后排左起：韩明礼、张朝泉、潘若营、谢洪斌、梅春德、何楷先、邢运和、易章港、茅善滢、蔡元辉、黄树琪；中排左起：王吉良、李俊士、余兴帮、孙士金、刘道庆、孙永清、王超人、纪德昌、朱至善、陈义楷；前排左起：范存云、钟克知、刘秋华、黄树坑、周宝顺、孟永和、蔡两琛。吴德富提供

不少老同志回忆，那些老旧飞机故障很多，几乎每次飞行后都会发现不少问题，如发动机故障、起落架断裂、气缸裂纹……以致很多机务人员总是提心吊胆，倒班午休时，听不到飞机声就会茶饭不香，睡不踏实。很多人因为工作压力大，常常不能按时就餐休息，患上了难以治愈的职业病。

当时的机务人员，没有什么先进的维护设备和快捷的维护办法，只能不断加大自己的工作量，定检工作提前做、发现故障普遍查，反反复复、一丝不苟地做飞行前、飞行后的检查，努力把故障发现并排除在地面，避免飞机带隐患升空……从1963年到1972年的10年间，他们就是这样一天天过来的。他们得到的最终奖赏是：飞行安全得到保证，10年没有发生严重飞行事故；440多名合格学员飞上蓝天（雅克-11培训350名，雅克-18培训90名）；50多名空军各航校教员培训合格……

在老二团完成退役的雅克-18

不论那时还是现在看，老二团的机务人员创造的是一种航空领域的奇迹，建立的是一项不朽的卓越功勋。他们为人民空军、为六航校史册留下了浓重而辉煌的一笔。而老二团直到1972年年底，才最后一批改装初教-6。

什么叫对党忠诚？什么叫勇于担当？什么叫战胜困难？什么叫无私奉献？不善张扬、埋头苦干、默默奉献的老二团机务官兵，用自己的行动给出了回答，为后人树立了榜样！

经过努力，到50年代末60年代初，六航校机务维护和修理能力全面形成，并且有了长足发展。各训练团还采取维护工作"单机双班制"，解决了机务干部严重不足的问题，有效提高了飞机和飞行日利用率。原来 1 架米格机在场 11 小时，空中时间最多 5.5～6 小时，1959 年提高到 7.5～8 小时；雅克 -18 过去 1 天的空中时间仅 7 小时左右，1959 年提高到 10 小时。一团到 1962 年连续 10 年保证飞行安全，1963 年国防部记集体一等功……

刘树本

全校技术革新水平有较大提高。1958 年后，各种仪表、油泵、发电机、螺旋桨及桨叶等，各团都能自己修理。一团机械师刘树本总结出"飞机延寿维护法"，并建议将雅克 -18 规定寿命由原来的 2000 小时延长到 2500 小时（有资料记载，最后延长至 3500 小时）。

老二团用土办法，自己制造出飞机用胶圈。雅克 -18 过去 200 小时定检要停飞 1 天，大修要 3 个月，1959 年定检不用停飞了，大修只要 1.5 个月就能完成。三团米格机以前 25 小时定检需要 1 天，1959 年时只需要半天，而且 300 小时的中修也能自己干。

六航校的两项建议——雅克 -18 飞机寿命由原规定的 2000 小时延长到 2500 小时、米格 -15 第一次翻修时间延长 50%（200 小时）——被空军工程部采纳并获一等奖。空军推广后，减少了飞机进厂次数，缓解了训练飞机的紧张，为国家节省了大量开支。1963 年，北空授予六航校技术革新先进单位。据 1965 年资料，全校搞出上千件对保障训练有价值的发明创造和技术革新项目，

1952 年米格 -15 装备六航校。此机曾作战性能优良，在朝鲜战场战功赫赫，但可靠性较差、维修复杂、定检频繁，机务人员维护投入很大……图为四团五寨机场的机群。五寨雄鹰提供

三团机务人员米格-15飞机定期工作工具配套等项目，受到国防部的奖励。

六航校机务官兵中的能人很多。游潜智向笔者提到，60年代有一位全校有名的机务大队副大队长王德山，他力气大、本领强，什么困难找到他大多都能解决。没想到这样一句话，让笔者了解并神会了一位传奇的前辈：王德山在新中国成立前曾为我军"南苑飞行队"服务过，到六航校后任老二团机务大队副大队长、机务主任，后到一团机务大队任职，又调到校修理厂当副厂长。当笔者征询他的情况时，反应之热烈出乎意料。

曾在老二团修理所工作过的赵金才对王德山印象很深：那是个很能干的同志，不仅技术好，是机务权威，而且力大无比，搬运冷气瓶是两人抬，他一个人能双臂夹起两个。和同志们关系也很好。他和修理所长等同志曾是起义人员……

老二团汽车连油车班长麦伟金在回忆邢台地震时提到过王德山，这次他又回忆道："我很敬重他，他常来检查油车油料质量，有空就和我们聊家常，我们得到他不少教诲。他工作一丝不苟，发现油料有一点不符合要求，马上和我们一起找原因、改进工作，还帮助我们改进工具。听说他听发动机启动就能说出故障在哪儿，机务人员都佩服他。他喜欢打猎，自己有猎枪，打野兔枪法特准。我亲眼见他力大过人，一个人搬起一块飞机蓄电池装车。这种电池很重，两个小伙子也要很大劲才能抬动。地震后礼堂不能用，部队集会改在外场机库，搬运近2米长四五人坐的长木椅，我们两人才搬上车，他骑自行车左手扶把，右手提长木椅，2公里路一会儿一个来回，还边走边打趣地给年轻人鼓劲："加把劲！你们要搬到啥时候才能搬完？"

老二团气象台老兵唐柏荣回忆：有一次全团点名，王德山副大队长讲各单位的检查情况，只见他上台时，手里拎着一根变形裂开的废铁管，幽默地说：这是什么？这是气象台一位战士的杰作。随后他严厉批评了新战士崔启顺，捡根锈铁管想做猎枪，又买了爆竹取出火药，试验时险些出事！而王德山正是崔启顺的舅舅。

曾在老二团机务三中队工作过的干部杨安民描述："王德山维护过七八种飞机，主要部件的英、日、德、俄语都能说。他对机械有着天然的敏感，能听声音辨别故障。他饭量大得惊人，一次他饭后路过三中队食堂，我请他进来吃饺子，他说吃过饭了尝尝吧，很快把一盆八九十个饺子消灭了，吃完还不知道什么馅儿的。我们一次住校休养所又在一个房间，中午吃包子，我吃了7个，他吃了21个后说算了，再吃护士有意见了！他力大无穷我也领教过，两个手和他掰腕子也掰不过，他一次可以带走3辆自行车：骑一辆、右手推一辆、肩上扛一辆。"

曾在六航校修理厂厂部服役的老兵邓久坚回忆："我曾与他朝夕相处5年多，1970年年底我刚到部队，见他身材高大魁梧、红光满面，待战士很亲切。他修理飞机螺旋桨技术空军一流，耳听发动机声音就知道故障在第几框。他曾收到周总理签名的请柬，参加过人民大会堂国宴。他的食量惊人，能吃部队食堂35个大包子或26个大馒头。三年困难时期，他从二团坐车到北京，一路吃盒饭直到丰台，空饭盒落得很高，服务员向乘警告状：这位大尉违反'餐车政策'。他力气超人，安装飞机螺旋桨可以双手举起自己干。他始终骑着一辆49年前的老古董德国自行车。"

原新华社空军分社社长李次膺，写过不少六航校的新闻稿件，笔者从他在《空军报》发的《假日里的故事》一文中，也寻到了王德山的身影：

熄灯号已经吹响，可大队机务主任王德山同志还没回来。他到哪儿去了呢？在机场西面村庄的一家门前，在一盏不太明亮的煤油灯下，一个老乡焦急地问："同志，能修好吗？""能，我今晚不睡觉也要把它修好！"这是王德山的声音。王德山粗壮而魁梧的身影在灯下晃来晃去。从下午四点一直到现在，他没有离开这部农业社花了1000多元刚买来的汽油机。夜里十二点半，汽油机轰隆隆的响声划破了寂静的夜空。这响声告诉人们，汽油机已经修好了。老乡们兴奋地拍着王德山的肩膀，不住地称赞："同志，你真行啊！"王德山满载着社员们的感激，踏着茫茫的夜色回来了。他疲倦地倒在床上，瞬时沉入梦中。

笔者不吝笔墨（实际仍压缩了很多）记述王德山，是为表达包括笔者在内的很多人的崇敬之情。他不是完人，但他是一个罕见的"奇人"，更是早年六航校机务官兵的优秀代表，让人看到了那个年代机务官兵的精神与生动！

查阅历史资料，从国民党军队起义或接收的人员在六航校还有不少，包括本章提到的杨培光、钱良生、老二团修理所长张宝珊等。张宝珊是个技术能手，与王德山是同期留用人员，老二团文艺会演时有个快板书节目专门表扬他。这些人加入人民军队后焕发了新的青春，在航校建设发展中发挥了重要作用，许多是难得的优秀人才，为人民空军建设立下了汗马功劳。

那时全校技术革新成绩最突出的，是三团机械师黄仁钦。他的科研和革新成果中，除"座舱练习器"，还有拆装机轮油压千斤顶、综合油泵车、双用油车等，以及和战友一起制作的超声波工作机、全罗盘演示板等。

六航校机务人员发明创造的木质螺旋桨叶修补法、拉–9飞机起落架金属柱焊修法、雅克–11螺旋桨油缸铜衬套修理法……让很多故障和报废的机件复活；还设计制造了检修飞机的磁力探伤机、超声波工作机、气

修理厂官兵在中修米格–15

门研磨机、自动锉床、八用木工机床，以及各种检查仪器和试验台……校修理厂在20世纪50年代中期已能大修初级教练机、中修喷气歼击机和小型运输机。据1959年的统计，当时一年中翻修了雅克–18飞机36架，中修米格–15飞机10架。

六航校机务官兵注重维护和修理作风的养成，大力倡导节约一滴油精神，勤俭节约蔚然成风。据1959年史料，机务人员落实空军关于飞机无故障、无缺陷、无油垢锈蚀、无外来物的"四无活动"要求，有效减少了人为差错和责任事故，耽误飞行、起落架放不下来、无线电听不到的现象基本消灭，1959年全校飞机良好出勤率，由1958

外场机务人员在回收训练剩余油料

年的93.98%提高到了96.09%，飞行时间上1959年比1958年增加了20.1%……

20世纪60年代初是国家困难时期，由于航材供应紧张，机务人

参加国产航空煤油试验试飞工作的官兵。后排左四为时任校长赵群

员想办法、挖潜力，把报废的零配件大改小、旧翻新，一年就返修和恢复了21架米格飞机。那几年国家航空煤油也严重短缺，游潜智回忆，最初航油全靠苏联供应，西伯利亚遭受雪灾，三团的高教机就要停飞。国家确定航空煤油国产化，六航校承担起"国产航空煤油试验试飞"任务。地面组长是时任三团机务大队长吴洪恩，校后勤部夏科长配合，团长吕梦林等试飞。经过一年的努力，克服了各种困难，实验取得圆满成功。六航校官兵为结束人民空军依赖"洋油"的历史做出了贡献。

机务官兵在做好机务保障的同时，还力所能及地为驻地政府和群众提供技术服务。下面三张图展现了老二团机务官兵为地方企业及百姓服务的情景。

1958年7月，老二团派出孙似金、曾昭权等四人，用两个月时间带教高元县（高邑和元氏两县曾合并）机械厂的青年职工。孙似金提供

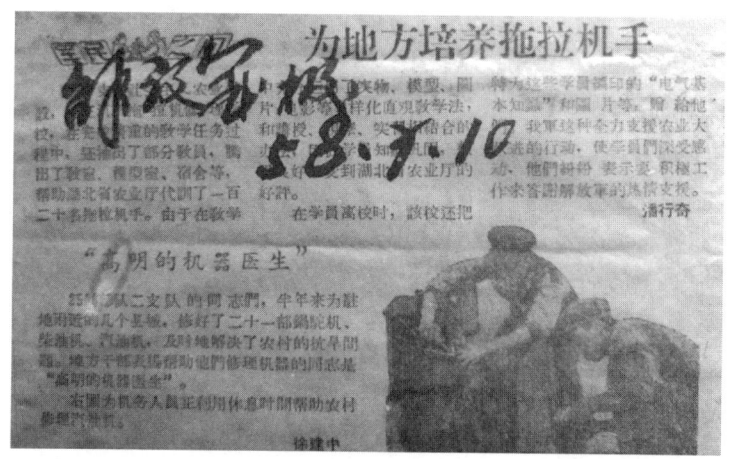

地方群众称赞老二团机务官兵为"高明的机器医生"。徐建中撰文摄影

1951年,空军党委提出一句深入人心的口号:"胜利表现在天空,胜利保证在地面。"中国空军最先取得战绩的大队长李汉,曾在给机务人员的信中写过一句话:胜利是"一个大集体的创作"。

机务官兵虽然不像飞行员那样搏击长空,但镌刻在蓝天丰碑上的,是奉献和配合精神、科学态度以及创造性的工作!

第九章

六航校创建初期的官兵文化生活

文化工作属于我军政治工作的重要内容，是我军的光荣传统和政治优势之一，文化活动历来也是官兵们的最爱。回望六航校初创时期，那是一段朝气蓬勃、激情燃烧的岁月。笔者不仅被前辈们的创业精神打动，也被丰富多彩的文化生活和意气风发的精神面貌所感染。由于笔者曾长期从事宣传文化领导工作，早就对六航校创建初期的文化工作产生了一探究竟的兴趣……

一、校党委领导的引导和保障

六航校刚诞生，就面临快出、多出优秀飞行员、打牢航校建设基础等重大而紧迫的任务。航校的一切工作，包括文化工作，都紧紧围绕着这个目标展开。

那时六航校的官兵来自四面八方，人员构成比较复杂。其中有东北老航校的教学员、原华北军区航空处机械大队的官兵、原华北军区机关干部、原华东军区干总的人员，有原湖北军区转隶来的部队，还有从国民党空军接收和起义的人员，以及刚走出校门的青年学生……怎样用理想信念凝聚人，用使命任务感召人，用文化生活培育人，在六航校创建之初显得尤为重要。

空军是在陆军基础上建立起来的。刘亚楼司令员当年提出一个空军建设原则：从陆军调机构来，从陆军调干部来，从陆军带作风来，从陆军带传统来。六航校最初的干部90%以上来自陆军，很多经过战争的考验和锤炼，校长安志敏和政委张百春是突出代表。他们都是老红军干部，熟悉从红军时期发展而来的文化工作传统和作风，对官兵文化生活关心支持，也很放手，对文化骨干也很重视。张百春政治工作经验极为丰富，自身也很注意学习。他在六航校时间虽然不长，但带头学习建设空军及文艺、历史等各种知识。他有一句话流传下来："知识大海是无边际的，越学越觉得自己的知识贫乏。而学习的时间是自己挤出来的，只要真正想学，就能有时间。"空军党委首长很看重他的这种品质，张百春后来任军政委了，还选派他去空军第一文化速成学校任校长兼政委。刘司令员谈话勉励他做"学员兼校长"。

在老首长们的带领和支持下，以革命理想和信念凝聚人、以健康高雅活动熏陶人、以提高文化水平攻克教学难点为重点的文化活动，在全校蓬蓬勃勃地开展起来。

当时文化工作最主要的方面，是促进航理、飞行技术及文化知识的学习。当时选拔飞行学员，对学历的要求是"高小以上文化程度"，实际很多人还要低。由此可知当时普通官兵的文化程度了。为尽快提高官兵的文化水平，上上下下想了很多办法，空军大批招收知识分子、开办多所"速成中学"。

游潜智回忆："50年代初，六航校专门设文教办公室、文训队，其中有一大批优秀的文化教员，他们多是1949—1951年参军的年轻知识分子，任务就是帮助工农干部扫盲和提高官兵的文化水平。下设的语文组有刘云龙、张荫卿、吕士青等，教数学的杨晓音（女）还是从北大参军的，水平很高。这些同志在部队文化学习中起到了重要的作用。文训队到1954年前后撤销，教员们主要分配到了各基层单位，也有的转业了……"

1952年从洛阳空军干校调到六航校文教办公室的吕士青回忆："那时文化教员多是原来的文工团员和入伍不久的青年学生。学校和政治部领导对文教工作很重视，也经常参加听课学习。负责文教办公室的是杨晓音，是大学文化程度①。我则教过语文、数学及自然课。1954年以后调到三团当政治教员……"

50年代初，六航校文训队的教员和宣传科的同志。游潜智提供

全校官兵们为了学好文化、尽快提高飞行技术或保障水平，采取了很多办法。如文化程度高的帮低的学、结对子互助互学、有重点地包教包学、实物和土模型形象化教学……1950年3月，全校还开展过"互助立功"运动，有效推动了学习热潮，航理这只"拦路虎"终于被打败，学员成绩明显提高。

曾是一期乙班学员的马占民回忆："那时7个学员1间宿舍，每晚必须9点半熄灯，航医会随时检查。为了不打扰别人、不被航医发现，我就采取'捂被学习法'，蒙着被子打着手电，经常学到凌晨；

---

① 杨晓音多才多艺，还兼校文工队手风琴演奏员。

为了和苏联教官接近和沟通，学到更多的技术，尽管自身文化水平不高，也尽一切可能努力学习俄语……那时就是这样学习，才取得了优异成绩，成为学员中的佼佼者。"

航理课后自习的学员们

杨萍曾在 2003 年撰文回忆："1950 年我从飞行连选调到校政治部创办《学习通讯》，3 个人办起了这张八开四版的小报。每一期编好后政治部主任翟家骏或政委都要亲自审查，最后送到北京新华印刷厂印刷。那时，不少官兵们积极学习俄语，我以前有点基础，到六航校后更加努力了，经常凌晨三四点钟起床听广播，半年工夫能勉强阅读苏联《红星报》了，加上打手势也能和苏联顾问交谈了……"

这些前辈的回忆，是当年六航校官兵文化生活的一个缩影，也是对校史的重要补充，今天看来都十分珍贵。

二、鲜为人知的"六航校文工队"

六航校诞生时，解放战争还没有结束，这个时期也是我军文化工作最生动、最活跃的时期。那时团以上部队都有文化队伍，最多时达到 10 万人之多。他们既是文工队员也是战斗员，哪里有战士、哪里战斗最激烈，文工队员们就出现在哪里。六航校之初，文工队员的身影也出现在了营区和训练场。但因时间久远，今天很多人已不知晓这支"六航校文工队"了。通过几张图片可感知他们——

左起：萨克斯管徐建中、黑管袁克义、小鼓陈克纯、小号赵德成、大鼓张燕生、小鼓于光瑾、圆号游凤才。徐建中供稿

前排左起：黑管袁克义、小号赵德成、黑管徐建中、大鼓张燕生、小提琴小刘和大刘、手风琴杨晓音。徐建中供稿

方青（右）和王超群演出苏联民族舞。有前辈回忆：方青同志是那时文工队的"队花"。徐建中供稿

建校二周年南苑机场的联欢会上，女兵男兵的集体舞。徐建中供稿

从以上几张老照片可以看出，这些官兵绝不是普通的业余水准，而且很多队员是多面手……六航校文工队的主要成员，来自原华北空政文工团（该团人数最多时达200余人，曾执行过入朝慰问等重大任务。笔者曾帮助该团老同志出版过回忆录）。文工团曾几度解散、建立，其中一些人分配到了六航校。

当时校政治部编有文化科（约1961年并入宣传科），下属文工队的主要工作方式是：到飞行大队及其他基层连队辅导开展业余文化活动,给基层官兵教歌练舞,同时体验生活搞创作。文艺节目的内容很丰富,有反映基层战斗生活和好人好事的,也有讽刺和批评官僚主义、主观主义等不良现象的。文工队的乐器比较齐全,就是今天看也是相当不错的。据徐建中回忆,有时周末航校为苏联专家举办舞会,乐队的同志也会参加伴奏;那时吹奏管乐的队员每人每天还能得到一个鸡蛋的补助……

文工队队长梁玉(左)和指导员盖琪合影。徐建中供稿

文工队指导员盖琪还饰演过歌剧《白毛女》里的黄世仁。以后很多年里,他都是六航校文化工作、文艺创演的骨干。

活报剧《美国佬招兵》,演出者盖琪(右)、严继业(中)、李肃(左)。徐建中供稿

那时全校官兵开展文化活动的热情很高,各种形式的活动很丰富、很活跃,文工队起到了带动和辅导的作用。飞行员和年轻军官每个周六有舞会,文工队的女队员也经常参加伴舞。

当时官兵学艺的热情很高,这是学手风琴的军官。左起:范兴贵(老二团二大队参谋)、徐建中(宣传干事)、张中振(文化教员)。徐建中供稿

文工队大概于1952年撤销,队员们有的分到政治部当文化教员,有的分到基层单位……

卫生处的同志业余时间为官兵演唱

基层官兵在学习跳集体舞

基层官兵进行歌咏比赛

老二团官兵参加校文艺会演前进行排练。徐建中摄

老二团演出队参加校文艺会演获奖。徐建中摄

三、蓬勃开展的基层文艺创演活动

军事文艺在我军历史上堪称最生动的动员形式，六航校创建初期，基层部队的文艺创演工作就十分活跃。

下面这个事例很典型，也很说明问题，虽然在其他章节提到过，但有必要在这里多展开一下——

1958年年底，六航校战士演出队进京到军委空军机关汇报演出。这对于六航校是一种殊荣，对基层文艺队伍更是一种很高的褒奖。

关于这次活动，1958年12月20日的《人民空军》有记载：

2536部队向空军积极分子代表大会献礼
战士演出队向大会做慰问演出

本报讯 2536部队为表达他们对大会的祝贺，组织了代表队，于18日从驻地来到北京向大会献礼、报喜……19日晚，2536部队战士演出队，为出席空军积极分子代表大会的代表们做了慰问演出。这个由战士、飞行教员、地勤人员、下放干部、护士等组成的演出队，先后演出了"人民公社好"、跃进联唱、西河大鼓、活报剧等十四个精彩歌舞节目，受到了代表们的热烈赞赏。

当时，空政、北空政的文工团已享誉军内外，这么重要的会议慰问演出，却让一个基层部队的业余演出队担纲！可以想见，当时东交民巷22号院的空军礼堂里，空军首长和来自各部队的领导与骨干们，是怎样喜悦地观看这些基层官兵献艺，而

1958年，河北省兴修水利，三团派干部参加地方慰问，政治教员吕士青在"紫荆关"工地为演唱群众伴奏。吕士青提供

这些官兵反映的六航校基层文化活动，又有多么火热与活跃！

1949—1959年，是六航校官兵最值得自豪和骄傲的年代。在空军、北空党委的领导下，经过全校官兵的共同奋斗，学校从无到有、从小到大，教学训练和部队建设成绩显著，为人民空军培养了一大批合格

飞行员，涌现出一大批战斗英雄和先进模范。1959年校庆，刘亚楼司令员率空军班子成员参加，同时还派空政文工团专程慰问，并请国家京剧院艺术家到涿县城连唱大戏3天……这让六航校的官兵、职工、家属和驻地群众，得以欣赏到民族文化的精粹，享受到艺术的盛宴。

20世纪60年代初期，全军文艺创演活跃。刘亚楼司令员对文化工作十分重视，曾在全国引起轰动的《女飞行员》就是他亲自抓的，并确定同名故事片在六航校拍摄。他把吴胜凯校长叫到北京当面布置任务，六航校许多官兵参加了拍摄工作。《人民日报》破例全文发表剧本和剧照……这些都促进了部队文化工作，活跃和激励了部队官兵。

与此同时，小而精的基层演出队伍遍地开花。鲁开阳回忆，那时为宣传动员教学员勤学苦练，老二团的教员干部组织过一台苦练精飞内容的文艺节目，还到各团巡回演出过。

仲新是那个时期六航校的文艺骨干，后选调到空政文化部工作，他回忆道："当时全军很多演唱组短小精干，就几个人，节目丰富多样。有的直接调进北京演出、为中央领导演出。这种大气候下，我所在的三团定检中队也成立了演唱组，节目内容多是配合形势颂扬英雄模范、表扬好人好事、歌颂军民团结、倡导新风新貌，以及阶级教育忆苦思甜等。当时中队长郭凤毛，副中队长黄龙，指导员王庆太，还有后来的金石田，都非常重视文艺。我提出买乐器，领导很支持，没有不答应

60年代三团演出队部分节目剧照。仲新提供

的，当地没有就到北京买，先后买了大鼓、大阮、琵琶、二胡、柳琴、唢呐……当时各中队都有演唱组，而且各具特色。一、二中队以表演见长，排演的小话剧引人入胜；定检中队以器乐见长，有杜玉明（笛子、笙）、张文（笛子、唢呐、笙）、仲新（二胡、打击乐），后期有黄文才（手风琴）、吹笛子的上海兵毛方柏等，官兵们很欢迎。三团连队演出队还被邀请到校部专场演出，这在以前是没有过的。"

1964年，六航校组织文艺会演，各团都很重视，创作演出了很多优秀节目。由于三团演出队成绩突出，会演结束后，以其为基础组成了六航校宣传队，同时为参加北空文艺会演做准备。徐建中担任队长，赵德成为指导员。

校宣传队经过紧张排练，形成小话剧《一丝不苟》以及舞蹈、独唱、山东快书、器乐合奏等一批节目。《我是一个兵》的编舞刘成，是在六航校当兵锻炼的北京名校大学生，在学校就是舞蹈教练。他辅导队员们进行了舞蹈启蒙训练，丁字步、拉山膀、云手、踢腿、卧鱼、跑圆场……让这些基层官兵知道了跳舞还有那么多名堂。经过一段时间的训练，队员也有模有样了，演出受到部队称赞。

三团演出队的队员们。翁以礼提供

有了前面的成功，文艺骨干们信心倍增。刘成也趁热打铁，又排练了反映飞行员训练生活的舞蹈《红鹰展翅》，作曲是北空红鹰文工团下放锻炼的专业作曲傅春午。据老队员们回忆，曲子很有气势，堪比《我爱祖国的蓝

1964年11月，六航校宣传队下部队演出之前。仲新提供

天》。乐队是以游凤才（飞行中队长，后任团政治处副主任）为首的器乐爱好者组成，参加北空业余文艺调演获了奖。

官兵创演的优秀节目很多。其中，小话剧《一丝不苟》反映了机务人员认真负责的螺丝钉精神。背景设计也很巧妙，米格飞机的起落架在口技中灵活收放，每到此处都现高潮，掌声和赞叹声不断。演出效果相当好，对机务人员是生动的教育。参加空军会演，刘亚楼司令员看后十分赞赏。

徐建中回忆，空军会演后，北空组织了两个"北空宣传队"，一个以六航校宣传队为主，另一个以唐山基地宣传队为主。六航校这支队伍很精干，一共13个人，吸收了464医院的护士小周、大李和北空红鹰文工团舞蹈演员赵良伟。徐建中任领队，盖琪任导演。先后到北空所属的多地部队演出。演出内容除六航校的优秀节目外，还增加了反映雷达兵的节目。为精干队伍，没有配乐队，使用录音伴奏。排练时住在大红门一个单位里，演出由北空宣传部安排……

1966年邢台大地震后，为

六航校宣传队在京调演的间隙。徐建中摄

1968年10月，六航校三团宣传队进京调演。仲新提供

小话剧《一丝不苟》剧照。金镇丰摄

宣传部队抗震救灾的好人好事和军民鱼水情,校政治部又组建了宣传队。除了小节目,还有一台7幕话剧,时任四团副政委盖琪负责,他还担当角色。这台节目先后在各团及地方演出,广受好评。

六航校坚持不断的文艺创演活动,滋育出了不少人才。歌曲《在希望的田野上》知名度很高,词作者陈晓光(曾任国家文化部副部长)也曾是六航校的飞行学员。原老二团场站副政委陆思华回忆,自己和陈晓光在预校就是同学,1966年9月一起到老二团飞行二大队,还是一个宿舍的室友。陈晓光不仅飞得好、单飞放得早,还爱好文艺活动,喜欢在宿舍唱歌,常写些小稿、为大队出黑板报……

四、"野蛮体魄"的经常性体育活动

"野蛮体魄"一说,来自毛泽东青年时期撰文疾呼的"欲文明其精神,必先野蛮其体魄"。体育运动历来是我军文化工作的重要组成部分,也是六航校教育训练的内容之一,更是青年官兵最喜欢的经常性活动。六航校群众性体育活动,从建校起就有声有色、成绩斐然。1950年11月,《人民空军》曾报道六航校(渤海部队)官兵,作为人民空军健儿主力,参加盛大的"首都体育运动大会"并夺得拔河比赛亚军!

游潜智回忆,建校初期"八一"建军节都要举行运动会,每次气氛都十分热烈。尤其是1953年六航校搬到涿县后的"八一"运动会,营区各项设施

《人民空军》第11期对"渤海部队"的报道。刘煜鸿提供

都是新建的，南营门外的大操场也很规范，官兵们参与体育锻炼的兴致极高，各种竞技比赛热火朝天。当时各单位都有代表队，也都有各自的强项，显示了官兵的火热生活和人才的荟萃。

1951年，校政治部机关"动力"篮球队。前排左起：姚卫国、靳福林、杨萍、王超群、游凤才，后排：林竖、张中振、王崇德、冯陆源、易达武等。杨晓玮提供

50年代老二团西营门外足球场的热闹景象。徐建中摄

1953年六航校"八一"运动会，参谋长赵群在运动会开幕式上致辞。徐建中提供

校直代表队和女运动员入场。杨晓玮提供

二团代表队入场。前第一人为参谋张伟。徐建中提供

激烈的田径比赛

游潜智对那时的运动会印象很深：二团的强项是排球，徐建中是主力，扣球凶猛、拦网严密、救球娴熟；三团的强项是篮球，以飞行干部魏文平、雷英俊、赵一新、智育民等为主；校直的强项是足球和田径，足球队主要由

老二团篮球队，领队徐建中（着军装者）。徐建中提供

一群从南方参军的青年学生组成，踢得最好的是后卫顾世章（苏州人）、前锋王克俭（杭州人），还有从新疆招来的俄语翻译尤拉和廖娃，一个叫南奉律的朝鲜族同志也很出色。田径给人印象最深的是理训处绘图室的一位女同志，重庆人，个子虽然矮小，但短跑速度非常快，把同场竞技的伙伴甩下一大截，大家夸她是"飞毛腿"……

校运动会获奖的各单位代表合影。陈国平提供

六航校的体育活动不只在运动会，更在平时。20世纪50年代，徐建中等不少官兵还获得过"劳卫制"运动纪念章（《国家体育锻炼标准》颁布之前，模仿苏联实行的体育锻炼等级制）。游潜智的回忆里还有一件趣事：那时是半天飞行，不飞行的时候部队常有篮球比

老二团与三团的篮球赛。右跳起者为老二团特设师李华祥。徐建中摄

老二团排球队。前排中为飞行中队长阚家金，前左一为徐建中。徐建中提供

老二团与三团的排球赛。左跳起者为三团飞行一大队廖参谋，右站立者为老二团飞行教员杨达君，裁判徐建中。徐建中提供

赛。三团不仅赛场上精彩不断，亮点还有"现场直播"。机务二中队无线电员杨启平（四川人）聪明灵活，他办起赛场"实况广播"，把每场比赛讲述得绘声绘色、生动有趣，即使远离营区在外场的官兵，也可以从广播中体会到比赛的激烈和精彩，这在当时成为三团文化生活的一道亮丽风景。

笔者听到这件事惊叹不已！要知道，1951年上海广播电台播音员张之和电影演员陈述合作，转播了新中国成立后的第一场篮球比赛实况，开创了我国体育解说先河。著名体育播音员宋世雄1961年才加入这个行列。而在六航校，50年代中期就有了"杨启平解说"……

曾任校幼儿园园长的卢艳芬回忆：那时六航校的体育活动丰富多彩，女篮不仅有天鹰队，还有战鹰队、海燕队、山鹏队，还有女子排球队。

曾任校后勤部助理员的王秀淑回忆：当时为迎接北空女篮，六航校组建起了自己的女篮，两队交手结果是104∶4。尽管比分悬殊，但给官兵带来了不小的快乐，对群众体育活动的促进是非常大的！

卢艳芬、王秀淑两位老阿姨当年都是风华正茂的女军人。

别看六航校女篮成绩差强人意，可校男

篮在建校后的二三十年里，都是很有名气的。三期乙班毕业的飞行干部赵一新曾回忆：50年代，六航校篮球队在华北地区是佼佼者，河北省二队（省青年队）是专业队，小伙子个个一米九以上，也是校队的手下败将。当时校队

当年的六航校女子篮球队。陈国平提供

的成分主要是飞行干部，有校领航主任、射击主任、副团长、副大队长、中队长等。校队在70年代还拿过北空的冠军！老二团机务大队副大队长孙士金回忆：二团的体育活动相当活跃，团首长很支持，1959年校庆10周年运动会前，二团的口号是篮球排球得冠军、田径总分得第一，果然最后完胜！老飞行教员陈廷海回忆：1965年4月，北空在保定举办篮球、足球锦标赛，那次校队以老二团为主，最终都获得了冠军，赛后队员们兴奋地每人骑上一辆自行车，环绕保定市一圈以示庆祝。

赵一新的笔下还记录了一段趣事，也是一件"悍事"：

> 1958年，六航校四团所在的辽宁开原县举行篮球锦标赛。学校领导很重视，决定派三团的篮球骨干支援。正巧，当时有5架乌米格-15需要到吉林进厂大修，于是三团团长决定，派魏文平、张永年、赵一新、冯路原、志育民分别驾驶5架飞机前往，途中加油休息一天，顺便一举两得参加篮球赛。当时后仓随行的有：俞永祥（医生）、范通本、张合群、关机械师等5人。比赛前一天，天气良好，符合转场条件。起飞到山海关后，云高只有一两千米，而且越飞越低。当时我们没有完成复杂气

象所有科目的训练，不允许云上飞行，只好降低高度。接近开原机场上空时，云高只有三四百米了。由于低空耗油较多，还没看到跑道，座舱指示红灯已亮起，情势有些严重……但我们 5 人都有良好的心理素质和过硬的飞行技术，大家沉着冷静，准确保持飞行数据，及时修正航向，按时到达机场上空。由于 5 号机志育民油量最少，请示第一个低空小航线着陆，然后我们依次低空小航线安全落地。第二天，共 16 支篮球队进行单循环比赛，每支队伍要一天打完 4 场，上午 2 场、下午和晚上各 1 场。我们最终完胜，取得了冠军。由于平时体育活动经常，我们个子虽然不高，但体质健壮。比赛的次日，我们又精力充沛地把 5 架飞机安全送入工厂。

这中间还有一个插曲，这些人转场落地后刚吃完午饭，就接到四团值班室主任思志广（一期甲班毕业）的通知：5 公里外的辽河大桥下，有一位带学生实习的辽大教授溺水，请他们去救援。思志广考虑，部队已经午休，这几个人的身体好且会游泳，而且还有医生随行。于是这几位刚结束长途转场、第二天还要参赛的飞行员们，就来了个 5000 米长跑……

笔者看完这个故事瞠目结舌！开原——辽宁省早期有名的县级市，与空军有着不解之缘，空三军军部、空五师等部队都诞生于此。1962 年六航校四团撤销后，成为七航校四团驻地。笔者 16 岁开始打七航校校队，70 年代末和几个战友连续几年从长春到这里参加当地的篮球大赛（开原民众对篮球运动有特殊狂热）。虽然每次都拿下冠军，但一天最多打 2 场，就感觉累得半死了。有一次是乘运-5 飞机去的，气流就让几个强健的年轻人犯晕了。后来笔者上军校时参加南空篮球队，获得过空军的亚军，强度再大的训练和比赛，也绝对想象不出一天打 4 场比赛是什么滋味。六航校这些前辈简直就是"超人"！

上世纪 70 年代初，是六航校篮球竞技的高峰。校队很受官兵和家属们的喜爱，每次训练和比赛围观的人都很多，当时球技比较突出的有李德久、李和瑞、谢勇、潘国安……

五、曾人人熟悉的"样板戏"

"文革"期间，部队的教育训练、正常秩序都受到严重冲击。那时负责"支左办"的校政治部科长姚卫国回忆：造反派多次冲击军营，有一次竟把校长吴胜凯带走了，好在吴校长沉着冷静，设法说服对方才得以安全脱身。

当时校党委按照上级指示，要求官兵减少接触"运动"，不看街头大字报、不参加批斗会、不介入武斗、不乱发议论，不贴大字报……这时的宣传队，对于稳定部队发挥了一定作用。不仅文艺节目，群众歌咏、电影放映的内容也都基本是"样板戏"。1974 年

《空军报》报道："六航校放映组开展样板戏影片汇映。"黄腾飞摄

7 月 1 日建党 53 周年，《空军报》还刊登六航校几名干部谈彩色京剧影片《杜鹃山》的观后感。

仲新、王启江、朱玲等回忆，在样板戏"繁荣"时期，六航校掀起了学唱热潮。老二团集会拉歌唱样板戏形式多样，下功夫很大，飞行二大队唱《智取威虎山》中的《自己的队伍来到面前》，大队长

李奶奶（王文惠饰）、李玉和（李树田饰）、李铁梅（金华婷饰）。金镇丰摄

王正志指挥几十名教学员唱得极有震撼力；三团有清唱《红灯记》选段（王淑春）、《智取威虎山》选段（杨左拥），还有器乐演奏《智斗》选段；四团的交响乐《沙家浜》闻名遐迩，很有专业范儿。

1970年，校领导决定上演《红灯记》，政治部领导要文艺骨干、三团机械师王启江尽快组建剧组。王启江联系了四团文艺骨干、机械师郑孝良，抓紧在全校物色演员。教具厂的金华婷被选中饰演李铁梅，干部家属王文慧成为李奶奶的不二人选，三团汽车排长李树田饰演李玉和。

领队、队长和指导员分别是盖奇、王启江和杜玉明。鸠山由张大庆饰演、王连举由杜玉明饰演、磨刀人由王启江饰演、卖木梳人由朱玲饰演、巧莲由张巧文饰演。女游击队员由子女霍晓荣、丁英、王建华、常英、王兰英、田军娥、护士相肖兵等饰演。四团演交响乐《沙家浜》时，还有刘海岩、徐海燕、邢丘佳、王南云等。这些女孩子大多十二三岁，耐不住长时间站立和灯光高温照射，有的还晕倒过。男游击队员由刘树荣、吴荣特、杨振才、张所生、李俊杰等饰演，还有二团从地方剧团招的几名武生。仲新担任乐队指挥兼板鼓，郑孝良京胡，郑学明京二胡，董志平月琴，李亚刚扬琴；打击乐：诸明标大锣，杨左拥铙钹，王建华小锣（兼）；管弦乐：史长江（兼宪兵）小号、欧伟雄圆号、施昌明大号、静天敏萨克斯、徐伯懋（兼伍长）和李作良小提琴，陈国天和朱德康大提琴……

校领导派王启江到北京、石家庄等地请导演，因到处都在演样板戏，跑了一圈无功而返，王启江自荐当起导演。主要演员和乐队主要成员也曾赴京观摩，还租来《红灯记》拷贝琢磨。乐队用录音机反复学习专业团体的演奏……

剧组刚组建就吸引了官兵、职工和家属子女，首次排练礼堂差不多坐满

当年六航校《红灯记》剧组人员。金镇丰摄

了观众，以后每次排练都有很多人观看，每天晚饭后大礼堂内熙熙攘攘、人头攒动……在那个文化艺术匮乏的年代里，宣传队给官兵、职工和家属的文化生活增添了一抹色彩，也给一些年少好学的干部子女难得的艺术启蒙。

《红灯记》首场演出获得成功。校领导派车拉着队员到各团演出，还为北京四季青公社、38军坦克团等地方和兄弟单位演出过，都受到热烈欢迎。队员水平有了较大提高，主要角色都受到好评。仲新指挥的二十来人的乐队也颇受赞赏。

那个年代也有样板戏之外的一些演出。老二团参谋赵金才和特设师纪少忠等人，曾组织人到基层单位食堂、利用饭前时间演唱革命歌曲。宣传干事朱玲回忆：有一阵老二团定检中队人人玩乐器，还组织过器乐合奏《草原英雄小姐妹》。1969年，老二团演出队深入太行山区进行了半个多月的演出。那里是革命老区，八路军以后部队再没来过。演出队进山引起轰动，老乡们口口相传："当年的八路回来了！"队员们像老八路那样"号"房子，给老乡扫院子、挑水。吃饭是两人一组派到老乡家。当时正青黄不接（头年秋粮差不多吃完，夏粮还未收获），老乡吃的多是混着菜的棒子面糊糊，而给官兵吃的却是纯棒子面窝头（条件差的也是掺地瓜秧的窝头），窝窝里放

个柿子蒸熟很耐饥。在蝎子沟演出时，打麦场上搭起临时舞台，没有电灯就挂一排烧电石的汽灯照明。十里八乡的老乡打着火把、提着灯笼涌来，山路两条星星点点的长蛇逶迤不见尽头……那晚官兵们演得特别卖力，仿佛自己就是老八路，是在根据地与老乡们联欢！

朱玲还记得，1971 年"九一三"以后，空十三军[①] 曾以六航校宣传队为主组成空十三军宣传队。军政治部一名干事和 467、468 医院 8 名女护士参加。大约 1972 年参加了北京军区调演，主要节目有联唱《军民鱼水情》、小话剧《飞上蓝天》、韵白剧《缝缝补补的故事》等。其间，队员们观摩了战友文工团《草原女民兵》舞蹈的首次亮相（电影《芳华》开场舞）……罕见的优美舞姿让队员们久久难忘。

六航校宣传队早年还上过中央电视台（当时叫北京电视台）。1968 年参加北空调演期间接到通知，电视台要录制一场专题节目，由工农兵联合演出，解放军由六航校演出队担纲。任务紧急，仅有一周时间，而且第一个节目就是部队出演。队员们日夜加班，连轴转了一个星期。这台节目还受邀参加了当年国庆之夜联欢。那晚天安门广场灯火辉煌，六航校宣传队被安排在紧靠金水桥一个最大的圆圈里，队员们尽情地欢歌劲舞……一个基层部队的宣传队能上中央电视台，令所有队员和六航校官兵为之自豪！

六、悄然流行的摄影之风

六航校早期的摄影活动比较活跃。尽管当时照相还是一种很小众的"奢侈"行为，但喜欢照相、会照相的官兵越来越多。谁要是

[①] 1971—1976 年存在，六航校未正式隶属。

拥有一部相机、懂点摄影，就仿佛是很有文化的一种象征，也会悄然成为官兵、职工和家属羡慕的对象。

南苑时期，有一位被官兵称为"小华侨"的宣传干事郑如耿，他用自己的徕卡相机为六航校留下了不少珍贵的历史照片。本书中未署拍摄者姓名的图片，不少就是他的作品。据游潜智、杨萍等前辈回忆：郑如耿早年在香港大学读书时投身革命到了解放区，参加过新中国开国大典拍摄，后从空军机关调到六航校当宣传干事，曾配合杨萍办校刊《学习通讯》，杨萍还向他学习过摄影。

徐建中是这方面的代表。上世纪50年代初，他在老二团当文化干事，自购了一部亚西卡小相机，同时还自费订阅了《中国摄影》，凭着热爱、刻苦和努力，后来成为人民日报的高级记者。他为六航校及老二团留下了很多珍贵的历史瞬间（见本书"鸭鸽营'飞'出的名记者"）。

2018年12月，首都图书馆为徐建中举办摄影作品展暨摄影作品捐献仪式。徐老向来宾讲述小相机的历史

说到六航校的摄影，有一件事在笔者记忆里挥之不去。上世纪六七十年代的体育教员夏友勋也是摄影爱好者之一，他有一部精美的黄牛皮套的折叠相机。上世纪70年代初，笔者和同学陈国平对摄影产生了兴趣，通过班主任姬龙贵老师（体育教员宋成发的夫人）借出，不慎将相机摔坏！由于年少没钱修理，我们忐忑不安地还给了难过的姬老师，据说夏教员收到后只是皱了皱眉头（借此向两位前辈表示深深的歉意）。前辈的善良和宽容，呵护了少年的好奇心，后来笔者提干第一个月的工资就用来买相机，以后还成了中国摄影家协会会员。

1950年，速成班学员在张贵庄进场训练。李萍提供

六航校最初的速成班，是一个传奇的英雄群体，学员们留下的一幅幅珍贵照片，今天成为进行爱国主义、革命英雄主义教育的生动而宝贵的教材。有人统计过，当年六所航校的速成班，历史照片最多的就是六航校（有的航校速成班没留下一张）。当然，这也与学员的成分及个人爱好有关。学员李文模曾是中央领导的机要秘书；牟敦康家庭经济条件较好……有资料记载，他们都有相机，也的确留下了不少珍贵的、质量较高的照片。李文模的女儿李萍回忆："父亲说过，在延安社会调查部时就会自己洗照片。"

上面这幅作品至今还在昭示着人们：如此精气神的队伍，怎能不打胜仗？！六航校速成班壮志凌云、战功卓著，是一个英雄群体！当年学员们拍摄的照片、之间的书信交流，表现了一种值得传承和深入研究的"蓝天英雄文化"（速成班内容见第三章）……

马占民（站最高者）和部分同学在六航校学习期间。马玲提供

比速成班稍晚的一期乙班，其中有一个班的32名学员毕业了20名，全部参加了抗美援朝战争，在激烈的空战和先后的训练中牺牲9人、战时重伤1人，比例高达50%。尽管那时的学员不会知道是这个结果，但他们十分清楚自己面对的是怎样的风险前路……学习期间，他们在文化生活中表现出的青春活力、乐观向上，依然能令人感动。左边这张照片因年代久远不甚清晰了，但笔

者仍不愿放弃，因为年轻学员身上散发出的"英雄豪气"今天看来也让人钦佩。其中"站高高"的年轻军人，是这个班里幸存下来的马占民中将。而马占民也是摄影爱好者，在向苏联教员学习的时候，就买了一部俄制相机，常常和战友们一起拍摄……

本书中多次提到的徐建中，今年已87岁高龄，仍身体硬朗、精神矍铄、思维敏捷。他多次对笔者表示，能幸福地享受"夕阳梦"，也得益于年轻时六航校丰富多彩的文化生活。

撰写此文时，笔者翻出一本数年前的《空军文艺》，专访长

徐建中与夫人沈晓丽（原六航校军医）重回营区。徐涛、徐骁迪摄

文《军营文化的使命与责任》是笔者对部队文化工作的实践与思考，不少是在六航校工作期间收获的。摘录如下：

> 我军文化工作是促进部队建设、官兵全面发展的重要途径和有效载体，有着无可替代的重要作用。这种作用至少体现在七个方面：对思想政治教育的深化作用；对战斗精神的培养作用；对官兵学识才智的滋育作用；对经常性管理和思想工作的辅助作用；对官兵思想和道德情操的陶冶作用；对官兵课余时间的开发作用；对官兵身心健康的保障和维护作用……部队文化工作搞得怎么样，直接关系到官兵的精神风貌和身心健康，关系到思想文化阵地的巩固，关系到部队思想政治建设，关系到部队的凝聚力和吸引力，关系到部队的士气和战斗力……

今天，回望六航校创建初期的官兵文化生活，可以说是我军文化工作优良传统和作风的一个生动缩影。放在今天看，其群众性、生动性、渗透性、实效性……都有可圈可点之处，即使用今天的标准考量，仍属于先进水平，值得现在的部队和官兵学习借鉴。

文化是人类精神的家园，是一个民族不息的血脉，也是人民军队的战斗力之源！六航校初创的一二十年，也是成绩最显著的时期，毫无疑问，与那期间的文化工作所起的重要作用是分不开的！

新一代文化服务队员合影于笔者数年前筹建的原北京军区空军（现中部战区空军）文化工作基地。吴会文摄

第十章

鸭鸽营：雄鹰曾经启航的地方

下面两张图片分别是废弃的机场停机坪、老营房。老二团飞行员陈长春空中拍摄

"鸭鸽营"是个地名，听起来就像是家禽生养之巢。从名字看，就知道有多么小！为什么叫这个名字？现在无人能说清楚。相传明朝时这里驻扎有青衣、黑衣的青鸭子军、灰鸽子军；曾有一片沼泽地，有鸭子、鸽子栖居……

这是个冀中平原上的小乡镇，位于河北省临城县境内，距离县城20多公里。老二团的营房和机场，就在鸭鸽营乡的一侧，靠近京广铁路。

老二团是原第六航空学校第二训练团，1952年7月诞生于涿县，1955年6月迁至鸭鸽营。其前身为六航校初期的第三、第四大队。辖司令部、政治处机关，以及两个飞行大队和机务大队、场站等训练保障单位。1992年10月，该团在军队精简整编中撤销。之后六飞院又两次出现过"二团"番号，但那是原十二飞院并入六飞院的单位和新组建的部队，驻地也非鸭鸽营了。为了加以区别，笔者将1992年前的"二团"称为"老二团"。如今，老二团的官兵和家属们已经接受了这一称呼，并以此为豪了。

鸭鸽营老二团营区部分遗迹。常江提供

鸭鸽营地方虽小，却在许多穿过"空军蓝"的人心里意义非同一般。从某种程度上说，没有什么能比她更能充盈于心，并常常被撩动心弦，成为绵绵思绪中的诗和远方。

驻地虽然叫鸭鸽营，但驻扎在这里的老二团却藏龙卧虎，官兵多有鸿鹄之志。一批批怀有"雄鹰梦"的年轻人，就是从这里启航，插上了翱翔空天的翅膀。

50年代中期的团长陈志远（之前团长为张有道）、政委汤涛（右）。陈国平提供

鸭鸽营机场净空条件好，有6个以上特技空域，很适合飞行训练，但也是六航校早期最为边远艰苦的训练团。创建初期的前辈和一代代官兵，用青春热血和辛勤汗水，写下了让后人荣耀的历史篇章，也为六航校的历史增添了光彩。

老二团是六航校最早的训练团之一，是六航校创建历史的一个窗口。老二团也是笔

60年代的两任团长李百川（右）、孙孟阳。李菲提供

1969年，退伍老兵与团常委合影

1978年，第二批转业干部离队前与团常委合影

者在六航校工作时间最长的单位，以后因在驻京机关工作，走过很多部队，深感老二团风清气正，上下关系融洽，官兵淳朴厚道。那时一些大城市探亲来队的家属，常常将鸭鸽营比作"大山沟"，将官兵喻为"村里人"。

老二团在很多年里，训练工作紧张繁重。官兵们日复一日、年复一年，埋头在尘土飞扬的机场，迎接那周而复始的朝阳和落日……大批飞行学员经过这里的训练插上了翅膀，一批批英模和航空人才从这里启航；空军航校苏制老旧飞机，曾全部收容在这里"飞烂飞完"；1963年河北严重洪涝灾害、1966年邢台大地震，官兵抢险救灾贡献突出；一群普通的信号班战士，让平凡的岗位闪闪发光！

笔者虽未经历老二团早期创建和最后撤销，但对老二团的传统和作风有着难以忘怀的深刻记忆。那时老二团的官兵、职工热爱这个团队，都默默地在本职岗位上争先创优，自觉为集体荣誉增辉。1987年前后，气象台志愿兵付文龙被上级选调赴云南参战，气象保障任务完成出色，荣立战时二等功；六飞院第一次组织"政治干部岗位练兵竞赛"，在军区空军也是首次，笔者受团里委托，带领指导员柳宗龙、甄景成等青年军官应战，在知识竞赛、命题写作和现场授课等多项激烈竞争中，仅以0.2分屈居团体第二，笔者获个人总分第一……

由于地处偏远，老二团的文化生活比较枯燥单调，甚至家书和报纸也不能正常收到，经常要晚几天。给家人打个长途电话难上加难。官兵们的娱乐，除了每周一次的露天电影，就是单位之间打不完的篮球赛、足球赛……笔者在政治处当干事时，有一年为了增加官兵的新鲜感，在省城市场淘了个几元钱的"双龙杯"，系上一条红绸布写上"团结杯"，便开展起了全团旷日持久、兴趣盎然的篮球循环争夺赛……老二

1985年，换新装的老二团领导班子。杨永芳提供

1986年，团长苏国民（右二）、政委钱守忠（左二）、参谋长曹岳兵（右一）、政治处主任杨永芳（左一）。钱守忠提供

老二团篮球队获得全校冠军。右起：陶洪喜、刘牧、任志义、韩秀斌、于常军、曲昌州、甘国林、王向阳、笔者。刘永兴摄

团官兵高手不少，1988年六航校举行篮球循环赛，这项赛事间断已久，二团篮球队出场便让人刮目相看，打遍了全校无敌手，如愿摘取冠军而归。

1990年，老二团撤编前最后一届党委常委。右起：陈为全、李来义、崔保余、李仁克、石文秀、柯发棣、李金岭。陈为全提供

20世纪90年代初，随着精简整编一声号令，老二团在军队序列中消失了。当时，除飞行人员和少数干部外，多数官兵都做了转业退伍安排。战友们在离开那个平时"诅咒"的地方的时候，没有"解脱"的兴奋，却增加了壮志未酬的沉重。分别时热泪涌流、依依不舍……老二团人敬业本分、踏实厚道的习性，此时表现为"做党的一块砖"的憨劲，在上级规定时间里告别了挚爱的军旗，离开了战斗、工作的机场和营房！

老二团撤编前，笔者已调到驻京机关工作，最初的几年，许多战友向笔者感慨："到哪儿都比鸭鸽营的条件好！"可随着时间的流逝，连他们自己也没想到，身在青山绿水、繁花似锦的家乡，享受了改革开放丰硕的物质成果，"第二故乡"的印象不仅没有淡忘，反而越来越清晰、越来越怀念、越来越魂牵梦萦！原团长苏国民建起了"老二团"微信群，连很多七八十岁的老领导老战士也参与其中，几乎每个连队都建起了战友群。而"鸭鸽营"则成了所有人叙旧怀念中的主题，就似分享陈窖佳酿般散发着久远的幽香。同时，老二团官兵及家属，以不同的形式、在不同的地点多次重聚在一起……

很多重返老营区的官兵，热泪盈眶、深情相拥，共同回忆在这里一起走过的青春岁月。在各自队旗的引导下，他们像当年一样列队点名、呼喊口号、高唱军歌，行进在营区的道路上。尽管很多人已是 70 岁上下，但那种雄心未泯、昂首挺胸的精气神，谁见了都会为之动容！飞行、场站等单位也分别组织了聚会，尤其是机务二三中队的聚会，井然有序、精彩纷呈，每两年举行一次，各地战友争相主办……

2016 年 8、9 月间，老二团部分官兵重回鸭鸽营

2017 年 7 月老二团建团 65 周年，京津部分老同志聚会。他们中有早期的团首长和老飞行员，有调到总部、空军机关和转业地方工作的同志；特别是还有两位老阿姨康振兰、许世茹，分别是李百川、孙孟阳两任老团长（后均任副校长）的夫人，而老团长已驾着心爱的战鹰向西远航！尽管他们多已白发苍苍、年老体衰，但因为"鸭鸽营"聚在一起，并为曾经的岁月激情再起、精神饱满……

2017 年 9 月，老二团上百名飞行干部及其家属从全国各地聚

战友赵太亮（左）和张斌杰相见时的感人瞬间。郑明明摄制

右起常天民、康振兰、许世茹、王先云。李玉霞摄

京津部分老二团干部在京聚会合影

会石家庄并重回鸭鸽营。不少人已年届耄耋，仍然神采奕奕、兴致勃勃。大家回忆军旅生涯，畅谈感悟和友谊，许世茹、鲁开阳前辈还吟诗作画、不亦乐乎……

2017年9月，老二团场站部分官兵长沙聚会出现这样一幕：原汽车场务连志愿兵占旦初，老二团撤编前几年退伍，在湖南老家不幸遇难，到2017年已26年……占旦初去世时，爱人张立云33岁，面对年迈的公婆和两个8岁、3岁的孩子，她默默操劳、历尽艰辛，给公婆养老送终，把子女养育成人，乡亲众邻有口皆碑！当听说占旦初的领导和战友来长沙聚会，张立云专程赶来看望并谢恩。她的情意感动了战友们，看她生活清苦，大家自发募捐、纷纷解囊，最终11200元交到了张立云手中。

2017年9月，老二团部分飞行干部及家属石家庄聚会合影。孙文超提供

是什么让一支已撤编近30年的部队还能被老兵们魂牵梦萦？还能

不断再现并延续催人泪下的战友情谊？根本在于，这支部队的优良传统和作风，培育出了一代代具有高尚情怀和热血衷肠的革命军人！

在本书截稿前，老二团航材股战友主办的第三次"战友会"在广西成功举行。老二团百余名战友和家属从全国各地会聚防城港（有的从国外专程赶回），深情回忆军旅生涯、畅谈战友情谊；现场播放的《六航校创建历史短片》、首播两首军歌MV《有你们才叫美丽天空》《若有战召必回》（亦君作词，国家一级作曲家李昕、张伟分别谱曲，央视军事记者老井、健君视频），令参会的战友和家属，甚至年轻工作人员眼含热泪！会后仅10天左右，中国空军便正式推出这两首MV，被军内外及港台多家媒体转发，受到广泛关注。老二团各种形式的"战友会"提升到新的水平，成为一种值得研究的特色文化现象……

老二团部分战友及家属广西防城港聚会合影。王干生提供

笔者被这一幕幕深深打动，脑海中涌出一句古诗：鸟归沙有迹，帆过浪无痕。诗人的构思和寓意何在，笔者不得而知，但联想到的是，多少共和国的军人，在边远艰苦的军营，默默无闻地奉献、认真踏实地工作，把最好的年华献给了国防事业；天空虽然没有羽翼的痕迹，但雄鹰已经奋力飞过，其中一些是从"鸭鸽营"飞向了

2018年夏，年逾古稀的老兵张溢传（左）、麦伟金，千里迢迢从广州重返鸭鸽营，向老军营深情致敬！

高远的空天。就像古长城的青砖，没有人知道有多少块，没有人知道是谁烧制的，却历久经年，抵御了外侮，维护了国家的和平与安宁！

人民空军即将迎来七十华诞！同时，中国人民已经享受了几十年的和平时期！值得自豪的是，其中也有着我们这些"鸭鸽营人"默默奋斗奉献的足迹……

敬礼，永远的鸭鸽营！

一、老二团的飞行训练

空军航空兵部队"以作战训练为中心"，在航校则"以飞行训练为中心"，这个一以贯之的重要工作指导思想，老二团几乎人人熟知。

"老二团的飞行日"。《空军报》美编崔巍特为此文绘制

这是一片发黄且有些焦脆的薄纸，红色的老宋体异常醒目：中国人民解放军空军司令（通令）。文件名《以通令嘉奖六航校二团等三个单位事》。署名：司令员刘亚楼，副司令员王秉璋、常乾坤、徐深吉，副政治委员吴法宪，时间是1956年9月1日：

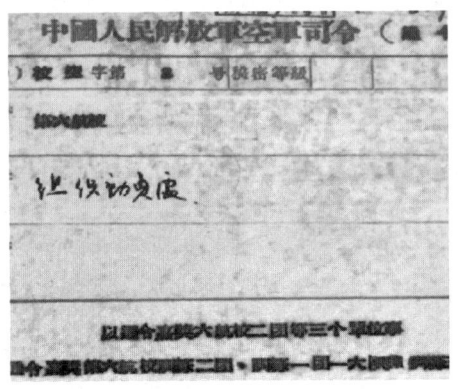

训练二团由于团党委抓紧了飞行训练的领导,发挥了党委集体领导的作用,对事故采取了积极预防的措施,及时消除事故因素,加强了特殊情况处理的教育,严格要求,遵守飞行纪律,改进了组织指挥工作,保证了全团安全飞行十九个月并且改进了教学方法,教学质量比过去有所提高,特此通令嘉奖。

老二团初期,教学员在外场训练的英姿。徐建中摄

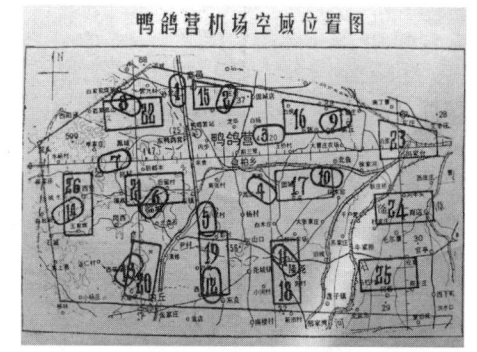

尽管电子地图已普及,但孙文超却珍藏着这份几十年前的纸质旧图

这种行文格式,是人民空军创建初期使用的。精短、干练的文字,体现了那个时期的空军作风。

空军"嘉奖令"颁发之际,老二团诞生才短短4年、进驻鸭鸽营也只有15个月,而且使用的都是老旧苏制飞机……

刘亚楼司令员1950年讲过一句话:"建设空军是从头做起,

老二团初期的部分教学员。常天民提供

所以一切工作都带着打基础的性质。这就是说,开头时期的工作将影响到尔后的工作。"毫无疑问,刘司令员的话对于当时的六航校及不久后组建的老二团,起到了重要的指导作用。

老二团之初，不仅训练任务繁重，驻地和机场也是陌生的，执行的条令条例正在健全完善……常天民是老二团的创业者之一，他回忆了老二团获"嘉奖令"的那段日子：

那时飞的是雅克-11。从涿县转场至鸭鸽营1年有余。初到新机场，团领导各项工作抓得很紧，严密组织飞行和政治工作，深入基层，深入现场，跟班指导抓组织纪律，抓按章办事，尽管当时条令条例还不够完整。机务大队做好飞机维护保养和定期工作；场站做好油料、器材供应和生活保障；通信、气象、警卫都尽职尽责。飞行大队研究组织指挥，熟悉新机场，严格掌握利用天气，培养提高飞行教员飞行技能和教学能力，研究和改进教学方法，充分利用地面练习器，做好实习、徒步演练，做好飞行前准备。做到了地面苦练、空中精飞，提高了飞行训练质量，确保了安全……

28号机组立功时的合影。后排中为飞行教员常天民（组长），后排左一为机械师孙似金，其他为机械员黄朝新、高树军、无线电员林青等。徐建中摄

常天民在外场指挥飞行训练

飞行和机务人员合编时，常天民是28号机组的负责人。这个机组也是个优秀机组，早在1954年就荣立过集体三等功。

常天民后任团副参谋长、校司令部科长等职。他组织飞行训练经验丰富，曾整理出不少文字回忆，其中写当年训练中所遇的风险，很多情节今天读起来也令人惊心动魄……

回首过去，老二团的创业前辈在复杂艰

苦的环境下摸索前行,一天天地不懈努力,空军首长"嘉奖令"的每一个字背后,都是老二团官兵、职工和家属们的汗水和付出!

早年这个团的飞行任务有多重?训练情况多复杂?创下了多少宝贵经验?曾有过哪些辉煌?老二团官兵历来不张扬,今天只能从极少的史料里、前辈的手稿和回忆中窥其过往了。

1960年,教员赵家俊(右一)在给学员(右二起)郝建功、袁柏林、程立程讲解飞行动作

李百川是1960年任团长的,其遗物中有一份与22位老校友共同撰写的手稿《回忆母校》。这位和日寇拼过刺刀、立过14次大小战功的英雄,一笔一画写下那段时期的飞行经验。让后人看到,那一代军人是如何为空军建设倾注心血的!

要知道,新中国初期的创业前辈们,是在用心血摸索训练经验和规律,用青春热血和宝贵生命铺就着人民空军前进道路的一砖一石!

1960年,李百川在塔台车上指挥飞行训练。李菲提供

讲述老二团的飞行训练,有一件事需再提一下、多写一些,因为是老二团历史上最为浓重辉煌的一页,对于老二团官兵来说,再多回忆、怎样自豪都不为过!这就是从1963年至1972年,把空军的雅克-18、雅克-11全部收容,在鸭鸽营"飞烂飞完"……这是老二团官兵的一次历史性担当,可以说,为空军建设立下了不朽的功勋!

内行人都知道,一种机型在全部淘汰之前,也是最危险的时期,器材短缺、维护困难、故障率高,风险成倍增加。事实也正是这样,

老二团训练中的雅克-11。徐建中空中拍摄

50年代，学员进行地面收伞训练。徐建中摄

险情在老二团训练中一次次出现：团长李百川在一次检查学员空中特技时，发动机油门球形接头突然脱落，油门瞬间失控；教员王文担任双机编队长机训练中，螺旋桨限定钉突然断裂，飞机失去了拉力……凭着良好的心理素质和过硬的飞行技术，他们操纵着故障飞机成功迫降。

还有一次，副参谋长高登奎和领航主任缴伟光飞低空小航线，当爬升到30多米时，发动机突然异常爆响，飞机速度和高度骤降，一下距地面仅十几米。此刻飞行员如果紧张慌乱，不能很好把握速度和迎角的配合，飞机就会瞬间失速坠地。两位飞行员平时训练有素，此时临危不惧、沉着冷静，与塔台指挥员常天民密切配合，采取"小速度、大迎角"的飞行方法……经过3分钟的生死相搏，终于安全着陆！事后调查结论：因金属疲劳，器材老化，螺旋桨调速器弹簧失效，螺旋桨不再变钜，造成的拉力降低。

这期间的1971年，社会处在动乱之中，同时也是空军飞行事故严重的时期，而老二团的官兵却默默地埋头苦干。飞行人员坚持开展安全预想活动，每日研讨一题，特情处置天天练……有一件事情，知道的官兵极少：这一年飞行二大队连续保证飞行安全19年，空军特别转发经验做法并给予表扬。这个"19年"意味着什么？是这个大队自建团一直保证了飞行安全，一步步成为空军飞行大队佼佼者的奋斗历程……那一年，空军为扭转事故多的被动局面，转发了几个有代表性的师（校）团的安全工作经验，二大队是唯一的飞行大队。空司在转发《六航校二团二大队充分发挥安全小组作用的几点做法》时写道："各级安全班子如何在党委、支部的领导下发挥作用，开展群众性的安全工作，这是一个新问题。希望各单位通过

1971年，老二团飞行一大队四中队教员。前排右起彭振鲁、黄永祥、吕振修、苏金瑞，后排右起曾瑞鹏、孙文超、陈廷海。孙文超提供

实践不断地总结这方面的经验，做好飞行安全工作。"这件事对于空军安全工作意义非同寻常，也是对老二团官兵认真、踏实、科学工作的一个很大的嘉勉。1974年，因连续22年保证飞行安全，北京军区空军为该大队记集体二等功。

1963—1972年"飞烂飞完"的10年间，老二团确保了飞行安全，没有发生严重飞行事故，培养出合格学员440多名、培训各航校初教机新教员50多名，用忠诚在蓝天上飞出了一条辉煌的航迹，向党和人民交上了一份沉甸甸的合格答卷。1961年底初教–6开始装备空军航校，但直到1972年年底，老二团才最后一批改装！

勇于负责、甘于奉献、艰苦奋斗、勤勉踏实，是老二团前辈留下的最宝贵的精神财富。正因为有了这种精神，才会做出让后人骄傲和自豪的业绩。

曾任团政委的高仲贤已年近九旬，他回忆道：1971年9月12日，空军表彰了二团飞行安全10周年，但由于第二天发生了重大历史事

70年代初,四团二大队部分飞行干部调整到老二团,这是在鸭鸽营机场的合影。贾彦东提供

1979年,老二团班子和团直部分干部。前排左三为团长贾玉瑛、右二为政委刘汉波,左一为李保珠、左二为李经一、右三为李云亭、右一为张富;后排左起:赵国权、李应启、蔡广珠、丁荣刚、石理成。贾丽君提供

件(因前一天是个特殊的日子,所以印象很深),这个荣誉没有显耀,反而被逐渐淡化了。

1983年,空军首次从航空高等学校应届毕业生中招收飞行员(试飞员),老二团是最先接受训练任务的初教团,经过全团官兵的努力,摸索了经验、走出了路子,训练取得圆满成功……

老二团的飞行训练之难,还因为是飞行训练的初级阶段,如同幼儿学步的蹒跚、雏鹰启航的跌撞,有着特殊的规律和难度……董安弟是彭德怀元帅特批入伍的学员,从徐建中1957年发在《新观察》杂志关于董安弟的报道中,还能看到初学飞行者的"笑话":"董安弟飞初教机的时候,单飞不久,有一次目测不准,直对着'T'字布滑下去了,把站在'T'字布旁的那个信号员吓跑了,幸而改正得快,没发生意外……"

老飞行教员陈廷海也回忆了带教学员遇到的一次险情:"1967年带学员宫本华飞雅克-11,起飞还很正常,高度50米时收油门和变矩,保持额定功率上升。但之后,学员误将停车把手当变矩把手拉回来,飞机突然往下掉,我迅速把停车推到最前面,飞机紧贴着地皮慢慢上升,我吓出了一身冷汗……"

曾负责训练的副团长孙文超总结过一篇训练体会,从中也可以

看到初教阶段的训练特点，摘录如下：

一次夜航，科目是夜间简单特技。一名学员单飞进入空域后报告，高度1800米准备动作。当时我在塔台指挥，凭经验，从他起飞时间判断，不可能这么快爬高到1800米。我立即指挥学员仔细看高度表并重新报告。学员报告看错高度表，是800米。这时，空域下面是太行山，高度700米左右，如果在800米做特技动作，很容易撞山……我指挥他爬到1800米再做动作。他完成任务安全返场。如果指挥员警惕性不高，安全的弦绷不紧，错误凑在一起，就很可能造成事故……

螺旋桨飞机的桨叶是高速旋转的，"二战"时螺旋桨飞机装机枪，射击时必须要调速器协调。因此，飞鸟要穿过螺旋桨转面，甚至把前挡风玻璃撞个大洞，几乎是

当年的大学生学员、后来的全军英模李中华（前排右一）和同学在一起

老二团教员国海银（右）在雅克–11上带教学员董安弟，左侧拍摄者是《人民空军》记者于志。徐建中摄

孙文超（右）和学员，身后是讲评室和地面练习场

80年代,老二团教学员在考试。张植提供

不可能的,但这种奇迹却不可思议地发生在我团训练中!这天我是塔台指挥员,教员章旋带学员夜航,高度1200米。航行中,飞行员突然报告,飞机前风挡玻璃被撞破,请求返航。我问清飞机可以正常飞行后,同意下降高度300米返航。飞机着陆后,看到前风挡玻璃有一个比拳头大的洞,沾满了血迹和鸟毛,前舱学员脸上也溅上了血。还好没有受伤,只是被气流吹得不轻,冻得够呛。团里给予了他们嘉奖。

以前很长时间,为了保证安全,不让学员单仓单飞夜航特技,以致造成学员"压坐",影响了训练进度。我们大胆进行改革,严格教学质量、严格把关单仓单飞考试,放学员单仓单飞特技,一个大队从原来的十五六个夜航飞行日,减少到了七八个飞行日。学校对训练进度开始还不信,派训练处来检查,我们受到了表扬。

老二团八七期两个大队学员毕业,院团领导和教学员合影。张植提供

老二团和前身三、四大队，是六航校最早的训练主力，早期毕业的战斗英雄和功勋学员半数以上于此起飞……因史料有限，很多情况无法完全掌握，仅部分老同志提到的：高翔、胡春生、王自重、程开信等多人成为有名的空战英雄；张景海被中央军委授予"反劫持英雄"称号；李中华成为国际级试飞员、"英雄试飞员"、全军"十大爱军精武标兵""全军优秀党员""首届八一勋章获得者"；多名八一飞行表演队飞行员（队长）为国争光……老二团培养"蓝天骄子"无数！

军人崇尚荣誉，能为国家奉献牺牲是无上荣光！每个老二团的人，看到自己团队最早获得的"通令嘉奖"、看到创业前辈取得的骄人业绩……都会为之自豪！同时也会铭记，老二团的优良传统和作风，是靠老一辈打下的基础，凭着一代又一代人的奋斗而成的！

在查阅老二团史料过程中，笔者发现一个有意思的现象：1956年空军表彰老二团安全飞行19个月，1971年空军通报飞行二大队保证安全19年，两个"19"都是吉祥数字。但飞行训练是一门科学，不能迷信八卦，不能松懈侥幸，更不能草率马虎，只能以老老实实的科学态度，一天一天认真组织，一点一滴学习提高，一丝不苟严格要求，否则，就会吃

70年代末，老二团的气象保障官兵

80年代，老二团后勤保障先进集体营房股官兵职工

建团初期,徐建中在鸭鸽营火车站留影,拍照者为刘鹏。易达武摄

50年代中期,徐建中在鸭鸽营外场采访

经时任团长李百川批准,徐建中参加跳伞训练并跳伞成功,获得跳伞纪念章

苦头,甚至付出鲜血和生命的代价!对此,老二团有过沉痛的教训……每个官兵也有不同程度的领悟。

鸭鸽营的那片蓝天上,曾有一批批飞行员振翅启航,昂首飞向了高远的、梦想的空天……

二、鸭鸽营"飞"出的名记者

六航校及所属的老二团,已在中国人民解放军的序列中消失了!岁月不居,渐行渐远,但许多历史瞬间却定格在方寸之间……今天,原六航校及老二团的官兵、职工和家属,能看到六七十年前六航校及老二团的珍贵图片和新闻报道,感受那个年代生动鲜活的美好时刻,应该感谢并记住一个人。他就是徐建中,也是老二团初期的创业者之一,后来人民日报的高级记者。

徐建中,湖南常德人,1932年6月出生,1951年1月在抗美援朝初期入伍。经过第一预科总队的短期学习,分配到北京南苑六航校飞行连任飞行学员。以后改行为老二团文化教员、文化干事,1955年被授予少尉军衔。1958年调任六航校政治部宣传科干事。

他最早的宣传"阵地"和"舞台",是

老二团营区里的宣传栏。部队工作的动态和好人好事,通过他手中的笔和相机,不断地展示给官兵。

那时他身在偏远狭小的鸭鸽营,却心存在广阔天宇飞翔的鸿鹄之志。他热爱上了新闻摄影和写作,经常学习空军政治部最早的新闻写作教材,自费购买了相机、订阅了《中国摄影》……他脚踏实地勤奋工作,不仅用手中相机,还用大量文字,生动记录了老二团的飞行训练和部队建设,给后人留下了许多珍贵的历史资料。有人统计,建校初期他在军内外报刊发表的报道文章就有30多篇、摄影作品50多幅。

徐建中早年的部分新闻和图片报道

让他至今难忘的，是1956年的《人民空军》(《空军报》前身)杂志168期，首次刊登他的文章《谢谢解放军叔叔》和图片"给老乡去拜年"。这是他首次在新闻媒体上发稿，也是老二团最早见报的内容。不仅对他是个巨大的鼓励，也鼓舞了老二团的官兵！

令全校引以为豪的老二团警通连信号班（见第十一章），最初的总结和报道就是他采访、写作并拍摄的。这为之后空军党委授予"红色信号班"称号、成为全军及空军的先进典型，打下了好的基础、做出了突出贡献。

有一张照片要重点说说，因为这张照片在人民空军历史图片中占有重要位置。这就是空军首任司令员刘亚楼在六航校10周年大会上讲话的瞬间（见本书第26页）。刘司令员为创建空军做出巨大贡献，这张照片是体现他高度的政治责任感、时不我待的紧迫感、严格要求和雷厉风行的作风、高昂而坚定的革命意志的生动传神之作。这张经典图片，也是包括笔者在内的很多空军后人，对刘司令员的最初的印象。而这张照片就是徐建中拍摄的。

70年代，徐建中以优良的素质和突出的新闻报道成绩，转业后被选入人民日报社。在人民日报工作的20多年中，他用相机、用手中的笔，记录了新中国的时代变迁、记录了改革开放……每年基本都有200篇（张）以上的高质量稿件刊发，取得了骄人的成绩。他也因此成为具有一定影响力的知名记者。

59年后的2018年12月，徐建中向刘煜鸿（刘亚楼司令员之女）讲述拍摄此照时的情形

徐建中发表在《人民日报》等中央媒体的部分新闻作品

六航校及老二团涌现出许多飞行教学员的优秀代表,而徐建中则是机关和保障人员中的优秀代表,是六航校及老二团的骄傲!

笔者与徐建中前辈多次交谈,尽管他年事已高,但深感其博闻强记、才思敏捷,对六航校及老二团的记忆清晰而准确。他多次说到的一句话,令笔者印象深刻:"我是从鸭鸽营起飞的!"徐建中虽然未能飞翔在蓝天,却飞上了新闻事业的巅峰。

如今的人们都爱谈"梦想"。徐建中一生中有三个梦:从军梦、记者梦、夕阳梦。因此转业证、记者证、退休证,也是他最珍视的三个证。可以说,他的前两个梦想已经圆满实现,现在正在灿烂燃放并充分享受着"夕阳梦":1999年他就开通个人博客,写博文数百篇,访客达160多万;数码相机和手机成为他新的"武器",作品始终不断;他坚持游泳、门球健身,带领由报社离退休人员组建的

徐建中热情地向笔者提供珍藏的六航校及老二团史料

徐建中始终保持积极向上的人生态度，离开部队的几十年，坚持把自己当成一名"空军老战士"，这在他的作品中，可以清晰地感受到。

给老乡拜年去　徐建中摄

1954年空军司令部政治部颁发给机械师孙似金（后改名孙士金）家中的喜报。孙士金提供

"金台"门球队取得朝阳区冠军；他还能熟练使用微信支付、共享单车……2018年12月，他精选了自己的300幅摄影作品和《两栖生涯》画册，捐赠给首都图书馆，让更多的人分享那一帧帧宝贵的历史瞬间！

三、那些年，军民关系是啥样

军人都爱把驻地说成是自己的"第二故乡"，把军民关系比作"鱼水情"。可以说，在解放军与人民群众的关系上，至今也找不到比之更好、更准确的形容了。这种关系体现了人民军队的性质宗旨，也成为这支军队无往不胜的重要法宝。

徐建中拍摄的《给老乡拜年去》，是一幅空军经典作品，生动反映了老二团官兵与人民群众的亲密关系，不仅令六航校及老二团，也让空军官兵甚至更多的人印象深刻……

老二团的官兵来自老百姓，终生不忘哺育成长，也化作了他们永远的感恩回报。左侧这张"立功喜报"，是在空军初期老二团机械师孙似金家里找到的，今天看来仍十分珍贵，它依然能令人生出感动和许多遐想！

老二团与驻地政府和人民群众的关系非同一般，这也构成了每个官兵军旅生涯中不可分割的部分。所以，老二团官兵以鸭鸽营为"第二故乡"的意识十分浓重。离开几十年，都期望回鸭鸽营看一看，不仅要看看那里的老营房老机场，也要看看那里的新农村和百姓的新生活！鸭鸽营乡党委书记看到笔者用微信推出的文章后热情留言：欢迎各位首长回来看看，向你们汇报一下近期的变化……

1956年春节，年轻的孙士金（中间敲锣者。左为机械师刘承志，右为机械师车家杰）到鸭鸽营村慰问群众。徐建中摄

"君从故乡来，应知故乡事。"这是唐代诗人王维的名句。不论古今，人们都想更多地了解故乡发生的往事。笔者搜集整理老二团历史素材，收获最多的也是有关军民关系的内容。老二团建团初期，训练工作紧张繁重，但官兵仍积极帮助群众播种收割、兴修水利、整治道路、修理农具……反映老二团与人民群众的关系，也是徐建中早期新闻报道的重要部分，很多作品产生了长久的影响，也成为珍贵的史料。

尽管当年的新闻报道纸色泛黄、字数有限，但仍然能看出那时的军民是怎样亲如一家、鱼水交融！

唐柏荣，1961年入伍，1962年7月从培养气象专业技术人员

2017年9月，原团长苏国民（中）、场站副政委陆思华（左一）、机务大队副政委董庆双（左二），与乡人大副主任朱增旭（右二）、乡党委副书记刘周亮（右一）在鸭鸽营乡政府门前留影。周德富摄

气象台台长徐汉卿（左一军人）和文化教员刘玉书（左二军人）、调度员沈建民（左三军人）与老乡一起参加节庆。徐建中摄

的空军九航校毕业，分到老二团任测报员。他喜欢思考动笔，记录下7年的军旅生活；尤其对1963年抗洪、1966年抗震以及军训工作等，写成了好多篇、数万字的文章。按他的话："为了永远记住年轻时的经历，信手随笔，纯属白描，未加修饰放大。本想空寂时、健忘时，或想念战友时阅读回忆、聊以自慰。"

唐柏荣不仅笔记多、写得生动，而且清晰准确，难能可贵，可以说，是研究六航校及老二团历史的宝贵资料。这里摘录他一篇1967年参加临城县中学军训时的笔记：

> 我们军训团有20多人，有校部和二团的，负责人是团政治处副主任温守贤，我任团部文书。进入县城，夹道人群挥舞着彩旗和"红宝书"，不断呼喊着"欢迎亲人解放军"……我们也不断呼喊着"向人民群众学习致敬"，高唱《三大纪律八项注意》。
>
> 临城县地处太行山麓，是贫困地区，人民勤劳而朴实。麦收季节学校放"忙假"，我们留校的同志对学生进行家访。我和胡锡恩参谋骑上自行车去菅等村。从县城一路往西都是上坡，坡陡无法骑行，只能驮上车子，一步一步往上爬。下坡时我连车带人摔倒在干涸的水沟里，右手臂擦得皮肉模糊、鲜血直流，汗水搅着泥沙和血迹……一位老乡看到，立即放下手中的活，带我到了村里的保健站。年近半百的卫生员处理完后，我要付钱，他笑了，说：我知道你们是机场的八路，怎么能收钱

呢？我问：你怎么知道我们是军人？他说：看你俩一式的白衬衫、蓝军裤，背着军用挎包水壶，又不是本地口音，一看就知道。我说，不拿群众一针一线，是铁的纪律。他说，我们这里20多年来，很少见到八路了，何况你们遇上麻烦受了伤，就是普通庄户人家，我们也不收钱的。

1958年3月，老二团帮助鸭鸽营乡安装第一部电话机。徐建中摄影报道

这时，来了一位黑黑瘦瘦、憨厚质朴的中年男子。他拨开围观人群，拉住我俩的手，热情地说："来啦，八路！"我们被他的亲切感染，有如家人久别重逢的感觉。围观群众告诉我们，这是大队的书记。我们做了自我介绍，说明来意，他一个劲地"嗯呐，嗯呐"点头。当我再次提出要付医药费时，他眼睛一

60年代在老二团服役的唐柏荣

瞪：不许提这事了，当年八路在这里打鬼子、斗地主，为我们穷人做了说不完的好事，这点算什么？军民本是一家人嘛！我们拗不过他，只好作罢。

接着，他带我们到几个学生家，每走近一家他就远远地喊：八路来了，来看你们了。一群光屁股的孩子蜂拥跟着喊："八路好，八路好，打鬼子，斗土豪。"小山村老乡对党和人民军队的感情，时时处处自然地流露出来。

中午书记征求我们意见，是吃"派饭"？还是"撞饭"？（派饭即由干部安排，撞饭是走到哪家就添个碗筷）我们出来前

有要求，一定要到贫下中农家吃"派饭"。他带着我俩来到一户没有院墙，仅用一些石块围着的土屋前，高声喊：婶，两个八路在你家吃派饭，准备一下吧！

屋内走出一位满头白发的大娘，跑在前面的是一个七八岁的孩子。大娘一手一个拉住我俩说：我家几十年没有来八路了，好想啊！说着眼中闪动着泪花。她让我们在石桌边坐下，自己抱柴草烧水做饭去了。见我们舀瓢凉水喝，大娘说，你们身子骨金贵，不能和我们山里人比，要生病的，一会儿水开了再喝吧！我们说没事的，她故作生气地说，小八路怎么不听话呢！

我俩操起扫把，把院子打扫了一遍。扫完院子，我进屋见大娘正站在炕上，从灶台烟道上方的壁洞里，掏出一个已经发黑了的纸包，自言自语道：八路来了，吃面条吧！我赶紧把她扶下炕，说不必麻烦，你们吃什么，我们就吃什么。她却说，几十年不见了，能不叫我表表心意吗？劝阻不住，我只好呆呆地看着她用颤抖的手，拍打了几下包上的黑灰，解开一层报纸，里面是一个粗布包，解开粗布包又是一层泛了黄的报纸包，再打开里面又是一层稍微能看出来的，也泛了黄的白色包装纸，最后取出了里面的半卷挂面。锅里的水开了，她把挂面轻轻地放入沸腾的水中，用筷子慢慢地搅动。我看见灶台上一只粗瓷大碗，碗里盛着黑乎乎的，不知是野菜还是地瓜干的糊糊。我想这大概是她们祖孙俩的午饭了，而这半卷挂面也许是什么时候招待贵客后余下，又舍不得自己吃，珍藏起来的"宝贝"了。我不禁眼圈红了，泪水慢慢地流下来。大娘见状说：屋里又黑又脏，烟又熏人，快到外面去坐坐吧，一会儿就好。我心情沉重地走出了屋，把看到的情形向老胡说了，我俩感叹：老区的百姓可真好啊！

两碗热腾腾的面条端来了，上面放着一只光亮碧玉般的水潽蛋，绿绿的葱花，诱人的香气扑鼻而来。望着面条，我们怎么也吃不下去，迟迟不动筷。这时大娘的孙儿站在旁边，看着石桌上的面条，使劲地吸着带着葱花味的香气，然后跑到奶奶那儿，低声地对着奶奶的耳朵说：我也要吃。奶奶大笑说，咱们有，下回孙儿当了八路，我天天给你做面条吃。

我含着眼泪，一口一根面条吮着。大娘不解地问：怎么啦？味道不好？不对口味吧？山里人做的，将就着吃吧！我忙说：不！不！味道很好，就像在家我妈给我做的一样，太好吃啦！大娘说，那就快吃！我们说：大娘，真过意不去，让小孙孙一块儿来吃吧。她忙回答：不用了，等新麦上场后，我给他做手擀面吃……

聊天中得知，大娘世代贫农，年轻时就帮八路做军鞋、洗补军衣，给伤员当过看护。她说过去八路是小米加步枪，现在有了飞机，十几年了，还没到过机场看八路的飞机。我答应，有机会来机场，我陪您老好好看看飞机。

临别，我们要付饭钱，大娘坚决不收。趁大娘不注意，我把两元钱和半斤粮票悄悄地压在碗下（当时我每月津贴是26元）。胡参谋也在碗底下留了钱和粮票。分别时，大娘送我们好远，一再叮嘱：有空再来啊！在物质贫乏的年代，这顿最有感情最香最美的"派饭"让我终生难忘。也是从那以后，我这个只喜欢吃大米饭的南方人，爱上了吃鸡蛋面条，一直到今。

50年代，老二团组织驻地群众参观飞机。
徐建中摄

1962年春，机械师薛维新热情向鸭鸽营村老人讲解飞机设备。徐建中摄

唐柏荣还有很多生动的回忆文字，在其他章节中还会与读者分享。

按规定引导参观飞机等装备，既满足了人民群众的愿望，也是开展国防和科普教育的好形式，成为空军部队密切军政军民关系的一个有效途径。

《空军报》同志帮助检索到一篇40多年前的新闻长稿："空字五三四部队（老二团当时的代号）深入开展拥政爱民活动 积极支援地方发展大好形势。"载于1975年2月8日《空军报》，作者松生、协品、岩岭——

空字五三四部队发扬我军的光荣传统，深入开展拥政爱民活动，积极支援社会主义建设，为巩固和发展大好形势贡献力量，进一步增强了军政军民团结。这个部队和人民群众结下了深厚的战斗情谊。他们积极派出干部战士帮助九个挂钩的生产队开办政治夜校，经常和人民群众一起学习马列和毛主席著作。飞行副大队长王景民、飞行中队长彭镇鲁、飞行教员孟繁华等同志，经常到驻地政治夜校讲课，帮助地方办下乡知识青年学习班，宣传晚婚节育、移风易俗，用社会主义占领思想文化阵地。他们还积极帮助地方搞好民兵工作"三落实"，部队长孙孟阳、政治处副主任万载培等同志亲自给民兵讲课，帮助九个大队的民兵进行军政训练。这个部队党委认识到，支援社会主义建设，是我军一项经常性的政治任务，也是贯彻我军宗旨，实行军民一致，加强军民团结的重要方面。他们急人民群众之所急、帮人民群众之所需，只要对人民群众有益的事就主动去做。去冬驻地要修建一条大型干渠，部队党委闻风而动，立即派人到县委请示任务，抽出空地勤人员开赴工地，和人民群众一起施工。在"三夏""三秋"的农忙季节，他们都派出人力物力积极支援人民抢收抢种。去年小麦返青拔节时，驻

50年代，老二团驻地周围的青少年参观飞机。孙士金提供

70年代末，地方政府的同志到老二团参观飞机。贾彦东提供

地有一批化肥，急需运往农村，这时县里的两辆运输汽车发生了故障，部队党委立即派人把两辆汽车拉回部队，动员全体技术人员连续突击五天，将两辆汽车修好，支援了地方运输任务。营区附近有一条穿过沙河的公路，每年到了雨季，经常有过往的车辆陷在河里。每当遇到这种情况，党委都派出部队前往支援。一年来，先后为地方拉车一百六十七辆次，受到二十多个地方单位的来信表扬。

以上内容，只是老二团军民关系的缩影。回忆起军民关系，老二团官兵都会滔滔不绝。

原副团长崔宝余回忆：有一年，内丘县搞农田飞播使用老二团

机场。一天突然出现雷暴天气，停机坪运-5飞机没有固定上锁，随时可能被风吹跑掀翻。我正在机场检查安全，马上叫最近的警卫二排全力救护。风雨中官兵们扑向飞机，用自己的身体和被子保护住了这架飞机。后来山西通用公司专门写了感谢信，刊登在《邢台日报》上。

原政治处副主任陈廷海回忆：1959年，老二团在训练紧张的情况下，仍轮流派人参加临城县西三岐水库的修建劳动，连飞行人员都没落下。官兵与民兵的劳动竞赛，引得现场一片火热。

原场站副站长赵金才回忆："我是1966年到二团的，参加了机务三中队到挂钩的北高村的教育活动。当时按分队住到各小队，与村民一起劳动学习。参加水利建设的村民回村那天下大雨，我们赶

70年代，官兵带领少年在火车站扶老携幼。朱玲摄

孙红旦（右）听说赵金才（中）回到鸭鸽营，和电工张师傅赶来看望。赵金才提供

去迎接，把雨衣让给了老乡，冒着大雨摸黑回来。老乡给我们做了姜汤和热面。农闲季节民兵经常训练，官兵既当教员也和民兵一起摸爬滚打。实弹射击投弹时，我们认真组织，保证了安全，还请示首长补充了弹药。鸭鸽营乡民兵营长孙红旦多次表示感谢。地方政府也很支持部队，营区修地道，把山划给我们去炸石，把窑交给我们烧石灰。部队改善伙食，让我们到水库撒网捕鱼，只按1斤1角钱收费。"

田义顺、张溢传、杨安民、杨文明、杨学明等回忆，1970年、1971年部队拉练，所到周边几县，干部群众夹道欢迎。老百姓无不提及我团在1963年抗洪、1966年抗震

第十章 鸭鸽营：雄鹰曾经启航的地方 《 255

救灾中的贡献，把最好的房子让给部队住，有的还把婚房、新被子给官兵用，好吃的也拿出来给官兵吃。部队离开时，群众提着老母鸡、鸡蛋、红枣、花生等，使劲往官兵的挎包里塞……那真挚的情感、动人的场景，很多官兵至今难忘！

赵金才、杨文明、赵国权等回忆：107国道高邑大桥没修的时候没有铁路桥，公路穿过沙河，冬天下雪、夏季下雨时，不时有过往的车辆抛锚，官兵包括学员经常去帮助推车，受到群众的高度赞扬，那段路因此还被誉为"爱民路"。

原机务大队教导员陈汉元回忆：1991年麦收时节的一天，正值机务大队机械日。突然有人发现西边东鸭鸽营村的麦场冒起浓烟。机务官兵迅速跑去救火，冒着危险抢出拖拉机、打麦机以及不少麦子。老百姓非常感动，一再表示感谢……

老二团驻地在临城、柏乡、高邑三县交界处，属于临城县，距三个县城十来公里到几十公里之间，家属的工作安置始终是个大难题。这个问题解决不好，干部的后顾之忧就会增加。对此，团领导也想尽了办法。80年代任政治处主任的杨永芳珍藏着一份文件，当年他和临城县计委、劳动局的领导，专程到邢台行署联系办理老二团家属工厂招工，一次争取到了14个指标。

今天看这份文件，很多官兵仍会心头发热……临城县是个贫困县，很多群众生活困难。笔者在老二团政治处当干事时，有一年春节前陪团首长到县委、县政府拜年，盛情之下在县招待所吃了晚饭，县政府及接待条

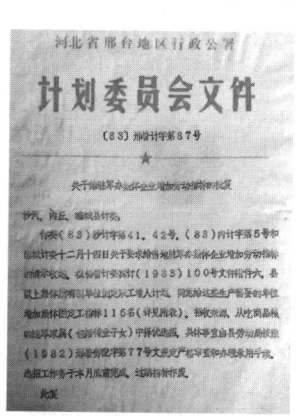

杨永芳珍藏的文件

件的简陋超出了想象……但很多战友都知道，那时县委、县政府对老二团很关心，在飞行训练和生活保障上，力所能及地给予了很多支持和帮助。这一点老二团官兵永远不会忘记。

老二团官兵是人民子弟兵，时刻把人民群众的安危挂在心上，在关键时刻会挺身而出。当地抗洪、抗震、医疗、矿难和道路救援等现场，都有老二团官兵的身影，留下很多生动的故事……

鸭鸽营的军民关系融洽，声名传开已久。1986年5月，河北电视台记者专程到老二团采访，后来在河北台播出节目。记者采访临别时，送给时任政委钱守忠一个电视台专用采访本，并在扉页题字留念，钱守忠至今还保存着。

最后来看一篇特殊的文章。说它"特殊"，是因为里里外外都有故事。这是1956年《人民空军》168期刊登的，那时还没有《空军报》（1958年创刊），《人民空军》是空军唯一外宣媒体。此文作者是空政的于志同志，他为老二团做了不少报道。

于志撰写的这篇文章，与徐建中关于军民关系的一组照片文章，同时发在这期《人民空军》上。这也是老二团首次出现在媒体。由于时间久远，于志的这篇文章用电子检索无法查到，原件在有关机构也找不到，最终刘煜鸿帮助查到了纸质原文，这篇生动的故

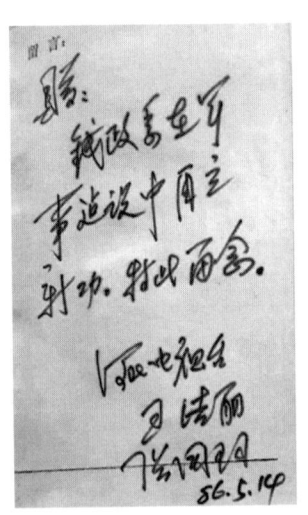

记者题字的笔记本

《人民空军》168期封面。徐建中提供

事才"重见天日",呈现给今天的读者——

你们救了我们娘俩

于 志

大年初一的上午,2536 部队 2 支队的拜年队正要去给老乡们拜年,从临城县的西鸭鸽营村来了一位叫王文志的小青年。他是特地来部队给他的救命恩人崔世明拜年的。王文志见到了崔世明后,紧紧地握着他的手,感激地说:"我母亲还要来看你呢……"

1956 年 8 月 2 日,刚下过雨,部队没有飞行,少尉机务组长崔世明和机组的同志们,正在营房院内大树下学习业务。突然从北面传来一阵惊叫声:救命!救命!……大家站起来一看,见有一群孩子边喊边向村里跑。崔世明和其他同志急忙向孩子们跑去。崔世明腿长跑得最快,一不小心便摔了一跤,爬起来继续跑在大家前面。

孩子们见到解放军叔叔,都急得说不出话来。有个戴着红领巾的小孩拉着崔世明的手就往回跑,指着坑里的水说:人!掉下去了!崔世明不顾一切地跳下水。水坑面积大,水又深又平静,人掉在什么地方?在下水救人之前连个影子也看不到。岸上呆望的孩子们,这个说在这儿,那个说在那儿。崔世明在混浊的水里钻来钻去,好不容易才把王文志救了上来。

王文志的母亲殷切地希望看到救他儿子的崔世明。一天,崔世明便约我和另一位同志[①]拜访了王文志的母亲。我们踏着大雪到了鸭鸽营村,一位老大娘热情地领着我们向王文志家中走去。

---

① 徐建中。

走不多远，老大娘高兴地隔着墙就喊：文志他娘！同志们来看你啦……还没等我们进门，就见一位朝气蓬勃的青年扶着一位双目失明的老大娘匆匆地迎出门来。这就是王文志和他的母亲。

这位双目失明的老大娘听到我们的声音后，也不管我们是谁救了她的孩子，听话音便摸着我们一个，感激地说：你们救了我的孩子，就是救了我们娘俩……原来她家就他们娘俩，前年加入了合作社，生活一天比一天好。文志今年19岁，是社里的青年委员、民兵、生产副大队长，还获得县武装部的奖状。前年实行义务兵役制，他首先报了名，社里为了照顾他双目失明的母亲，没让他去。这次他为了救人差点牺牲了生命。他母亲今年60多岁，因双目失明不能参加劳动，全靠社里和儿子的照顾。解放军同志救了她的儿子，她几次感动地流下眼泪，说：要不是共产党、毛主席，我们这瞎的瞎小的小靠谁呀！

说话间三五成群的老乡们屋里坐不下了，文志家从来没有这样热闹过。大家都说：解放军样样好，秋天你们那样忙还抽出时间帮我们干活……大娘招呼他儿子给我们包饺子吃，我们谢绝了。她不高兴地说：解放军哪样都好，就是这样不好，给什么都不吃。老乡们都笑了起来了。我们走时，老大娘拉着崔世明的手送了很远，几次劝她回去，她都不肯。我们离她很远的时候，她老人家还在说：有时间可来家玩呀！

笔者用微信推出系列文章后，留言中很多是人民群众对军民"鱼水情"的生动回忆和描述，令笔者和许多读者感动不已！因为留言设限100条，笔者不得不在平台主编吴会文的配合下，经常不舍地更新留言的内容……

四、鸭鸽营1963，老兵的抗洪记忆

1963年，是中国历史上一个大灾之年。史料记载：这年8、9两月，海河流域南部出现罕见特大暴雨，且范围广、持续时间长，总径流量达332亿立方米，部分中小型水库垮坝，京广线400余公里沿线桥涵、路基遭到严重破坏，豫北、冀南、冀中平原一片汪洋……

邢台地区是重灾区之一，暴雨中心在距鸭鸽营往南仅10公里的内邱县，那里的獐獏村水文站8月2日至8月8日，测得7天降雨量竟达2050毫米，是我国大陆7天累计雨量记录的最高峰值。

几十年过去了，那场灾难在人们的记忆里渐渐淡忘，但在很多百姓和解放军官兵心中难以磨灭。因为他们曾经共同度过了一段危难的日子……

时任邢台地区副专员、抗洪救灾主要指挥者王金海，在一篇回忆中写道：

> 8月1日，邢台西部山区开始下小雨。2日，正午时分昏暗如傍晚，市区开始下大雨。临城县黑城公社中午一个小时降雨97毫米。位于朱庄水库北边的左村水库，是一个库容1000万立方米的大水库，由于雨量过大，河水猛涨，急剧入库。水库大坝承受不了高水位的压力，相继倒坝，午夜时分，发生决坝。洪水直奔朱庄水库下游的大沙河，每秒几千流量的洪水像猛兽一样，冲垮了梯田，冲毁了滩地，汇入小河，急水挟着石块、树木、杂物……翻滚着旋涡，吞吐着泡沫，奔腾着，咆哮着，像脱缰的野马俯冲而下……

老二团营区和机场地势较高，营区之外"泽国"的惨状，官兵

们开始并不知晓。据几位老同志回忆，8月2日，因为雨越下越大，住在鸭鸽营村的长期和临时来队家属就搬回营区。8月3日（或4日），部队正在礼堂听时事报告，室外的雨越下越大，不一会儿上千名附近的村民就涌进营区。团首长紧急决定：立即开展救灾。各连队都分配了任务，警通连负责到鸭鸽营等村搜救受灾群众，并将他们接进营房，安置在礼堂、教室、讲评室。那段时间，连礼堂的舞台上都住满了群众。机务大队的官兵，负责保护粮库，并到村里救灾点给群众送馒头大饼。飞行大队负责"看家护院"，防止水灌入营区（当时营院没有围墙，只是有一米多高的土堤和一米多深的壕沟）……营门外堆满了沙包，各单位的炊事员忙得不可开交，整天忙碌在食堂里。由于病号多，卫生队的同志不停地巡诊，在第三讲评室，还为一位孕妇成功接生……那段时间里，很多官兵浑身上下始终是湿漉漉的，床头挂着换下来不及洗的衣物，没等晾干就又得穿上。

当时老二团自身受灾情况怎样？笔者终于查到了那几天准确而宝贵的记载："鸭鸽营油库进水，水深达1米；鸭鸽营机场跑道东半部、西半部被水冲坏成沟；机场营区已进水；机场生产队和家属住房倒塌94间……"寥寥数字，能看出老二团当时自身的灾情有多严重！

唐柏荣当时是二团气象台测报员，结合工作，为老二团的这一段历史留下了珍贵记录——

当时暴雨主要在太行山东侧地区。南北500多公里、东西100多公里范围内，有两个暴雨中心，而鸭鸽营，正是在暴雨的南部中心附近。许多气象台站、水文站都记录下了当时的（降水量）历史极值：鸭鸽营（气象台）8月2—9日是982.9mm；单日降水量极值在8月4日，是290.6mm。连续暴雨引发河流水位暴涨，洪水狂泄，京广线（包括鸭鸽营北约7公里的高邑铁路大桥）多处被冲断，27天未能正常通车。附近的邢台、保定、邯郸市内积水达2～3米。周围村庄、农田完全被淹没。营房积水没过脚背。

我部接上级命令，全力抗洪抢险救灾。8月4日我值夜班，下班吃过早饭没有补觉，就被孙全胜协理员紧急安排到营门外一个危险地带站岗，指挥引导过往人员。我一整天站在没膝深的水中，浑身被暴雨淋透，只能光着膀子在雨中指挥，直到傍晚行人稀少才撤回。我又累又饿，回到宿舍倒头便睡，当晚发了一夜烧，幸好年轻身体好，第二天一早恢复了。值小夜班后，我又接到命令，到火车站救援滞留的灾民。孙协理员动员说：地方政府向我们求援，等待我们救援的，都是我们的亲人，是我们的父母、兄弟、姐妹！无论如何要把他们安全地接到营房里来！

当时铁路路基被冲垮，洪水在一道40～50米宽、20～30米深的沟里咆哮，黄色的浪花滚滚向东。铁轨连着枕木，悬在深沟上晃悠。车站也有被冲毁的危险。我们从凌空的枕木上赶到车站时，站台上挤满了从被淹没的柏乡韩村等处疏散来的群众。不到40平方米的候车室挤了上百人，都是老人、妇女、小孩。见到解放军，他们紧锁的眉头打开了，纷纷说："有救了、有救了！"我们随即搀扶着群众，冒着大雨，在震耳欲聋的浊浪腾出的水雾上，踩着枕木一步

"向老二团营区转移"。《空军报》美编崔巍特为此文绘制

一晃向营房走去。我右手抱着一个小孩,左手拉着一个大小孩,背上背着一个大包,一个老大娘抓住我的肩膀。"不要怕,慢慢地,一步一步跨,看着枕木,不要看下面。有解放军在,保你们没事。"我边走边安慰着他们。我们4次行走在独木桥似的铁轨上,把被困群众安全接进了营房。

1963年2月,被评为"四好单位"的气象台测报组。前排左起刘兆奇、林树广、汪传长(测报组长)、段儒生,中排左起:沈福明、唐柏荣、吴良义、张宝贵、厉子云,后排左起:朱才兴、刘元汉、李英昌、候义文。其中沈福明、厉子云、李英昌、刘元汉为空军气象学院下放锻炼的学员。唐柏荣提供

离开部队50年了,唐柏荣深刻的记忆、细腻的情感、流畅的文笔,特别是他那份对军队、对老二团的深情热爱,从文中清晰可见。无情未必真豪杰。唐柏荣当年曾是"五好战士""技术能手",而且在1966年抗震救灾中受到嘉奖。

唐柏荣讲的故事还没有完。接下来,安置救助灾民的故事依然感人——

近千名群众被接进部队,抗洪工作重点由搜救灾民转为安置生活上来。部队大礼堂、大教室成了灾民的安身之处。那时国家自然灾害时期刚过,部队细粮比例有所增加,但老百姓生活还很困难。灾民每天两顿饭,有白面馒头和玉米面窝头,外加咸菜或菜汤……群众非常感动,说在家里吃不了这么好,很多人把馒头藏起来,舍不得吃,准备带回家慢慢吃。

部队储备的物资,由于交通中断得不到补充几近耗光。灾

民由每天两顿干饭，改成了一干一稀。后勤部门告急，汇报到北京，据说有位司令员亲自坐镇石家庄指挥，为灾区部队和灾民空投粮食、药品等物资。

当年担负主要空投任务的伊尔–12飞机。飞临鸭鸽营空投的就是该机种

第一次空投那天，气象条件恶劣，云高仅300～350米，雨层云下密布移动迅速的碎雨云，云高80～100米，下着密密细雨。执行空投任务的是女飞行员，她焦急地向塔台指挥员报告："看不到目标，无法准确空投。"机场只听到飞机的轰鸣声，就是看不到飞机。指挥员果断决定，暂停空投，半小时后见信号（火堆）再实施空投。场站同志们紧急运来一卡车旧物，他们将旧桌椅放在积水中，上面堆好旧棉被和衣物，浇上废机油、汽油点燃三个火堆。当大火熊熊燃起时，飞机发动机的轰鸣声从我们头顶掠过，云层中一字排开落下了几十个大麻袋，一会儿飞机返回又投下几十包。战友们欢呼着在积水中冲向空投物品，迅速装车运回。女飞行员和机组人员在恶劣气象条件下，以大无畏的气概和精湛的技术，快速、准确地完成了任务！当晚，灾民就吃上了带着余热的空投烙饼。当他们听说，这是党中央、毛主席派飞机从石家庄运来空投的，个个万分激动，纷纷说："党和政府没有忘记我们，解放军对我们太好啦！"

伊尔–14，当年抗洪期间执行空投任务的主力机型，还是毛主席生前乘坐次数最多的机型

老二团官兵和受灾群众不知道，军委总部在灾情刚出现时，就做了紧急部署，罗总长指示："军队要把抢险救灾，当成战斗任务执

1963年8月，正在河北灾区执行空投任务的女机长诸惠芬

1963年8月6日，正在鸭鸽营附近空投的空军某团邱发春机组

重灾区群众收到空投物资后激动地鼓掌并高呼："我们有救了！"

行，要全力以赴。"人民空军从8月6日—9月6日，实施了大规模的抢险救灾行动。时任北空副司令员的李际泰（曾是抗美援朝的老将，原38军参谋长）挂帅前指。空军共出动1.402万官兵，派出飞机1039架次，飞行2235小时……出动频率极高，是战争时期才有的飞行强度。可以说，这也是新中国最早的"非战争重大军事行动"。

空军原独三团老飞行员马正初回忆飞行生涯写道："1963年8月5日，和中队长杜荣祥等几个中队干部从北京西郊机场驾里-2起飞侦察灾情，从霸县河间到衡水一片汪洋，有的县城已经看不见，有的只能看到屋顶。两个多小时后飞到了鸭鸽营，这里的机场已被水淹，我们投下防洪器材后返回……后来我们机组和部队派出的多架飞机连续不断地向灾区人民投放了大批食品和救灾物资。"①

笔者查到那几天的空投任务书。仅8月7日、8月8日就有10架左右的运输机、近百架次的飞行，从张贵庄到临城投铅丝，从故城、西郊、石家庄等到邢台地区空投食品、橡皮船、救生圈、麻袋和药品的记录……

8月8日唐柏荣和二团官兵、鸭鸽营百

---

① 悠悠蓝天情编委会：《悠悠蓝天情》（上下卷），蓝天出版社2011年版，第81页。

姓看到的飞临鸭鸽营的军用运输机,是空十三师师长、政委亲自带队的机组之一,从飞行计划看,分别是从北京和石家庄机场起飞,其中就有女空勤人员执行任务。

正是在那些天里,各机组几乎一半时间是在复杂气象条件下飞行,常常钻云洞、绕雷区,很多时候只能以树梢判断道路、以房顶判断村庄,甚至冒着危险在云高 80 米以下超低空飞行、钻山沟飞行,为了减少空投物资的遗失和损坏,还一再降低高度,投放了数百万公斤的各类救命抢险物资,准确率达到 95% 以上……

老二团官兵作为人民空军救灾力量的组成,尽管自身条件和能力有限,但始终坚持以人民群众为中心,坚决执行上级命令指示,在气象和航行保障、救助灾民等方面全力奋战。据空军机关灾后统计,空军部队在救灾中收容群众 13658 人,为群众治病 2487 人次,新盖和整修房屋 432 间……其中有着老二团官兵做出的贡献!

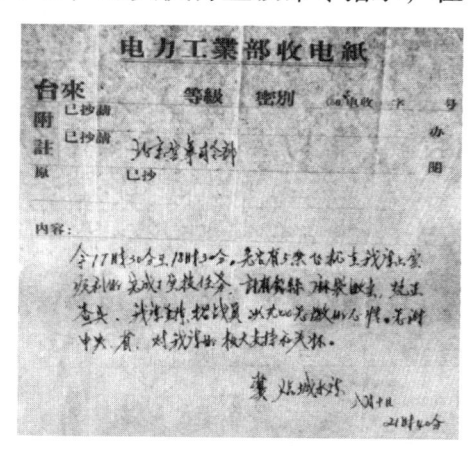

1963 年 8 月 10 日,临城水库收到空投抢险物资,电力工业部和北空收到的感谢电

最令唐柏荣想不到并记忆终生的一件事,发生在最后一批灾民离开的前夜。他这样记载道——

那天晚饭后,我和战友们和往常一样,来到大教室看望灾民,和他们拉家常。正聊着,一位身材瘦小、白发稀疏、满脸皱褶、牙齿稀少的老太太把我拉到一旁,轻声问:小老总,你还认识我吗?我笑着回答:奶奶,我记性不好,您有什么事吗?她说:我看了好几天,越看越像,一定是你!你还记得去年夏天在

机场边上的苞米地吗？我对不起解放军，不应该偷你们的苞米，不应该贪小便宜，我真该死。解放军对我们这么好，我今后一定不会再偷了，实在对不起了，我给你们下跪……她含着泪花，越说越快、越说越激动。我们赶快把她扶住说：奶奶千万别这样。

　　我想起来了：一年前我刚到气象台，被安排到农场锻炼。一天中午看青，我顶着烈日走进青纱帐。到一片苞米地边时，突然听到沙沙的响声，有苞米秫秸在晃动。我大声喊：谁？快出来！看见你啦！实际上我什么也没见到，只是吓唬一下。当我走近时，一步一颤走出一位穿着破烂、蓬头垢面的瘦小的老奶奶，挽着一只篮子，缺了牙的口中不住地哀求：小老总，我是实在没有吃的了，才掰了几个苞米，我不摘了，还给你。说着就准备把篮子里几个苞米倒下来，我想起首长的话：在国家困难时期，我们遇到群众到农场田里顺手牵羊拿些作物、吃的，情有可原，要体谅群众的困难，尽量劝说，今后别再这样。已经拿的少量东西，就让他们带走，千万不允许恫吓打骂。我上前一步拉住了她，说：别，别。摘下的苞米就带回去吧！我想，这样的老人，不到万不得已是绝不会去摘不属于自己的苞米的。我扶着她慢慢地走出苞米地，又摘了几个将近成熟的大苞米放在她的篮子里。我对她说："老总"是旧社会老百姓对国民党军的称呼，我们是毛主席、共产党领导的人民子弟兵，是保护人民、为人民服务的解放军，与旧社会的军队有着本质的区别。她一边听一边说：小老总，哦，不，解放军同志，我知道了。今后我再也不会来机场偷苞米了，也劝乡亲们不要再来偷苞米了。我目送她一步一颤地往村子走去……没想到，被我遗忘的一年前的事情，老人却记得如此清晰！她再三感谢说，我要把这几天老总们,不,解放军对我们的事,好好地给乡亲们讲讲,也叫儿孙们永远记住解放军的大恩大德。洪水退去了,军民共同抗击洪灾、同甘苦共患难的精神,永远激励教育着我。那时我才20岁,懂得了只要听党的话,照毛主席指示办,就会无往而不胜,就会受到人民群众的爱戴。

不久我得知,鸭鸽营公社书记耿士奎同志,在这次抗洪中,为搜寻转移被洪水包围的乡亲,不幸以身殉职。春节和前不久的"八一"节前,他还随县慰问团来我部慰问过……

抗洪抢险结束后,河北省受中央防汛总指挥部委托向抗洪抢险部队指战员赠送《防汛斗争胜利纪念册》(右图,唐柏荣珍藏)。年底,全军"雷锋事迹流动展览会"来到老二团,展物中有一枚雷锋生前的私章。许多官兵把雷锋的名句写在纪念册上,然后盖上这枚印章留念。唐柏荣觉得请雷锋班战友写更有意义,但雷锋班战友以自己文化水平低为由婉拒了。唐柏荣只好先盖上雷锋印章(右下图),心想,待自己学雷锋有成绩、立功后再补上雷锋的话。他后来受过嘉奖、当过"五好战士",却始终未能立功。这成了唐柏荣的军旅遗憾,但也成为他人生路上的一种动力和鞭策……

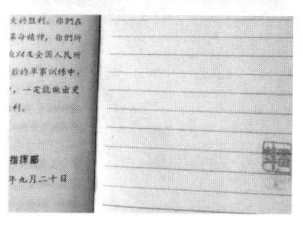

1963年抗洪救灾过去50多年了,但这段历史也构成了老二团光荣历史的一部分,同时也成为很多官兵军旅生涯中永远难忘的重要内容……

据史料记载，1963 年，保定市及包括涿县在内的周边地区也是洪涝重灾区。保定市水深达 2 米，一团受灾严重，1、2 号机窝和 2 号油库进水。一团奉命派出一名副参谋长驾机前往衡水、沧州等地侦察汛情。一团官兵在抗洪救灾、救助群众中做出了重要贡献……事后，以总政副主任甘泗淇为团长、河北省副省长谢辉为副团长的中央慰问团，在保定慰问抗洪军民时看望了一团官兵，甘泗淇副主任题词"真不愧伟大的人民空军"！

五、1966 年邢台大地震，这支部队第一批进入灾区

前面讲到 1963 年 8、9 月间河北特大洪涝灾害，之后不到三年，1966 年 3 月这里又发生了强烈地震。其间的 1965 年还出现大旱……20 世纪 60 年代，燕赵大地竟如此多灾多难！

关于 1966 年这场地震的记载，引用一段矗立在河北隆尧县的"邢台地震纪念碑"碑文——

"邢台地震纪念碑"高 19.66 米，由原国家主席李先念题写

一九六六年三月八日五时二十九分及二十二日十六时十九分，我区隆尧县白家寨、宁晋县东汪先后发生六点八级和七点二级强烈地震，震源深度十公里左右，震中烈度为九度强和十度，波及百余县、市，尤以隆尧、宁晋、巨鹿、新河为烈。

有专家分析，这次地震构造上属于邢台地堑区，东邻沧县隆起，

北接冀中拗陷，西界太行隆起，南邻内黄隆起。所以，这次地震活动严格限制在了邢台地堑内部。

这是新中国成立后，第一次在人口稠密的平原地区发生的持续时间长、破坏严重、伤亡惨重的地震灾害。灾难造成 8064 人丧生、38000 余人受伤，受灾面积 23000 平方公里。因为地震发生在邢台地区，所以称"邢台大地震"。但实际上并没有邢台市什么事，市区没有人员伤亡和大的损失。邢台这片历史文化悠久之地，多少年都默默无闻、鲜为人知，因这场大地震而一夜出名，引起了国内外的关注。

老二团作为唯一驻扎在邢台地区、毗邻受灾最重的隆尧、宁晋两县的空军部队，注定了与这一重要事件紧密相连，并在自己的团史上写下了炽热而辉煌的一页。

据史料记载：3 月 8 日 5 时 29 分邢台地震发生，周恩来总理接到河北省的报告后，指示原总参谋部，调集原北京军区驻军和空军部队立即赶赴灾区，抢救遇难群众。下午，国务院召开紧急会议部署救灾。解放军各任务部队接到命令后快速出动，两万多名解放军指战员日夜兼程赶往灾区……

如今网络可以查到很多相关信息了。近年有媒体报道，3 月 8 日早晨 5 点多，有部队就下令集合出发到隆尧救灾……这种说法是不客观的。不在震中，又没有军委总部的命令，部队怎么可能成建制出动？

据当时的许多老同志回忆：1966 年 3 月 8 日凌晨，地震突发，老二团营区有强烈震感，门窗吱吱作响，床上下颠簸，人被巨大的力量抛上抛下。官兵多数被惊醒，跑出门时感觉好像跑在浪木上，或像喝醉酒一样，深一脚浅一脚，几乎要摔倒。同时伴有低沉的轰鸣声，许多人以为是战争爆发、原子弹爆炸了。多数人还没跑到院里，大地就恢复了平静。飞行一大队的教学员，有的还是从一楼的窗户里跃出的……由于房屋没有受损，一些官兵又陆续回到了屋里。早饭后，学员正常到外场座舱实习，各单位也正常工作，但很快团里通知：各单位停止训练，准备救灾。校团首长赵群、陈志远、李百川、孙孟阳、曹发良等，积极带领部队投身抗震救灾……

魏德明，当时是汽车连司机（80年代任副团长）。他回忆道："那天下午三四点钟，第一批人员就赶赴隆尧震中灾区（据空军文献记载，任务部队是当天下午接到空军救灾命令的。魏德明的记忆与此基本吻合）。进入重灾区天色已黑，到重灾区东旺镇某村，因为没有灯光，想抢救也看不见，只能组织幸存群众稳定情绪，做些宣传工作。场站小分队由姚卫国政委带领，深夜住宿在一个打麦场的草堆里，三月初天寒地冻，官兵头发都结了霜，我们顾不上冻饿，一早上起来就寻找幸存者。东旺、西旺等重灾村，都有二团的官兵。有位老乡带着我们将他的女儿从废墟中救出，得到了及时救治。挖到遇难者，征得亲属同意后进行掩埋。部队帮助群众搭建帐篷、清理被埋的粮食等生活用品。周总理慰问后，转为组织帮助群众自力更生、奋发图强、发展生产、重建家园……"

时任机务大队分队长马满喜、汽车连战士文昌等回忆：出发前，部队首长重申严明纪律，不拿群众一针一线，拾到物品要交公。那时河北民居结构多是粗大木梁架在土墙上，基本没有托架支撑，所以地震发生时，抗震能力差，很多人被压在木梁下。救援官兵怕使用工具伤到人，就用手扒，官兵的手都是血肉模糊，但没有一个叫苦的。挖出来的人基本没有生还的，我们及时装袋进行了善后处理……

每当社会重大事件发生，也是各种谣言盛传之时。邢台地震期间也同样。当时群众中就流传："地要陷下去了""地里鳌鱼翻身呢"……不少群众纷纷收拾家当外出逃难。魏德明当年驾车进入重灾区时，车灯就照见沿途不少外逃的百姓。那时的谣言涉及周边数省市、几十个县，影响面达数百万人。很多群众因此惊慌不安，工农业生产受到严重影响。解放军进入灾区后，经过耐心细致的宣传思想工作，震区人心很快稳定了下来，

当时运送伤员的直升机

在震中抢险救灾的部队官兵

群众又纷纷传言："毛主席派兵来了，地肯定不会塌陷了"……

老二团在救灾抢险的同时，还承担起了空运伤员、空投物资和中央首长专机的气象保障以及机降现场勤务保障等任务。

时任气象台测报员的唐柏荣回忆："地震当天，部队接到命令，立即组织人员奔赴灾区参加抗震救灾。我多次向台长岑恒生、团直协理员管永杰、团副参谋长高登奎请战，但都未获得批准。原因是要保证空运伤员、空投物资，还有首长专机飞行安全，必须保留技术骨干在岗，气象保障要做到万无一失。既然去不了救灾一线，我只好安下心来，更加认真细致，谨慎地继续每天24小时单调的、每小时重复的工作：各项气象要素的观测记录并计算、编成电报发给上级业务部门。抄收全国各地天气电报、填报天气图……救灾飞机每天不断地飞过我部机场空域。无论是空投，还是接送伤员和首长，都必须要有现场高空风的实况资料。我气象台离现场直线距离二三十公里，一般情况下，我台的实况资料均可作为现场保障的重

老二团气象测报员朱玲（后任宣传干事）在保障飞行训练

要参考依据。随时提供这一资料，便成为那段时间里的重要任务。3月10日上午，我值夜班后正准备补觉，突然接到石家庄救灾指挥部的命令：立即提供1200米及以下高空风的资料。我立即赶回台里，和另一位战友分工好，由他在楼顶架好测风经纬仪，我去制氢室充灌测风球。很快测风球放出，25分钟后，1200米及以下高空风测好计算后，编电报发出。但指挥部又要求一小时报一次，13点后甚至要求半小时报一次。我很奇怪，平时2～3小时测一次就可以了，每小时测一次也是少见了，现在半小时就要求报一次，简直不可思议了。但既然上级要求提供，我们就坚决执行。连续提供了几小时的高空数据后，终于在下午4点结束。"

唐柏荣和很多官兵忙碌了到晚上，才从到救灾现场的战友那里得知，是周总理来灾区视察慰问！他们这时才明白，上级为什么对今天的保障提出那么高的要求，要的气象资料这么多、这么急！他们由此深感肩负的任务是如此重大而光荣，并为此深感自豪至今。周总理及有关领导乘专机赴灾区慰问视察，每次都有老二团官兵的全力保障……那时有关部门出于多种考虑，对周总理到震中的新闻没有及时报道，不少官兵心中还有过疑惑。

老二团官兵认真、埋头地履行职责，他们那时并不清楚，空军从上到下都在为救灾紧张忙碌着。北京时刻在关注着灾区灾情，北空副司令员李际泰，继1963年担任空军抗洪前线指挥后又一次挂帅石家庄空军抗震救灾前指，与老二团和所有抗震救灾空军官兵一起战斗……

空军灾后统计：从3月8日到31日救灾结束，空军共有33个单位、7590余人参加救灾；先后出动飞机63架，飞行313架次，执行空运、空投、空中视察和摄影任务，接送中央首长和军地领导人及救灾人员850人，运送伤

降落在震中麦田里的专机

员900余人，空投救灾物资336吨。地面部队出动车辆169台，帮助灾民挖出粮棉等物336吨，家具和生活用具5.8万余件，搭建简易房屋和窝棚6360余间，抢救和治疗伤员1.454万余人……这其中包含着老二团官兵的倾心奉献。

邢台大地震50年后，2016年1月22日，《光明日报》刊登了河北省作协副主席、邢台市文联主席贾兴安采写的一篇文章，其中对那年周总理专机的情况进行了描述：

在这次地震中，总人口只有12696人的白家寨就死亡1687人，重伤588人，房屋几乎全部倒塌。这对于本来就贫困的白家寨来说，用雪上加霜来形容难免太轻了，应该是灭顶之灾、绝人之境。

大灾之后的白家寨村，头顶是一片阴云密布、雾霾笼罩的天空，脚下是一派土崩瓦解、断壁残垣的街景。然而，在颓废村庄里那些鲜活的人群中，却暗暗涌动着一股强烈的不可名状的热烈情绪，不约而同或者说是心领神会地沉湎于另一种亢奋、激动甚至是群情鼎沸。尽管，一场突如其来的劫难让他们刚刚失去了家园和亲人，大家还沉浸在悲痛之中，然而，另一

个特大的、惊人的消息，从昨晚开始悄悄在村里不胫而走：周总理要来咱们村视察！

吃过早饭，人们看见许多领导和解放军战士在村里村外忙碌，原先传闻有中央的领导，或者说就是周总理要来村里慰问的消息得到了证实。全村顿时沸腾了，男女老少奔走相告，暂时忘却了忧伤和疾苦，都激动而喜悦地等待。

下午2时48分，先是来了一架护航机，顺京广线东折，来到白家寨上空盘旋一阵飞走了。大约10分钟后，领航机在前，两架直升机从西北方向的上空轰鸣着而来，到村西北的打麦场开始盘旋着下降，巨大的螺旋桨搅动起飞扬的尘土。这时候，早早聚集在四周等候的两千多名村民，都抬头向飞机张望。除了白家寨村全村人倾巢出动，其余的大都是周围村的受灾群众，有马栏村的、任村的、东间庄村的、西间庄村的、前辛庄村的、西哈口村的……飞机降落后，舱门打开，周总理站在舱门口，向大家挥手示意。这时，大地还在频繁颤动，余震不断……

据有关史料，执行周总理专机任务的是空三十四师刘景祥、王焕今机组。老二团官兵圆满完成了相关保障任务。

时任政治处主任高仲贤回忆："隆尧地震时，周总理带内政部长曾山坐飞机到石家庄，然后改乘直升机到隆尧县马兰村并向群众讲话。我团曹发良参谋长带指挥车、消防车及信号班赶到现场，指挥专机着陆。"

唐柏荣还记载道："1966年3月11日，《人民日报》在头版'党和政府领导人民大力救灾'的消息和有关照片，一张照片中就有老二团派出的油车。汽车连长、油料股长都亲自上阵。警卫总理专机的是警通连连长和战士姚小三。现场实施气象保障的，是气象台长岑恒生，他在现场带领战友帮灾民挖掘被埋的粮食和遇难者遗体，回到团里带领我们完成气象保障任务，积极协调搭建窝棚的各种材料，指挥我们实施自救，不分昼夜地工作。他常嘱咐我们，非常时期，一定要保持旺盛的战斗意志，哪怕下一分钟累趴下，这一秒钟也要坚持战斗。凡遇到重体力活，他也是干在前面。他胃不好，一边吃药一边工作。他的以身作则，让我们这些年轻人也不好意思再说苦和累了。那段时间，由于测报任务增加，一个人要顶几个人，许多人连续几天睡觉未超过两小时，几天不能脱衣服……"

根据唐柏荣的准确记忆，徐建中帮助查到了1966年3月11日的《人民日报》，头版的一张照片中就有老二团的97号加油车，油车右侧是司机罗义发。

时任汽车司机的魏德明回忆："当时担任保障总理专机加注航空

汽油油车的，是时任汽车连连长吕保华和司机罗义发，随车的团参谋长曹发良。曹参谋长为布置机降点，出发前还专门到信号班拿了T字布。开航空滑油油车的是汽车连班长麦伟金。当时我驾驶10轮大卡车保障。3月22日宁晋又发生大地震，副校长陈志远赶往宁晋县指挥并看望所属部队，他是乘坐王东升驾驶的10轮大卡车进入灾区的，我在车厢上面，车里是大米等生活保障用品。当时路震坏了，快到目的地时车差点翻下沟，我在车上赶快跳了下来。陈副校长指挥把车倒了出来……"

老班长麦伟金回忆："那天下午临时安排我开滑油车、罗义发开汽油车到灾区，车队队长吕宝华、机务大队副大队长王德山坐我的车前往。团里有人在前面带队。出发时只告诉执行任务，到哪儿去不让问，走一段停下来休息一会儿，前面团里领队的同志接到上面的通知再告诉我怎么走。我只是感到和之前到隆尧灾区的路线不一样。我们走走停停，晚上进入灾区漆黑一片，为了保证两辆油车的安全，还在当地武装部借来两支步枪，大家轮流值班警戒。第二天上午到了白家寨，我们找好位置停好车，但仍然不知道任务，只见很多小车停在地里。不久飞来一架绿色直升机，落地后很快又飞走了，小车也随即全部开走。后来听说，是总理要小车都撤走，自己要步行……紧接着几架绿色、一架白色的直升机相继降落在了草地上。总理下飞机后先到受灾最严重的灾民家中慰问，然后召集当地党政干部开会传达中央有关抗震救灾的指示要求等，最后召开灾民大会。记得当时会场就设在麦地里，一辆大卡车上放了一台柴油发电机发电，周总理站在另一辆卡车上讲话。他先代表党中央代表毛主席对灾区人民问候，然后从中国共产党成立讲起，先后从抗日战争、解放战争到新中国成立以后党领导全国人民战胜了一个又一个困难，取得了伟大胜利。他用无数事实告诉灾民们，只要我们相信共产党，跟党走，按党的要求去办，就没有战胜不了的困难！他鼓励灾民们树立信心，鼓起勇气，要依靠解放军，要以自力更生的精神重建家园。听了周总理的讲话，大家如沐春风，响起经久不息的掌声和欢呼声。我有幸在现场聆听，尽管过去了53年，但当时的情形历历在目、难以忘怀。"

救灾结束后不久，空军政治部上报原总政治部《空军参加邢台地区抗震救灾工作情况报告》，笔者曾看到过这份半个多世纪前的重要文件，并将其中有关老二团的内容摘录如下：

> 六校二团组织200多人参加救灾，仅20分钟部队就拉出来了，连夜进入重灾区毛儿寨公社，中途桥坏水深，汽车不能通行，立即跳下汽车背着医药和救灾物资徒步行军几十里奔赴灾区。放下背包，奋战一天，晚上才吃上一顿饭，夜里又露宿在野地里。第二天早上，被子衣服结了一层厚厚的冰霜。大家说："为人民服务，我们吃点苦心甘情愿。"

这段文字不长，却对老二团给予了重点表扬，也是文件里表扬一个单位最多的文字。这是老二团官兵弘扬我军宗旨和光荣传统的珍贵记录，是对老二团官兵的极大鼓励！

查阅有关史料，当时根据上级命令和任务需要，空军组织投入救灾的部队官兵达数千人。其中进入灾区的有2000多人，老二团官兵约占了十分之一；空军部队出动包括老二团的车辆共169台；航行和气象保障航空兵飞行运输310多架次……可以说，老二团在这场救灾战斗中发挥了比1963年抗洪更大的作用。震中之一的隆尧毛儿寨公社,在老二团机场东约 50 公里处,老二团是距其最近的部队,接到上级命令后也出动最快……

其实,对于哪支部队出动最早最快,都已不重要了,老二团官兵对此也没有看重,完成这一重大任务后也没人去争功。笔者从老二团战友们的回忆中了解到,当年抗震救灾结束后,警通连电话班长李柱明、军医辛海川、信号班班长等荣立三等功。还有多少官兵因抗震救灾立功受奖,今天已经无法得知了。回顾这段历史,当时在救灾现场、在保障岗位的官兵,想的只是如何完成上级赋予的任务、如何救助和保护好人民群众!这既是他们当时最大的愿望,也成了几十年后老二团官兵的自豪和荣耀!

老二团的官兵以实际行动又一次回报了党和人民。尽管岁月流逝、照片褪色,但解放军在老百姓心中的光辉形象,却因为包括老二团在内的所有官兵而不断放出新的光彩!

需要特别说明的是,在抗震救灾中做出积极贡献的老二团气象台台长岑恒生和同在该台服役的爱人迟少敏(预报员),1969 年一同转业到唐山,他们夫妇曾为邢台抗震救灾中做出积极贡献,却在 1976 年唐山大地震中不幸双双罹难!呜呼,借此机会特表哀悼和怀念……

第十一章

一群可爱的战士

在创建六航校的历史中，曾有这样一群士兵：他们披星戴月、在烈日严寒下保障飞行训练，训练间隙和休息时间还飞针走线。在出色完成训练保障等各项任务的同时，模范地继承和弘扬了我军的光荣传统和作风。他们身上闪烁的伟大光芒，至今仍熠熠生辉，被蓝天铭记、被八一军旗铭记！

征集六航校史料，很多前辈和老兵提到频率很高的一个词：老二团"红色信号班"。五六十年过去了，很多事情都会淡忘，但"红色信号班"和那群战士身上艰苦朴素的精神和作风，却深深地印在很多人的脑海里……

人民军队从诞生的那一天起，艰苦奋斗、勤俭节约就是重要的力量源泉、胜利源泉。从南昌城、井冈山一路到今，也形成了我军最鲜明的本质特征。新中国诞生后，我军《内务条令》《基层建设纲要》等，都把艰苦奋斗、艰苦朴素、勤俭节约列入其中。这一优良传统和作风，培育了一代又一代的革命军人。

20世纪五六十年代，老二团警通连信号班是我军传承这一传统和作风的突出代表、优秀群体，被空军甚至全军知晓。战士们以自己特有的方式，表达了对党、对人民、对祖国的忠诚和热爱……下面，利用查阅到的史料素材，尽可能地还原那群可爱的战士、那段火红的岁月——

老二团信号班，是六航校飞行训练中最小的保障单位之一，仅有6名战士。他们的工作看起来单调枯燥，职责任务就是在飞行训练中，观察飞机降落时是否放下起落架和襟翼、跑道上是否出现障碍物，以保证飞机能安全降落。他们的"武器装备"，就是几副T字布（每副用126米长的白布制成，用来为飞行员指示飞机着陆方向和位置）、1个风向袋、几面小红旗、2把信号枪（紧急时刻向飞行员和塔台报警），以及保障夜航的上百盏小马灯。

信号班战士保障飞行训练的工作场景。徐建中摄

1956年的一天，信号班班长江恩保新领来一副T字布。他把全班召集在一起，动情地说："我要复员了，现在我把这副T字布交给你们，希望你们好好爱护它，争取多使用一些时间。要知道，每一寸棉布都是工农兄弟辛苦劳动得来的，我们都是穷苦人出身，不能忘本啊！"继任班长李玉锁庄严地接过T字布，激动地说："江班长，我们一定记住你的话！"

那时飞行训练的条件比较差，初教机训练使用的是草地机场，沙石和草根遍布，T字布很容易损坏。一副T字布一般使用半年就报废。按规定，每年信号班可以领取1～2套新的布板。而班长李玉锁却看出其中的漏洞，他组织全班讨论并提出"延长使用3年"的倡议。有的战士怀疑，我们一年发2套衬衣还不够穿，T字布成天在机场拖来拖去、风吹雨打，怎么延长使用年限？

李玉锁回答说："T字布能不能延长年限，就看我们有没有勤俭节约的精神。在旧社会，我家一件棉袄穿了三代。我祖父穿了一辈子，又给我父亲穿了几十年，又给我和弟弟穿。一件棉袄能穿这么多年，难道一副T字布就不能多使用几年吗？现在虽然不同过去，但我们也要把富日子当穷日子过呀！"全班战士听班长这么一说，纷纷表示："是啊！过去一件衣服能穿几代，现在T字布为什么不能多用些年呢？我们节约一副T字布，人民就可以多用一些布。"

从此，"我们节约一点，就可以减轻一点人民的负担"成了战士们的共识、责任和追求。他们每人做了一个针线包，每天飞行后发现破洞不过夜，就是耽误吃饭、不看电影也要补好T字布，甚至有时熬夜、放弃节假日……这对于年轻好动的小伙子们来说，能长期坚持下来并不是一件容易的事！

这群朴实无华的士兵，对事业极其敬重、对工作极其用心、对生活极其热爱，在实践中总结出了"四轻"（轻拿、轻放、轻装、轻卸）和"四勤"（使用时勤注意，使用后勤检查，湿了勤晒，破了勤补）的经验，并使之成为每个人严格遵守的制度。

飞行结束后，信号班的战士们缝补T字布。徐建中摄影报道

1960年，班长李玉锁要复员了。他召集起全班，把从江班长手里接过的、已使用4年的T字布，交给了新任班长董少森，嘱咐说："勤俭作风是咱班的传家宝。这副T字布能不能延长使用年限，就看你们的了。希望大家把咱班的老作风永远传下去，为国家节约更多的棉布。"

董少森曾经想用这个有无数补丁的T字布去换领一副新的，当即遭到全班的反对。战友们说："补一补还可以用。我们节约一点，就可以减轻一点人民的负担。"董少森被战友们打动，向大家表示：

"我保证,我们班的光荣传统绝不在我手里失传。"

以后,董少森又把T字布传给了张宏恩,张宏恩又传给了霍昌禄……密布着无数针线,打了上千个补丁的T字布,就这样在战士的手中不断地传递下去、不断地"厚重"起来!

每年新战士入伍到班里,第一件事就是由班长和老同志讲述T字布的历史,告诉他们:"这副T字布上不知道流了老同志多少汗啊!我们应该像老同志一样,继承勤俭节约、艰苦朴素的光荣传统,绝不能让这种传统作风从我们手里丢掉。"老兵不仅言传,更重身教,每个人都手把手地带教新战友,让艰苦朴素的作风、缝补的技术不断传承……

信号班战士伍法振、李克明在交流缝补T字布的体会。徐建中摄影报道

我军艰苦奋斗、勤俭节约的优良传统和作风的种子,就这样植入了一茬茬信号班战士的心田,又一代代地传递……信号班战士心中都树立了一个强烈的责任意识:"决不让我们班的光荣传统从我们手里失传。"

新战士王明惠入伍初期一度放松自己,觉得"参军以后得穿的像样点了",把一双家里带来的破布袜子扔到了垃圾箱。班长李玉锁发现后,把袜子捡了回来,洗得干干净净,补得平平整整,又还给了王明惠。王明惠感动地说:"这件事,我一辈子也忘不了!"

信号班的战士继承弘扬我军优良传统和作风,绝不是在形式上,最终体现在圆满完成飞行训练保障及各项任务上。

文中的这些照片,都是徐建中当年拍摄报道的。他的新闻作品,让这群可爱的战士在当今人们的眼前又生动鲜活起来。

信号班战士王凤山工作责任心强、警惕性高，在一次飞行训练中避免了一次事故，荣立三等功。徐建中摄影报道

在信号班，每个战士都做到了忠于职守、踏实工作。细微观察无数架次飞机落地发现险情的，也不止王凤山一人。70年代初老二团宣传干事朱玲，曾与信号班战士同吃、同住、同执勤。他回忆，那时的班长叫郭章明，曾两次发现飞机降落时未放起落架，并及时发射红色信号弹，避免了事故的发生，两次荣立三等功……

信号班战友相互关心帮助蔚然成风。换下的衣服，不知道谁给洗干净了；衣服破了，不知道谁给补好了……战士伍法振打扫连队俱乐部，发现警卫排训练用的一二十个沙袋漏沙了，他拿起针线悄悄补好。

信号班的故事，先是被身边的警通连官兵得知，全连官兵都自觉以他们为榜样，以后逐渐向外传播开去。1963年入伍的老二团场务排班长张溢传回忆："'红色信号班'艰苦奋斗的形象一直印在我的脑海里，那时候我们以信号班为榜样，注意节约一滴油、一块擦布，精心保养检修拖拉机、压路机、洒水车。"信号班战士赵德安，因工作需要调到了兄弟团信号班，他把好的传统作风和经验做法也同时带了过去……

1962年"五四青年节"，老二团以信号班的事迹和T字布为主题，搞了一次艰苦朴素的展览。驻地附近铁路车务段的职工参观后非常感动，职工杨宝富说："我们货车上的蒙布，要用100多斤棉花才能做成。以前破了就扔在一边，从来没补过。今后我一定要像你们这样，学会缝缝补补过日子，争取为国家节约出更多的棉布。"

一些中小学校的师生参观了展览，一个叫刘福生的学生说："今天我才知道解放军同志是这样节约的。我回去一定要妈妈教会我补衣服，叫弟弟也要学会。"后来一位老师给部队来信说："看了你们的展览，等于上了一次生动的政治课……"

信号班战士们能够长期这样做，有他们的悟性和坚持，但根本上有一个重要原因，就是不断地学习，提高思想境界。他们一直坚持学习毛主席著作，全班买了《毛泽东选集》12本、毛主席著作单行本54本。除了组织学习，都挤时间自学。战士孟繁来看到同年入伍的战友先于自己入党，一度很失落，通过读毛主席的书和大家的帮助，他很快转变了思想，而且进步很大，以后在机场休息、在农场放羊，他都带上毛选抽时间阅读。在调整军衔时，战士刘堂义看到同批入伍战友提衔而自己未提，一时想不通，但学习了毛主席的《为人民服务》后，他解决了自己的思想问题……读毛主席的书，听毛主席的话，做毛主席的好战士，成为信号班每一名战士的自觉行动和不懈追求。

信号班战士的动力，还来自所在连队党支部和干部的榜样作用。警通连党支部始终重视光荣传统教育，对信号班的做法及时给予了关注、支持和鼓励。连长王振河，本身就是艰苦朴素的榜样，部队发的军被、袜子都用了10年以上，补了几十个补丁。战士们私下议论："王连长那么艰苦，是因为他没钱吗？不是，他是在保持艰苦朴素的作风！"

那是一个上上下下艰苦创

时任指导员孙喜诚（右）勉励信号班战士保持艰苦奋斗、艰苦朴素的优良传统。徐建中摄

业、学习英模的红色年代，媒体的"聚光灯"对准了信号班。1960年12月2日《空军报》发表题为"二团信号班四年未领新布板"的报道，作者吕长林。摘要如下：

二九八〇部队二团信号班，是个勤俭节约的标兵班。自从1956年下半年到现在，已经整整四年了，他们班没有领过一块新布板，同样出色地保证了飞行训练的需要。副班长张红恩同志说："我们的秘诀是四勤：使用时勤注意，使用后勤检查，湿了勤晒，破了勤补。"战士们深知：一寸布、一粒米，都是来自人民，当思来之不易。他们说："我们多节约一些，人民少负担一些，国家多建设一些。"平时对布板爱护备至，只要发现布板上裂了口有了洞，晚吃饭不休息也要抓时间把它缝好补好，遇到晴天假日，大家更是很少上街，在家晾晒布板，修理小旗子。几年来，他们在所用的布板上补了九百三十七个补丁，最旧的一块布板补了九十五处，几乎看不到原来的布样了。就是这样，你一针我一线，你补一块、我缝一处地省下了六副新布板……

1960年12月21日，《空军报》又刊登一篇《信号班的光荣》，作者李次膺。摘要如下：

二团信号班的事迹已传为佳话，成为部队艰苦朴素的活教材，许多同志拿来教育自己，勉励别人。学习二团信号班艰苦朴素的工作作风，正在成为越来越多的同志的自觉行动……这块T字布，变成了信号班的传家宝，一年又一年地把它交给新来的同志们。每年，新战士来到班里以后，老同志都要严肃地向大家介绍这副 T 字布的历史，介绍班里提出的指标，介绍老同志艰苦朴素的作风。很快，新战士也会像老战士那样，热爱自己的工作，继承下这艰苦朴素的工作作风。

1962 年 6 月 30 日，《空军报》刊登署名六航校政治部主任亓盾的文章《作风就是力量》，摘要如下：

> 二五九八部队信号班节约 T 字布的事迹，看来是平凡的，但从这平凡的事迹中，却可以看出我军艰苦奋斗、勤俭节约的优良作风怎样在这个班里得到了继承和发扬。几年来，信号班的老战士一批批复员，新战士一批批入伍，先后换了五任班长，但艰苦朴素的优良作风却"一代一代"地传下来……"好地要人开，好树要人栽"，好作风也绝不会自然形成。从信号班的事迹中，我们感到：我军的传统作风要在一个单位很好地树起来、传下去，主要依靠领导上的积极教育和培植。在这方面，信号班所在连队的党支部做了许多工作，他们从启发战士的阶级觉悟入手，经常进行传统教育，一点一滴地培养作风；当作风初步形成以后，又积极扶持，帮助他们一年一年地传下去。我们感到，培养优良作风，就要从一个人、一个班、一个排精雕细刻地做起，这样，"涓涓细流，汇成江河"，整个部队就能树立起优良作风。信号班的事迹，六次登上党报，我们感到十分光荣，也感到是一个很大的鞭策……

1963 年春，李次膺、徐建中、颜宪先三位同志，经过深入采访，写出题为"艰苦奋斗传统的光辉"的长稿，当年 5 月 1 日《空军报》

徐建中保存的1963年5月1日的《空军报》，以及颂扬信号班事迹的歌剧演出票

1963年5月20日的《解放军报》

1963年6月4日的《中国青年报》文章

以近两个版的篇幅发表，同时配发了社论。

这些内容引起了空军党委首长的高度重视，也引起总部和军委领导的关注。《空军报》发文仅仅十几天后，《解放军报》1963年5月20日在一版头条位置，以"信号班爱护T字布勤俭成风尚"为题，用近半个版的篇幅摘要转发了《空军报》5月1日的报道和社论。

1963年6月4日，《中国青年报》以"一个补丁一片心"为题，用近半个版的篇幅发表了李次膺、徐建中、颜宪先写的信号班事迹报道，并发了编后感《可贵的一片心》。

1966年3月邢台地区发生大地震，信号班也投入抗震救灾专机保障和抢险救灾工作。气象台老兵唐柏荣回忆：抗震救灾结束后，团里召开总结表彰大会，"红色信号班"的班长荣立三等功并做了报告。这位班长是1961年入伍的，他把受灾百姓当亲人，在废墟中发掘出遇难者后，用自己的手绢，细心地将遗体擦拭干净，使救灾现场的家属和灾民极为感动……

据《空军英模名录》记载:信号班1957—1964 年,为国家节约 T 字布 15 副、风向袋 7 个、小旗 200 多面,约合棉布 2000 多米。1963 年 5 月,信号班荣立集体二等功。

《空军大事记》记载:1964 年 9 月 9 日,空军刘亚楼司令员、吴法宪政委签发命令,授予第六航空学校二团警卫通信连信号班"红色信号班"荣誉称号。同时授予称号的有 5 个空军教学先进单位(信号班作为教学先进单位,同时还有七航校修理厂、一高专603 机组、三航校 1 团机务 2 中队、九航校教材科),以及 16 名先进个人。

"红色信号班"的事迹在军内外广为传颂。60 年代,徐建中写出表现"红色信号班"的小歌剧《探望亲人》;信号班的故事还被编成话剧在军内外演出。70 年代初,校宣传干事仲新写出报告文学《T 字布旁的红哨兵》,后在老艺术家胡朋的指导下改成短篇小说发

记载"红色信号班"事迹和奖励的部分史册

表;朱玲写出方言剧《探亲》和韵白剧《缝缝补补的故事》……"红色信号班"成为我军艰苦奋斗、勤俭节约优良传统的优秀代表、六航校基层建设和飞行保障的标杆、部队形象的一张亮丽名片。

或许在一些人眼里,信号班的事迹很简单,并不惊天动地,这些战士甚至有些傻缺,吃苦受累省下的也不多,还不如当今有些人的一顿饭钱!毋庸置疑,时代发展了、国家富了、军费多了,人们的收入也增多了,今天与战争年代、与空军创业时期比,都不能同日而语了,

但也无须避讳，当今不少人嘴上"高大上"，而讲艰苦奋斗、勤俭节约的少了，花钱讲排场成了很正常的事，视勤俭节约为"抠门"……还有多少人能像"红色信号班"的战士那样，以苦为乐、勤俭养德，把富日子当紧日子过，自觉为国家和人民节约一点一滴？

新的历史时期，弘扬"红色信号班"的"我们节约一点，就可以减轻一点人民的负担"的精神，对于建设中国特色社会主义、实现强军梦想、培养具有中华传统美德的公民，都有着重要的现实意义和深远意义！

翻看信号班资料、撰写此章的时候，笔者心中常常被一篇曾风靡全国全军的著名散文涌动，这就是著名作家魏巍68年前写的《谁是最可爱的人》！摘录如下：

……我被一些东西感动着；我的思想感情的潮水，在放纵奔流着；我想把一切东西都告诉给我祖国的朋友们。但我最急于告诉你们的，是我思想感情的一段重要经历，这就是：我越来越深刻地感觉到谁是我们最可爱的人！谁是我们最可爱的人呢？我们的部队、我们的战士，我感到他们是最可爱的人。也许还有人心里隐隐约约地说：你说的就是那些"兵"吗？他们看来是很平凡、很简单的哩。既看不出他们有什么高深的知识，又看不出他们有什么丰富的感情。可是，我要说，这是由于他跟我们的战士接触太少，还没有了解我们的战士：他们的品质是那样的纯洁和高尚，他们的意志是那样的坚韧和刚强，他们的气质是那样的淳朴和谦逊，他们的胸怀是那样的美丽和宽广！……朋友们，用不着烦琐的举例，你已经可以了解到我们的战士。他们是历史上、世界上第一流的战士，第一流的人！

这篇当代文学史上的经典代表作,毛主席阅后批示:"印发全军。"以后又编入了全国中学语文课本……

笔者多次设想,哪天见到"红色信号班"的老兵,一定要好好问问他们:怎么看待和认识这些问题?怎么评价自己的那段军旅人生?其实,答案笔者已心知肚明。这些老战士一定是坦然面对、无怨无悔。因为他们已经达到一种极高的、超然的境界,这种境界不是什么人都能认识和理解的,更不是多数人能抵达的。他们传承的是一种伟大的精神,创造的是中华民族及人民军队传世的精神财富,其巨大的价值是无法用金钱来计算和估量的!

1977年,"红色信号班"所在的老二团警通连部分官兵。前排左一朱翠双、左三江火根、左五赵林、左六赵金才、左七郭传振、左八王亚生、左九张建辉、左十陈兆平、左十一冯国平;中排左二汪方平、左三吴景海、左四田鸣秀、左五袁明政、左六王汉山、左七刘玉玺、左八李云西、左九常玉景、左十刘培团、左十三王增山、左十四张智权;后排左一姜生太、左二温庆华、左三宋光明、左五刘兴荣、左六蒉玉军、左七张维义、左八王军、左十王顺根、左十一黄金灿、左十二杨劲松、左十三陈礼夫、左十四李杰。赵金才提供

第十二章

六航校早期的医护人员

卫生工作在部队也称"卫勤保障",是后勤工作的重要组成部分。建校之初,六航校后勤编制分为供应处、卫生处。六航校的医护人员,在官兵中的占比不大,校史料中记载得很少,写六航校厚重多彩的创建史,是不能少了这些医护人员的。

先以一篇 63 年前的文字打开这章的回忆。这是《人民日报》原高级记者徐建中的第一篇新闻作品,也是记录六航校医护人员的最早的公开文字。刊登在 1956 年《人民空军》168 期上——

谢谢解放军叔叔

徐建中

就在春节大年初一那天清晨,天气晴朗,人们三三两两高高兴兴地在玩。2536 部队卫生所的姜国芬同志,抱着一个天真活泼的小孩,边走边说边笑,显得那样亲热。他旁边还跟着一个始终流露着感激笑容的老大娘,我想这一定是姜医生的家属,便好心好意地上前去打招呼说:"老大娘过年来了,一路坐车辛苦了吧?"……老大娘回答说:"我是鸭鸽营村的,是看建国的救命恩人来的。"原来是这么一回事,这时我才知道了。

去年夏天一个晴朗的日子,中午,天气突然变得阴沉沉的,天空布满了乌云。这时鸭鸽营供应社会计赵炳中的四岁小儿子赵建国突然病倒了，吐得很厉害，人事不知，黑眼珠向上翻，体温已达40.5度，心脏在急速地跳动着。经乡下仅有的一个卫生所的医生诊断："孩子的病相当严重，乡下的条件已无法可想。"一家人被这话急得团团转。孩子的妈妈突然失声喊了起来："不能！不能！绝不能让孩子这样死去，我要去找解放军！"她顺手拿起了床被子，抱着小孩就跑，老大娘一晃一晃地跟在后面。

这正是午睡时间，营房里一片寂静。卫生所接到团值班室的紧急通知后，医生姜国芬、护士宋兰云、郝小丑等立刻忙碌起来。病房里静得连一根针掉在地上都听得出，人们的心就像悬在那里似的，多么可爱的又白又胖的小孩，躺在床上，一动不动。小孩的奶奶、妈妈不停地流泪，心里是多么难受啊！

初步检查出是急性痢疾，首先要使病人很快退热，并输送盐水，然后才能用磺胺噻啶治疗，他们给小孩注射了两针。护士轮换不断地用酒精擦身。就这样，几个小时过去了。医生、护士身上的汗水都一直往下流。

已经是下午三点了，第二次打针的时候，小孩已经有一点知觉了。这时医生和护士才松了一口气，尽管病情有了好转，可谁也不愿意去休息一下。急救工作还在进行着。五点……六点……一直到晚上七点，小孩已经完全脱离了险境，能笑了，嘴里还不断地喊着奶奶、妈妈，人们这时都像卸下了千斤重担似的。他的

姜国芬军医看望曾抢救的孩子。徐建中摄

妈妈指着姜医生向孩子说赶快谢谢叔叔,这个天真活泼的孩子很懂大人的话,他看着姜医生和护士们微笑地说:"谢谢解放军叔叔!"这时医生护士们才发觉腰已经酸得直不起来,身上衣裤都已湿透。但孩子的悦耳声音,给他们带来了最大的愉快,他们忘记了疲劳……

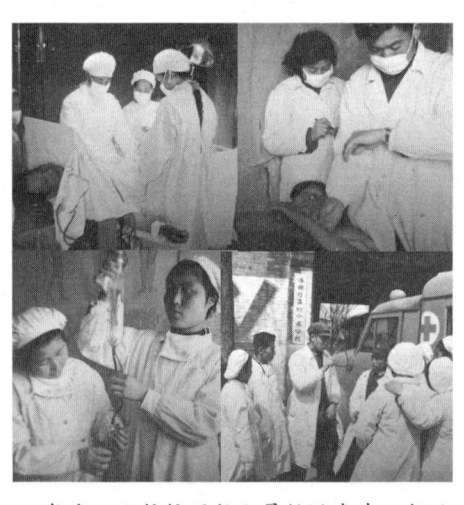

50年代,六航校医护人员救治患者。杨凡提供

类似这样的事情,在六航校各团的医护人员里,几十年中有过很多很多。但很遗憾,没有留下更多文字记载,有的也只是只言片语……左侧的老照片尽管只是一个瞬间、一个侧面,却十分珍贵,从中可以读出许多历史信息,让人们感受到那个时期医护人员的精神和风采。

说起早期的六航校卫生处和各团的卫生队,许多在六航校学习、工作和生活过的官兵、职工和家属子女,心底都有着一种温暖而美好的记忆。那时候,身体不舒服、有个头疼脑热抬腿就去,也不用排长队,可以随到随看。有的小孩子身体不舒服,父母没下班或不在身边,很多也敢自己去,在叔叔阿姨亲切的询问中就看完了病。看完医生,从药房带走几个小小的却能解决问题的白纸药袋(一般是3天的药量),还有药剂师如何服药的亲切叮咛。如果病稍重一点,打个电话,医护人员也会很快地背着药箱上门……对拿不准或较重的疾病,会及时安排军用救护车送到466、467等医院(1952年10月,涿县一度建有以步兵第八师医护人员为基础的第 27 空军医院）。那些年，医护人员认真负责的态度、驱除病痛的水平，让官兵、职工和家属满怀信任。

50 年代校卫生处门诊所、休养所的部分医护人员。杨凡提供

50 年代末，校卫生处的部分医护人员

建校初期的医护人员中，有着不少双军人夫妻，他们共同战斗在医疗卫生岗位上，保护着官兵和家属的健康。这里介绍其中的一对：杨振坦和高丽娟。杨振坦 1946 年入伍，参过战、剿过匪、参加过抗美援朝医疗队，毕业于长春军医学院，是六航校卫生处的元

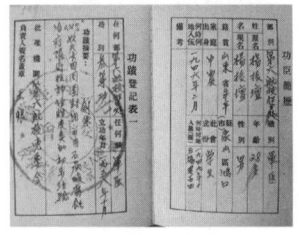

上为杨振坦、高丽娟夫妻。下为杨振坦1958年立功证书。杨凡提供

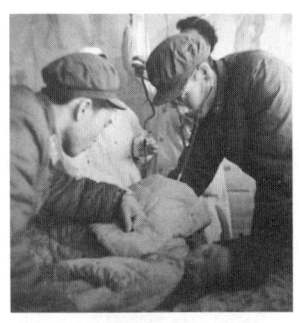

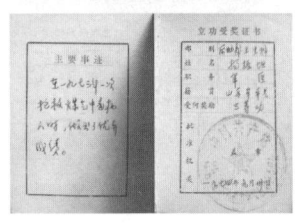

上图：50年代末，杨振坦（右）和战友在抢救患者。下图是他抢救煤气中毒患者后荣立三等功的证书。杨凡提供

老之一。以后当过多年的门诊所长，还参加过邢台、唐山大地震的医疗救援，先后5次荣立三等功。高丽娟是1951年入伍的军医，1958年转业到地方医院工作。

20世纪50年代，社会上流传着一句话："解放军真精神，空军更精神！"尤其是1955年解放军首次授衔后，空军的军装、军衔和服饰，将空军官兵托衬得十分帅气靓丽，受到人民群众的广泛赞誉。当然，这主要是由于人民空军的良好形象，特别是在抗美援朝和国土防空中战功卓著，赢得了社会的尊重和爱戴。虽然笔者很早就认识这两位前辈，但第一次看到这张照片时仍被"帅呆"，瞬间涌出一种感觉：简直是那个年代六航校的"形象代表"！其实，评价一个人是否帅气靓丽，不能仅看外表，根本上是看精神面貌、工作成绩和事业贡献！而这对军医夫妻的医疗水平，在那时的六航校上上下下有着较高的知名度。

1973年年底，海军驻涿某部发生一家五口人煤气中毒事故，随后被分别就近送到保定第二康复医院（2人）、县医院（1人）、六航校卫生处（2人）抢救。海军总医院还派人到地方医院指导。最终，只有杨振坦医生的医疗组抢救的两人存活。

六航校创建初期的医护人员都很年轻,而且以女军人为主,其中有不少是空勤家属,工作和生活的双重担子比较重,而她们像所有年轻女性一样,爱生活、爱美丽、爱家庭,也会把紧张的生活过得丰富多彩,还把美和欢乐带给基层官兵……因此,在很多官兵、职工和家属的眼里,她们不仅是隔除病魔的一道坚固屏障,还是营区里一抹美丽风景、人们心头的一泓融融暖流。

20世纪50年代中期,六航校部分女军医和苏联专家夫人。这张珍贵照片记录了她们的飒爽英姿。杨凡提供

20世纪50年代校卫生处部分医护人员。右图右一为著名战斗英雄孙生禄烈士的妹妹孙淑华。姚军提供

20世纪50年代的一年"三八妇女节",女医护人员难得有休息时间。这是她们在营区中心花园留影

20世纪60年代初,校卫生处休养所的部分医护人员。姚军提供

20世纪50年代初，卫生处的医护人员为官兵表演文艺节目。杨凡、姚军提供

20世纪60年代末，校卫生处政治协理员虞佐尧带队慰问人民群众。
虞利亚、虞立红提供

  许多官兵、职工和家属子女还忘不了门诊所、休养所、卫生队那特有的静谧和消毒水味……那是一种温馨的回忆。

  20世纪70年代初一段时间，割扁桃体的人比较多，其中不少是家属子女。有的孩子从六航校休养所出来后炫耀："做手术一点不疼，冰棍还管够吃。"这一"八卦"口口相传，竟让不少没病的子女也向往住院了。吴小辉回忆："那时我还上小学，是孙堡垒医生为我做的手术，记得当时让我坐好、蒙起眼睛，还没来得及感觉疼就做完了。医术真的不错!"

当然,割除免疫器官是当时医学的局限,而吃冰棍是术前医生为消炎康复做的叮嘱,需要患儿家长提前备上冰桶到冰棍房买好(那时六航校的牛奶冰棍实在太好吃)。但也从另一个方面说明,那时六航校医护人员是值得信任和托付的!

当然也有不愿意住院的。有一个政治部科长的小女孩,有点小病,因为父亲下团、母亲在外地工作,就住进了休养所。对这样的孩子,医护人员会给予更多的照顾。但这个女孩平时淘气得出名,住院更不是"省油的灯",刚进去就哭着闹着要出院,看达不到目的就把鼻涕往墙上抹……医护人员哭笑不得,打不得骂不得,只能耐心地哄她玩,直到其痊愈、家长回来。

除了医疗诊治,六航校医护人员大量的工作是防病防疫。她们要经常到基层连队和家属区,进行卫生知识的普及、灭蝇杀虫的消毒和预防接种,还要对各食堂及营区角角落落进行卫生监督……为提高官兵、职工和家属的健康水平,做了大量繁杂细致的工作。

60年代末,卫生处护士张雪琴为校直汽车连官兵讲授卫生防病知识

1953年,刘亚楼指示给空勤灶配营养护士,要求讲究营养卫生。六航校很快按要求配齐。营养护士们积极发挥作用。60年代十八期乙班飞行学员米允林,在《长空情》一书中回忆了六航校空勤灶的卫生环境:"刚到六航校,走进空勤灶食堂,真有点怀疑我们自己走错了地方。食堂里面打扫得极为干净,周边窗户挂着浅花透白的纱布窗帘,桌上铺着雪白的台布,与红色的木地板相互映衬,显得清

新雅致,超凡脱俗。我们用餐过程中,炊事班正副班长以及营养医生和护士不停地巡察……"

游潜智回忆:"六航校早期的卫生处笪处长、中期的张绍武处长、三团医务主任王健等,都是抗战前后入伍的老同志,为六航校的卫生建设和官兵的身体健康做了很多工作。还有一批航空军医,尽职尽责、勤勤恳恳地为飞行员服务,对飞行教学员的身体情况了如指掌,每场飞行都必到现场……他们令人尊敬和怀念!"

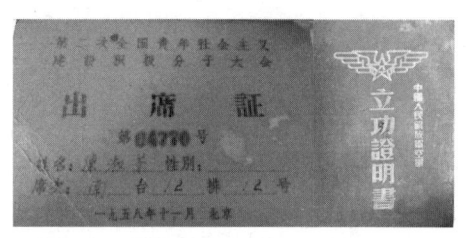

陈淑芳的部分荣誉证书

六航校医护人员中有不少先进分子。护士陈淑芳是空勤家属,从空军某疗养院调入老二团卫生队,后到校卫生处工作。1958年11月,她出席过第二次全国青年积极分子代表大会,1959年1月荣立二等功。60年代末,是六航校参加北空党代会的代表之一。

据陈淑芳回忆,当年在老二团卫生队,遇到西鸭鸽营村一位村民煤气中毒,曾口对口呼吸救了患者;怀第二个孩子的时候,还常骑自行车上门为家属打针送药,一次返回时撞在树上,幸亏抱住了树干才没有摔倒……在六航校,像陈淑芳这样热心为患者服务的医护人员还有很多。

空军的机场都有一个突出特点,就是官兵住得很分散,内场外场、各个小点……护士刘晶晶回忆:"刚毕业分到老二团卫生队时,领导要求我加强学习,要像老同志那样成为多面手,必要时能独当一面,同时还要求把骑自行车也当成基本技能之一。那时在营区内外,经常能看到我们这些骑着自行车走基层、为官兵和家属服务的'白衣使者'。我们保持着勤俭节约的传统,用过的绷带要回收洗净,冬天洗绷带，我的手都被冻红肿了……"

20 世纪 60 年代，空军老艺术家阎肃同志的夫人李文辉也在六航校卫生处任过军医。上世纪 90 年代，阎老曾向笔者谈起过那段往事……

军营里的医者仁心，悄然变成官兵的深深记忆。老二团气象

70 年代末，老二团卫生队的部分干部为军医于莉（前排右二）转业送行。姚军提供

测报员唐柏荣告诉笔者："1962 年年底到 1963 年初，我经常头疼、失眠。因为气象台夜班多，其他几个同志也有过头疼的毛病，我就以为是值夜班导致的神经性头疼，但其他同志吃药后就好了，而我却没有好转，甚至一度影响了工作，领导征求我意见是否调一下岗位。后来卫生所一位医生（记不住名字了）和我聊天，发现我说话瓮声瓮气、呼吸气粗，怀疑是因鼻炎引起的头疼，便给我开了一张到 467 医院五官科的介绍信。我当时还不理解，后经医院检查确定为：鼻息肉伴左上额窦炎。住院手术治疗后康复。我很佩服医务人员的责任心和精准判断，55 年过去了，借此机会再次向他们致谢！"

老二团老班长张溢传也珍藏着一段记忆："1965 年夏天的一个星期日上午，我和几个战友打篮球，突然感到肚子疼痛难忍，正好卫生所姜所长、李医生在球场边看到，马上给我做了腹部的手诊检查。两位军医交换意见认为是阑尾炎，虽然不到很严重的程度，但需要尽快住院治疗。他们马上回到卫生所，为我开好了住院介绍信，同时打电话通知了连队领导。老二团距鸭鸽营火车站不到 1 公里，那时每天有两班火车，我收拾好换洗衣服，看还有时间便又跑到球场边看球。卫生所离球场不远，姜所长和李医生发现了我，着急地催

促：你这个小子还不快去火车站，错过火车事情就大了！同时再三嘱咐：到石家庄下车后不要停留，马上到医院。我按医嘱顺利到467医院，医生看后当天晚上就为我做了阑尾切除手术。术后医生说：耽误了阑尾会穿孔的，如果变成腹腔炎症就麻烦了，你们卫生所诊断是准确及时的。术后第6天，我就出院归队了。刚到部队就跑到卫生所，向姜所长和李医生立正行了一个标准的军礼。二位军医查看了我的伤口，说恢复得非常好！"

司药王冬红回忆："老二团卫生队不大，总保持十来个人，但本科生不少，刘桂昌、张启来、王玉红、辛海川、张卫东、龙海冰……主要毕业于四医大、二医大和空军军医学校。正是这些科班生的脊梁作用，才有了卫生队及航卫工作的正常运行。最让人佩服的是张启来医生，他医术高明，1976年，老索（王冬红丈夫）感冒浑身无力，张医生诊断为急性心肌炎，在467住了两个月院，一年后恢复了健康。1983年我大女儿感冒，肚子痛、呕吐，张医生诊断为急腹症，很快在467做了肠梗阻手术……真是后怕，简直是神医呀！护士长陈德润、李斌等领导的护士班不仅为官兵、家属服务，还给老百姓打针、包扎伤口。那时药房只有两人，要采购、拿药、熬中药。在队长带领下，卫生队在油库种了不少黄芪，门前种了不少枸杞，弥补了经费的不足。航医季长春、辛海川、张卫东、龙海冰等，对每位飞行员的健康都了如指掌。那时，随军家属也比较多，子女、保姆每人每年交1元8角，就可以到卫生队和军队医院就医……"

说到老二团卫生队，有件事笔者印象很深：大约1987年夏季的一个飞行日，笔者正在外场，卫生队电话报告，家属工厂的一名干部从卡车上掉下摔伤。笔者急忙赶到卫生队，医生（记不住姓名了）

告知：伤者没有明显外伤，但是后脑勺着地，脑部神经可能受损，已紧急送往467医院。后面的情况是，一个多小时后，患者刚到医院就无法自行站立行走了，医院抢救无效去世。事实证明，医生最初判断十分准确、处置及时有力。场站在妥善处理后事、认真吸取教训的同时，对卫生队和医生提出表扬。那些年，老二团卫生队没有出现过误诊和大的医疗差错，是值得信赖的集体。

笔者后来调上级机关，有几年因分管工作对基层医护干部（包括航医）队伍比较了解，一些年里基层军医缺编多、招不进、水平低等问题，成了困扰空军基层建设的难题之一……而回想80年代的老二团，尽管条件比较简陋，但医护人员基本满编，医护水平也比较高，卫勤保障是有力的。这也是老二团官兵、职工和家属之幸！

当然，在六航校的历史上，卫生工作也有过深刻教训。早年某训练团的肝炎病例一度增多，惊动了空军首长。笔者查看了当年的调查报告，从分析看，原因比较复杂，教训也很多……经过医护人员和官兵的共同努力，最终战胜了疾病，扭转了被动局面，卫生工作有了新的进步。

六航校创建时期，医护人员中有着很多感人的故事，但很遗憾未能更多地征集到。自有了微信，老二团建起了几个不小的微信群，一些领导和战友在里面回忆了一件又一件的团队往事，尽管时间久远，但经过悉心寻绎，还原出了下面一个故事——

老二团所在的河北省临城县西部主要是山区，煤矿较多，在七八十年代发生过数次矿难事故。只要人民群众需求，老二团的医护人员总会出现在救援现场。撤编前最后一次救援，是在1986年8月一个周日的下午，当天部队正在休息，临城县一个煤矿发生瓦斯爆炸。那天电话不通，鸭鸽营乡的公安干警老陈跑到团里求援，政治处杨永芳主任接待了他……十几分钟后，政委钱守忠带一辆吉普车和一辆救护车（司机朱占革、李西莽），载着卫生队长辛海川、医生龚胜先、护士长陈德润、护士李斌、王宣娥、刘晶晶、刘玉华，卫生员王海林、魏长岭、王长友、张双柱、李敬荣等人的医疗队，向事故地疾驶而去。河北省、卫生厅、临城县有关领导都已在现场。这场事故远比想象的严重，从井下抬出来的数十名矿工都已被烧得面目皆非，有的身体烧焦变形……医护人员中谁也没有见过这样惨烈的情景！根据任务要求，官兵每三人一组，一名干部带两名战士，对井下抬上来的人做心脏复苏抢救，量一次血压和脉搏心跳，没有生命迹象的也打一支强心针。确认没有生命体征的，就抬到空地摆放整齐，做清理整容……

1987年老二团卫生队部分官兵，其中多数参加了这次矿难救援

钱守忠政委得知井下抢救要往返几十公里，还有一些人没有抢救出来，就向在场的河北省领导请战，请求派部队人员下井。医疗队的官兵不分男女都争着要下井救援（后因专业矿山救护人员赶到没有下去）。直到次日凌晨，官兵们才十分疲惫地返回营区。那几天，参加救援的官兵一闭上眼睛，脑海里出现的就是那惨烈的场面、烧焦的尸体……

岁月，恍如白驹过隙，不知不觉中让年轻的人们变得鬓霜苍颜！然而，奋斗的青春却留在了人们心中……六航校医护人员青春飞扬、救死扶伤的形象，成为很多官兵军旅记忆的一部分，也给职工、家属和人民群众留下难忘的印象！有一个电影导演说：每一个战士心中都住着一个文工团员。其实，官兵真正认可的说法是：每个当过兵的人，心里都永远记得几位白衣战士。因为，官兵们懂得，她们是自己生命的"保护神"。

六航校的不少二代子女，也受医护人员榜样力量的影响，萌生了长大参军从医的愿望。后来确有相当数量的女孩子实现了这一理想，成为治病救人的"白衣战士"，有的还成长为高级专家、知名教授……

90年代初，六飞院卫生科（航校和卫生处的名称已更改）医护人员骨干中，有好几位就是六航校二代子女。霍晓荣提供

有一年夏季的傍晚，笔者在空军总医院的一间办公室里见到军医孙淑华前辈。这时她已是一名重症患者，笔者也知道她的病情，但在她的脸上，却看不到一点消沉和忧伤。笔者想安慰她几句，竟笨拙得一时不知该说些什么。反而是她微笑着、饶有兴致地向笔者谈起了六航校的往事……时隔不久，便惊悉她驾鹤西去！笔者联想起，1993年抗美援朝战争胜利40年前夕，扩建的中国人民抗美援朝纪念馆竣工，正式开展前几天，孙淑华和22位健在的志愿军首长、幸存的部分战斗英雄受邀参观展览。在哥哥孙生禄的大幅照片及其生前驾驶的涂有7颗红星的08号米格-15战机前（志愿军飞行员每击落击伤一架敌机，就在飞机上喷涂一颗红星。孙生

从左至右：晚年的孙淑华、于莉、赵秀霞三位六航校早期的女军医。姚军提供

禄曾击落敌机6架、击伤1架），孙淑华热泪涌流、轻轻抚摸着久久不肯离去……

　　笔者似乎看到，在云淡风轻的天堂里，她见到了多少年日夜思念的哥哥孙生禄！那种英雄兄妹相聚的欢乐与美好，远比尘世间经受病痛的折磨要好得多……

　　恰在此章完稿之时，得知原六航校护士相肖兵于7月15日因病去世。相肖兵60年代初入伍到六航校，本书记述六航校宣传队的内容中也提到过她。40年多前，她随当飞行教员的爱人从校部调到老二团工作，很不幸的是，爱人在1977年3月一次新科目训练中坠机牺牲，留给了相肖兵一双幼小的儿女……空勤家属遭遇这种事是最大的不幸和苦痛，也是对空军建设最大的付出！值此，对相肖兵同志深表哀悼！

　　记下以上的一点文字，也是对六航校早期医护人员的追忆、谢意和致敬！

第十三章 六航校创建初期的家属子女工作

部队家属子女工作，是官兵最重要的切身利益，与部队的安全稳定和战斗力提高密切相关，所以一直受到各级党委领导的重视。做好这项工作，是政治工作的重要内容，也是我军的一个优良传统。

20世纪50年代初期，六航校刚迁入涿县新营区时部分家属子女。王晓勇、王晓剑提供

六航校及各团有很多的家属子女，特别是在几十年前，家属子女不论长期随军的还是临时来队的，不论是在校部的还在训练团的，也不论在部队生活的时间或长或短，都会被那里的"蓝天白云""清风明月"拴住了心、留住了情。多少年过去了，还常常萦绕在心头，成为很多人心中的"诗和远方"！

高杰至今还记得：父亲高继忠加入六航校后，忙于飞行大队的工作，没有时间顾及在新疆的妻子儿女。1950年10月，六航校领导安排专人，将母亲和哥哥、姐姐接到了北京随军，与父亲团聚。

杨晓玮出生在六航校，但4岁时就随军人父母到西安了。几十年了，她把儿时对六航校的印象和父母的点滴回忆铭刻在心上，为笔者提供了很多有价值的史料、素材和线索。她表示，虽然很小就离开涿县，但也是六航校子弟，这份情怀一直在心中，所以特别关注六航校的信息。

一、建校之初就形成了好传统

齐中玉是六航校四期甲班学员，建校之初在飞行二大队学习。他曾写下这样一段往事：

> 1952年年初，我母亲从河北老家来队看我。部队的领导和同学们对我母亲特别热情，大队长高继忠、中队长于守水、教员谢力士和同学们都来看望，对我母亲问长问短、问寒问暖。高大队长的床、全部铺盖，包括毛毯等都让给我母亲用。同志们主动打来饭菜给我母亲，晚上还带我母亲看电影，我记得是苏联《卡道夫斯基》。这是我母亲有生第一次看电影！看到领导和同志们如此热情，我母亲住了两天就要求回老家。走前对高大队长说：我儿子有这么好的部队，有这么好的领导和同志们，我非常高兴和放心。我回去后要好好宣扬部队这样的好作风！

短短两天，齐中玉的母亲感受到了我军的优良传统作风，齐中玉也受到很大的激励和鞭策，他回忆说："我从此学习更加尽心尽力，毕业时取得了优异成绩。"

六航校创建初期，也是新中国刚刚从战争年代转入和平时期，征战的军人们逐渐安顿下来,家属子女也陆续增多……生活服务、教育管理、幼儿园和子弟学校建设等问题纷至沓来,给六航校的创建者们增加了新的课题,也是不小的难题。

杜甫曾这样描写自己的分居生活:"老妻寄异县,十口隔风雪。"他诗中的"老妻"其实不老,杜甫那时才30多岁,妻子杨氏小他11岁。由于常年奔波,杜甫总觉得愧对妻子,因此还写下"何日干戈尽,飘飘愧老妻"。而解放军官兵的境界、胸怀和追求,显然是"诗圣"及其诗意所不能及的。

六航校创业前辈们经历过战争年代和苦难的日子,对来之不易的一切倍感珍惜。他们放在第一位的始终是工作,第二位的就是老人了。那时很多干部的父母在农村,工作生活稳定后,够随军条件的,许多就把老人接到部队,来不了的就按月寄钱回去。而对妻子和儿女,就很难有时间、有精力关心到。实行薪金制以后,军官收入相对较高,但由于要赡养老人,孩子也逐渐增多,不少还与家属两地分居,所以在经济上都不宽裕,生活也都过得十分简单。在他们的观念里,没有当代人的"宠爱""亲子""陪伴"……他们虽然表达的方式很单一,但绝非不懂"爱",而是在特殊年代肩上背负得太多,情感也深埋在心中!

20世纪50年代,老二团飞行中队长杨保芝周末与家人团聚。这温馨的瞬间十分感人! 徐建中摄

六航校驻地分散,官兵与家属分居是再正常不过的事情了,几乎每个人都经历过。就是家属在同一个营区,很多干部也不是每天能回家。尤其是飞行人员,由于职业特殊,为了保证他们足够的时间休息,能集中精力训练,空军有很多规定和要求,如只准

飞行员星期六晚上回家过夜（因天气倒休除外），星期日晚上7点前归队，平时都要食宿在飞行大队。这也被称为"星期六制度"。

尤其空勤家属，由于丈夫从事高风险职业，思想和生活的压力都很大……为了做好家属子女工作，特别是空勤家属工作，各

老二团政治处主任施嘉达（右一）与家属代表杨林泉（女）研究如何做好家属工作。中间为干事徐建中。徐建中提供

级政治机关很早就有专人负责，各级也都十分重视。上面这张照片是上世纪50年代老二团建团不久，政治机关研究家属工作的情形。这也是笔者看到的六航校唯一有关此内容的历史图片。

上世纪50年代当飞行教员的鲁开阳，写下过这样一段回忆："50年代初期，由于缺乏经验、训练组织不严密、教学水平低、机械故障多，以及飞机设计构造缺陷等，飞行事故比较严重。1953年2月27日，我亲眼看到因对气象条件把关不严，高经葆同志一等事故的现场。高经葆是山东沂蒙人，1947年入伍，离家前仓促结婚，一直到1951年在保定学飞行，妻子来队才见面。1952年年底，妻子第二次来队，住了两个多月。她万万没想到，当她还在火车上憧憬着到家如何安排过正月十五时，丈夫已永远离开了这个世界。那年冬，她生下了高经葆的遗腹女。因为当时高不具备家属随军条件，他牺牲后，妻女只能由民政部门抚恤。村里给了一些补贴和工分。母女俩相依为命，艰难度日。上世纪六七十年代，母女俩几次来校求助，每次六航校都尽可能给些帮助。有一次她们住在家属招待所，热心人给高妻介绍了一个同乡志愿兵，谈上了对象，后来结了婚。按规定志愿兵不允许在驻地恋爱结婚，更不可能随军。但是，出于以上

特殊情况，学校特批女方随军，并安排在家属五七厂上班。80年代中期，志愿兵复员，女方随同返乡。90年代初，女方搀扶着颤颤巍巍的老母突然来到学院。她母亲已是胃癌晚期，日子实在过不下去了。这时机关同志大多不了解她们的情况，向我询问，即以实相告。学院抱着极大同情，再次给予援助……"

老二团政治处干事赵国权回忆："有一年团里发生事故几天后，全团在礼堂开会整顿，规定不准请假。刚好一位飞行教员的爱人来队，领导就派我到鸭鸽营火车站去接。接到后我解释了教员没来的原因，她问今天这么好的天气怎么没飞行，我说前两天刚发生飞行事故，全团正在整顿。她听后扑通一下坐在地上，问是不是她那口子出了问题。尽管我一再说明，但她就是不信，还伤心地大哭。一个战友路过向她解释也无用，只好跑回部队报告，直到其丈夫赶来才消除误会。"

从这些回忆可见，空勤家属在生活中承受的压力，特别是飞行员牺牲后家属生活的艰难……而六航校的各级组织、战友和官兵们，尽可能地给予关照。

老二团场务排老班长张溢传回忆："那时领导很重视家属工作，为了减少飞行教员为家庭的事情分心，我们经常被安排去家属区帮助做些体力劳动，如打扫环境卫生、用排子车拉煤、拉大白菜等。看电影时，也把最好的位置留给家属。农场收获时间紧任务重，家属们也主动参加义务劳动，自觉贡献力量。官兵和家属同志的关系很和谐。"

一名老二团子女"天天向上"留言：有一次，因为看错时间，半夜两点就去上学了，被门口的警卫叔叔拦了下来……太感谢当年的他们了！

诗人白居易，把家形容成"海角与天涯的心安"。六航校的家属们，就是"温馨港湾"的建设者、守护者。她们默默地支持亲人的事业和工作，克服种种困难，在当好"贤内助"中奉献着自己。同时，还尽可能地为官兵做实事，支持部队建设。

老二团气象台测报员唐柏荣记得："60年代团政治处有一位卢干事负责群众工作和家属工作，经常组织家属为官兵做好事。气象台为保证飞行经常值夜班，夜班后一些同志把衣服泡在洗漱室，上午补觉后发现衣服没了，后来在晒衣场找到自己的衣服，一问才知道是卢干事组织家属们洗的。1963年春节，台长张明超的爱人为了让我们这些南方兵少想家，特意为我们做了红烧肉和大米饭；副台长金一鸣的爱人张佩瑶在石家庄医学院工作，每次来队总和我们这些战士拉家常，像大姐姐一样鼓励我们刻苦学习、努力工作……很多干部子女比我们小不了几岁，见面都会礼貌地招呼'叔叔好'，那种亲切感像同在一个大家庭！"

五六十年代，六航校家属院里的孩子很多，一般家庭都有两三个以上，最多的有八九个子女。有的家属在外地工作，军官们工作忙、出差多，照顾孩子就成了大难题。而那个年代左邻右舍的关系都很好，相互关心照顾也蔚然成风。对家长不在的孩子，邻居们会主动帮助看护，而孩子跑到邻居家吃

50年代中期，部分家属和基层官兵开展文化活动。陈国平提供

这张1963年的珍贵老照片清晰而生动。每个家属代表背后都有着一段精彩故事，但现在不得而知了！

饭也是常事……

六航校子弟王晓光回忆："我刚出生时母亲奶水不足。王学仕伯伯的夫人刘阿姨，那时生了个小姑娘叫王刘荣，奶水很足，小姑娘吃不完，就把我抱过去一起吃奶。刘阿姨对我有哺育之恩。"

杨晓玮也回忆："当时母亲在北京上班，邻居杨阿姨对我和哥姐照顾很多，至今难忘。"她所说的杨阿姨叫杨玉珍（卫生处协理员虞佐尧的夫人），心地善良，对许多邻居的孩子都热情关照过。杨晓玮还补充道："还有一位在校图书馆工作的张淑敏阿姨（干部植善柱的夫人），对我们一家人也给予了很多照顾。"

被空军评为"优秀空勤家属标兵"的三团家属樊晋（左）

六航校为解决军官们的后顾之忧，上世纪 70 年代曾在家属区办起学生食堂，一日三餐，伙食费每月仅 7.5 元。很多随军或临时来队家属，积极关心部队建设，用己所长热情地为官兵辅导文化知识、拆洗被褥、缝补衣服、手把手教煮饭做菜、拉家常疏导心理……年轻官兵们称她们"大姐""大嫂""阿姨"。

说到空勤家属，上世纪 80 年代初，笔者在老二团当组织干事，了解到二大队一位出勤率高、带教质量好的教员，妻子是石家庄的一位普通女工，却是这位优秀飞行教员的强有力的"后盾"、名副其实的"贤内助"。在向领导汇报后，笔者写了篇稿件投给《空军报》，没想到很快见报，而且还在比较显著的位置。宣传干事赵士臣，在营区大喇叭里把这篇稿件广播了好几天。这位空勤家属受到上级政治机关通报表彰。

上世纪 60 年代，六航校还成立过专门负责家属子女工作的"家属大队"，并选配了有丰富工作经验的军官任大队长和政委。当时正值动乱时期，这个组织对于了解掌握家属子女情况、加强教育管理起到了积极的作用……

随军家属工作安置，历来是各级领导的"老大难"问题之一。六航校党委对此十分关注，政治机关始终作为工作重点之一，想了很多办法，投入大量精力，也取得了不少成效。本书前文写到，老二团政治处主任杨永芳当年协调临城县有关领导，到行署一次争取到 14 个家属招工指标。六航校及各团都建有不同规模的家

以上三张照片，是六七十年代在司令部附属单位、校直电机厂和军人服务社工作的部分家属职工。王晓勇、王晓剑等提供

属工厂，如校部的"电机厂"、司令部和后勤部附属单位、幼儿园等，也都是安置随军家属较多的单位。通过各级努力，在很多年里，六航校的随军家属基本都得到妥善安置，有较稳定的工作和收入……

二、幼儿园——让孩子开心、家长放心

1952 年，六航校从南苑迁入涿县新营区，幼儿园也随之建成。六航校的子女们从此有了生活和学习的美好乐园。当时幼儿园的工

作人员较多，其中有不少是女军人。由于是"供给制"时期，幼儿园的供应都是后勤部门保证，硬件、食宿和卫生当时都是一流的，从中也可以看出当时校领导的重视。

50年代初，校直幼儿园最早的孩子们和工作人员

六航校的家属子女与苏联专家夫人在一起。上图左四、下图后排右四是园长卢彦芬。赵红燕提供

早期的幼儿园园长卢艳芬回忆："五六十年代，校直及各团的军人，都可以把孩子送到校直幼儿园来，节假日由父母或各团来人接回。就是个别回不了家的，也会有老师专人照顾。孩子多的时候有200多人。"

建校之初，六航校有许多苏联专家，由于苏联卫国战争结束不久，这些专家十分珍惜家庭生活，很多人携家眷而来。校直幼儿园毗邻专家宿舍，因此也成了夫人及孩子喜欢光顾的地方。六航校家属热情友好地对待专家及其家眷，与她们结下了友谊……

六航校各团的幼儿园是何时建立的？笔者查到了有关资料：1980年1月，北空政治部报请空军政治部：六航校4个训练团正式建立幼儿园（五团的学龄前儿童已由校直幼儿园负责）。当时一团有随军家属114户、学龄前儿童50名，申请床位50张；二团有随军家属53户、学龄前儿童23名，申请床位25张；三团有随军家属69户、学龄前儿童37名，申请床位30张；四团有随军家属56户、学龄前儿童22名，申请床位20张。之后的建设情况不得而知……

20世纪50年代，飞行干部高登奎训练余暇与幼儿园孩子游戏、讲解飞行知识。此照曾被多家媒体刊载。徐建中摄

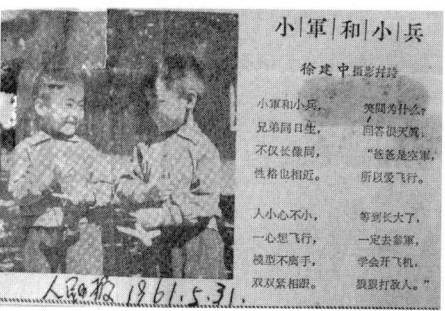

幼儿园里的这对双胞胎兄弟，是老二团政委汤涛的孩子。此图文曾被《人民日报》等多家媒体刊发。徐建中摄影、撰诗报道

三、让临时来队家属子女享受美好时光

家属子女每年来队探亲，是部队一道特有的景观。夏季也是中小学生的暑假，六航校各营区里的孩子一下多出了很多，像一

20世纪70年代末，校直幼儿园的老师们

群群远处飞来的快乐小鸟……

　　尽管那时条件有限，住房比较少，但各单位发扬了好的传统和作风，就像建校之初飞行二大队领导接待齐中玉母亲那样，热情积极地为她们提供各种方便。招待所住不下，就把办公用房、教学用房、储藏室等腾出来。官兵宁可自己挤一点、难一点，也要尽力照顾好临时来队家属，满足她们的生活需要，使她们在有限的假期里过得舒心愉快。官兵有时还把食堂的热饭菜、连队自产蔬菜送上门，食堂会餐也一定会把她们请过来……那些热情朴实的官兵、比游乐场还热闹的运动场、看电影前整齐的列队和拉歌赛歌、一架架战鹰飞向云霄的壮景……给很多家属子女留下了终生难忘的印象，也成就了她们心中对军人的永恒仰慕！

　　陈献敏是原六飞院政治部副主任陈为全的女儿，年幼时曾来队探亲，以后又随军生活，在涿州、鸭鸽营机场都住过。当她看到笔者写老二团的文章后，对部队的感情和怀念涌上心头、流淌在笔端——

拉琴的男孩叫刘鹏、右一是其妹妹刘佳（政治部主任刘汉波的儿女），右二是陈浩洋（飞行干部陈昌金之女），右三是王海凌（飞行干部王书章之女）。刘鹏的手风琴技法，是假期中向幼儿园教师张杰（校副参谋长张宗辕之女）学习的。李玉霞摄

　　那里有我最撒欢折腾自由快乐的童年。翻墙、爬树、捞鱼、养蚕、捉知了猴，漫山遍野地探险，在训练飞行员的器械上玩360度旋转，当个不知天高地厚的野丫头。一群志同道合的小伙伴，费尽心思把每一天都过得鲜活生动、浓墨重彩。我在鸭鸽营小学上课，农村孩子的学费是15斤麦子，部队孩子得交100元"高

学费"。教室很简陋,但大家学得都很认真。当地的孩子很淳朴,对我们也很好奇,有时放学会偷偷跟在我们后头,想看看高墙里神秘的营房;甚至老师有时都会早放学,好让我们带她们悄悄去部队澡堂洗个痛快的热水澡;他们也会带我们去"赶集",集市上有很多"宝贝":贴画、小吃、小文具等。每到麦收季节,当地孩子们都得回家帮忙干农活,我们跟着放"麦假",多出了很多自由时光……

这段真情实感的回忆文字,引起很多原六航校子女甚至驻地乡村孩子的关注和共鸣,很快在留言中被"置顶",阅读量达2万。

童年时的孙飞

黄素贞和儿子伍永宏

张明华和儿子张伟

童年时的赵刚

这四张照片，左上图是原副团长孙文超之子孙飞，在老二团农场前的道路上学会了骑自行车。背景里有外场指挥车、外场用房。这张照片让一家人经常回味。右上图是原政治处副主任武仕强的妻子黄素贞和儿子伍永宏，伍永宏每次到部队都对滚轮等训练器材兴趣盎然，至今还时时怀念部队的生活。左下图是志愿兵张明华和儿子张伟，张明华是1977年停飞的学员，改做了机务工作。1982年母子来队探亲期间，张明华特意抱着儿子在自己维护的36号飞机前留念。右下图是原场站副站长赵金才之子赵刚，赵刚自小以军人父亲为自豪和动力，学习成绩突出，南京大学博士毕业后留校任教。老赵现在时常以儿子为自豪和骄傲了。其实，照片中的孩子和六航校许多子女都很优秀，很多人已经成为本单位、本专业的骨干或领导。

四、为子女教育辛勤工作、默默奉献的教师们

20世纪70年代初，六航校子弟学校的部分教师。二排左二王玉杰、三排左二孙淑兰等，是"育红小学"的元老。

在记述六航校子弟学校之前，先要说说当年的老师们。她们基本是受过高等院校、师范学校等良好教育的随军家属，有的还是女军人转业的，都有着优良的素质。她们熟悉军人的工作特点，为了培养学生、解除军官们的后顾之忧，做出很多牺牲与奉献。

第十三章　六航校创建初期的家属子女工作　323

这两张图片是70年代中后期的老师。这时的教师成分有所改变，有的不是部队家属了

以上图片，有一位老师未出现，但笔者要特别写一写。姜澄昭，中国人民大学法律系教师。其爱人徐崇坪曾是六航校政治部宣传科长。1969年因"一号命令"，她从北京到了六航校，半年后回到本单位的江西"五七干校"。那时六航校子女学校很缺师资，在领导协调下，姜老师在初中班（也是当时最高的年级班）代语文和俄语课。她学养深厚、睿智干练，讲课深入浅出、循循善诱，和蔼

姜澄昭老师（前排右一）与上海的六航校部分校友和家属。前排左一、左二是李翔芝和朱宗玉夫妇（分别为原校卫生处护士、宣传科副科长）；后排左一是徐月英（原校政治教员郑承敏的夫人），左二、左三是葛锦林和朱东夫妇（朱东原为校电影组组长），左四、左五是叶美娟和黄长福夫妇（黄长福原为校政治教员），左六、左七是张勤花和郭巧林夫妇（郭巧林原为校政治教员）。郭巧林提供

可亲。虽是大学老师,但教育小孩子也很用心,讲课针对性强,很受学生欢迎。她至今不知道,那时她为一个迷茫懵懂的少年推开了一扇窗,让他第一次真正感受到知识的绚烂与魅力。这个学生就是笔者本人。多年后,当笔者能胜任高级机关的文字工作,工余发表上百万字的作品,出访外军还用到她启蒙的俄语,都会心生对姜澄昭等老师的感恩之情。为了记住她,笔者在一部长篇小说中还使用了她的名字。巧合的是,徐崇坪前辈后来还是笔者上军校时的教官。

那个时代,有着很多值得留恋和记忆的人和事!为了留住那份美好、向尊敬的老师们致敬,也献给六航校的前辈及善良的同窗发小,笔者曾尝试写了一部名为《同窗会》的长篇小说,背景就是六航校。除一些故事情节外,里面许多人物原型来自六航校及子弟学校。

不少看过这本书的部队子弟对笔者说:仿佛回到了那个年代,看到了自己的影子!一篇水平很高、署名"木白"的书评《寻找心灵的安处》,出现在教育部中国大学生网、中国空军网、中国作家网等媒体,并广为流传……此书获空军"蓝天文艺创作奖"。由书中一首歌词创作的歌曲《青春我们一起走过》传播更广,各种版本的MV和音频点击量已逾百万。

五、子弟学校——快乐与苦涩的回忆

1952年六航校迁到了涿县新址后,在部队降生和随军的子女迅速增加。于是上世纪50年代末，在营区内西北建起一个子弟学校，不久迁入南营门外一座独立的崭新院落。创业前辈们赋予了它一个很阳光的名字——育红小学。

当年任教务主任的孙淑兰老师回忆：这是一所完全意义的军官子弟学校，在北京军区空军指导下建立，隶属北空育翔小学（校址在北京西城区报子胡同），使用的教材也是北京市的。当时只有4个年级，四年级以上转到育翔，后来因北京不接收外地户口未再办理。学校由六航校干部科代管，当时是副科长宋家臣负责。生活保障由后勤部负责。因是空军划片接收子女，学生不少来自北京、天津、河北、山东等地空军部队。全校约200多人。学生入学须经北空干部部批准，一般要求是大尉以上军官的子女。校长开始是地方的同志，以后张毅政委的爱人杨红波担任过一段时间。后来是干部科干事曹心田中尉任副校长，一团场站政委于玺大尉任协理员。

育红小学的校舍是一个大四合院，4幢南北朝向的大房子是教室和宿舍，两幢东西朝向的是食堂、仓库等。院里树木郁郁葱葱、小鸟啼鸣声声，学生课间玩耍不用出院子，就寝还有蝉鸣、蛙声、虫语相伴……每半天课程结束前，食堂抽风机低声轰鸣、飘来饭菜香味，引得不少孩子口水直流。受当时空军作风的影响，对学生的管理和作息时间要求比较严格。有专门的生活老师和"夜班大娘"，负责照看学生日常生活和业余时间的安全。据较早入学的王晓光、李端明等回忆，因为学生都小，生活不能完全自理，换洗衣服等就很麻烦，所以生活老师很忙，脏衣服要定时收集好，送到营区里的"洗衣房"。为了避免丢失，孩子入学时家长要在衣物上标注孩子姓名。当时叫"王晓光"的就有两三个，大王晓光的父亲在开原工作过，脸盆就写上了"东北开原王晓光"。衣服洗净烘干回来，"找衣服"

成了一景：生活老师把衣服摊在两张大床上，孩子们乱哄哄地翻找标有自己姓名的衣服，拿错的现象时有发生。

学校实行寄宿制，家在外地训练团或校部的子女，都可以在校食宿。寒暑假时，各团会派专人把孩子们安全接回家。个别父母工作忙没时间，孩子依然可以留校，有值班老师照顾。在育红小学就读过4年的空军杨村基地子女闫春燕回忆："我就是一个经常因为家长没时间接，而在假期滞留学校的学生，曾得到老师无微不至的关怀和照顾……育红给了我温暖的培养，是我心中'梦'开始的地方！"

王晓光、李端明还回忆：当时学的北京课本较河北的要深，后和潘国安、杨毅等转到涿县西丁市口小学上五年级，学习成绩明显要优于地方的同学。育红的音乐课、体育课也都健全正规，现在的一点乐理基础还是那时打下的。

这张奖状是王晓光母亲为他保存下来的。虽然只是一张劳动奖状，却反映出当时学校注重德智体美劳全面培养学生……细看这张奖状，还是北空下发的，制作得很正规。

育红小学大门外是六航校宽阔的运动场。运动器械、足球场、篮球场、游泳池依次排列，既是飞行员和官兵的训练场，也是孩子们的大乐园。器械沙坑也是他们爱玩耍的地方。玩累了，就躺在沙坑里、草地上，仰望蓝天白云、夜空繁星，生出种种遐思畅想。隔着运动场，是卫生处的门诊部、休养所。

回望那"白云飘飘"的年代，这所学校的设计者和建设者，以及后来的一些管理者，都值得尊敬和钦佩！因为他们的眼界和胸怀，才有了高起点、高标准，给当时的孩子们创造出一个良好的学习和生活环境，在他们心底留住了许多美好和温暖的记忆。

那时各团的孩子也并非都上这所"育红"，有些是到驻地附近城市学校读书。如老二团的子女们，就在邢台市一所条件较好的陆军子弟学校住宿、读书。

1965年，出于加强子女教育、防止特殊化的考虑，军委扩大会研究了总政干部部关于子女学校移交地方的问题，从此军队逐渐取消了各级的子女学校。

上世纪60年代末，育红小学移交给地方，成为"西河公社机场学校"。各团的子女也到附近的城镇或农村学校就读。虽然"西河公社机场学校"一段时间仍主要是部队子女，校舍也还在营区，甚至办起初中班、高中班，但情况发生很大变化：教学内容不正规、授课时间及必要考试难以保证，教学质量明显下降；而且条件越来越差，校舍从南搬到北、从里搬到外，甚至一段时间学生围着砖头支起的门板当课桌……这种情况下，学生失去了必要的约束和压力，"自由"地沉浸在运动场、浪迹于营区内外。

当时吸引很多子女的是篮球，这项运动在六航校素有传统。子女学校的教师姬龙贵曾是专业体操运动员，和爱人宋成发（六航校体育教员）均毕业于沈阳体院，对篮球也比较熟悉。在她的组织引导下，子女们成立了男、女篮球队。

"篮球队"初建时水平很低，曾在和涿县一中篮球队比赛中大败。以后经过飞行干部赵晶、付中林的辅导，水平才不断提高。几位长者用业余时间的义务辅导，不仅丰富了子女的生活，也有利于他们健康成长。其中，有的孩子运动水平提高很快，参军后即被选

70年代初，六航校子女组成的男、女篮球队。夏友勋摄

这是孩子们夏季最喜欢的游泳池

当年的部分小演员，从左至右：王建华、丁英、王兰英

入了师、军以上单位的准专业或专业代表队，在军队大型竞赛中成绩突出、荣立军功。

每年夏季，子女们最喜欢的运动就是游泳了。六航校泳池比较标准，管理严格，分管官兵也很负责。设有家属子女专场，开始前体育教员都要清点人数、带领做准备活动，组织得比较正规。所以六航校的子弟几乎都会游泳，而且从未发生过安全问题。

上世纪六七十年代，六航校的宣传队比较活跃，在校首长和政治部领导的支持下，同时带起了一个少年《红灯记》班子，颇受部队和家属们的欢迎。子女中一些人的艺术潜能也得以激发，如那时的"小李奶奶"丁英，参军后成为军区空军的文艺骨干。

随着"上山下乡"的洪流，没有上多少学的子女很多成为"知识青年"，去了生产建设兵团或广袤农村。1969年到内蒙古兵团的就有46人（多在十四五岁以下），其中还有几对姐妹、姐弟同行。1973年以后子女学校不再设高中，一些子女考取了涿县一中，这在当地也是最好的中学了。但毕业后"下乡"仍是主要去向，1974—1977年到边各庄"青年创业队"的子女有50多名。1975年4月，一名在创业队的子弟，养蜂途中遭遇车祸受重伤，六航校有关领导专程到外地医院看望，以后又送去药品，为成功挽救其生命做了积极努力。而在这之前和期间，更多的年龄更小的子女们到了校团的农场、教具厂等单位，经受了那里几乎所有的体力劳动：种粮种菜、脱坯烧砖、筛沙建房、喂牛养猪、赶车送菜、电镀像章……这些二代子女参加劳动少则一两年，多则三五年或更长，到内蒙古建设兵团有的长达10年，一名女知青曾在艰苦的连队怀孕生产，甚至有一名女知青病故，永远留在了边疆。

1969年到内蒙古建设兵团的部分子女

近日，笔者读到曾有多名六航校子女的原内蒙古建设兵团三师23团6连战友回忆书稿《剪一段时光》，可以

1974年到涿县边各庄"青年创业队"的部分子女

说是同类作品中的佳作。读后也重新认识了这些不同命运的六航校二代子女。他们经历的磨难和苦痛是不多见的，对人生的认识也是深刻而独到的……其吃苦精神、豁达、坚忍的优秀品质，十分突出。

1977年全国恢复高考，也给很多六航校二代子弟特别是下乡知青带来了福音。但由于文化基础薄弱，下乡和到兵团的子弟里，很少有人是通过考上大学离开的，大多是经过艰苦努力并按政策规定才陆续返城……

那时，也有一部分二代子女看起来比较"幸运"。这就是上世纪70年代初，赶上参军机会的几拨子女。他们圆了子承父业的"当兵梦"！但这些人只上到初中或高中一年级，实际文化程度可能还要低一些。有的参军时年龄很小，十八九岁就退伍了。

六航校二代子女学历教育的结果多年前已经显现。他们接受完整高中教育并考上大学的很少，取得研究生学历的更少！好在他们中的不少人，后来领悟并深刻认识到成长的缺陷和不足，有的抓紧在职学习弥补了一些，有的则在下一代的教育上做了很大投入……第三代人的情况的确发生了很大改观。六航校的一位前辈对此谈了看法：六航校二代子弟在动乱中受社会不良影响较少，这一点是有利条件，但如果他们在最需要启蒙的学龄期，正常的教育能接受多一些，少浪费一些时间，少耽误一些学业，很多人文化程度会高许多，为国家也会做出更多贡献，多数人的命运也会好许多。造成这种情况的原因是复杂的，有历史的、社会的，也有家庭的和个人的……应该说，这个认识是客观的。但历史没有"如果"，也不可以更改或重来，唯有在不断认识和反思中面对未来！

70年代中后期六航校部分二代子弟。岁月远去，记忆犹新……

综上所述，六航校创建时期的二三十年间，校党委领导对家属子女工作是重视的，尽了部队之所能，也取得了很多成绩。由于受动乱的影响，子女教育和整个社会的教育一样，受到很大冲击，走了很多弯路，经历了不少曲折……但总的来说，二代子弟还是快乐健康地成长起来，成为对国家和社会有用的人。其中，有些成为军队高中级指挥军官、高中级专业技术军官或文职干部，有的成为某一领域的专业人才、管理人才、有突出贡献者，有些成为所在单位的标兵模范，还有的成为知名的专家教授、博士研究生导师……

2010年、2016年秋季，六航校部分二代子弟和校友集聚涿州，通过播放《六航校创建历史短片》（笔者和韦云舟创作），以及诗歌朗诵、歌曲演唱等形式，怀念六航校创业前辈的激情岁月，畅叙同窗和战友情谊……原六飞院副政委刘汉波曾多年负责全校家属子女工作，熟悉很多创业时期的老同志及家属子女，也两次专程前往并深情致辞。2016年聚会时，一些空军知名青年歌舞演员也前来助兴。六航校4名二代子弟李京萍、缪永健、马新英、马勇深情朗诵的诗歌《金秋，岁月相约的时光》，也是出自笔者，摘录如下，并作为本章的结束——

> 我们带着青春少年的记忆，
> 在这金秋的日子里
> 相聚在——
> 一个呼唤我乳名的地方，
> 一个充满我童趣的地方，
> 一个我背起书包的地方，
> 一个我振翅启航的地方，

一个我魂牵梦绕的地方……
青春激情的浪花过后，
是无香真水的缓缓流淌。
长长的岁月悄悄逝去，
但我可以告慰父母、告慰老师：
虽然我没有成为壮阔的大海，
却像湍湍的小溪清澈流淌；
虽然我没有成为巍峨的高山，
却有着岩石般的性格磊落坦荡；
虽然我没有成为浓郁的森林
却有着青青小草的纯净爽朗……

附录

读者留言摘要

在本书出版之前，笔者用微信推出了系列文章，受到很多读者的热情关注。不少读者阅后认真留言，有的还专门写来长信（其中有几位是90岁上下的创业前辈）……真挚的文字各具特色，既是对笔者的鞭策，也是对史料的补充，其中不乏精彩字句，耐人回味，特摘录如下——

@徐建中：六航校的历史是空军发展史的重要组成部分，六航校也是空军的光荣！每看一次亦君的文章，都是一次美好的回忆、一次激情的享受。有的文章我含着热泪反复拜读……没有对六航校的热爱写不出这样充满激情的文章，没有对空军的一片真情也不会孜孜不倦地去追踪、发掘珍贵的历史素材。这是一笔超过黄金价值的精神财富，是一本空军纯正能量的教科书。感谢亦君的执着、勤奋、细腻又尊重历史的精神。

@鲁开阳：你的文章留下了空军历史的记忆，对老同志们是极大的鼓舞，对空军不断成长的新战友也是极大的鼓励。你写作严肃认真，做事高标准，为空军、为六航校献上了一份厚礼。你做了一件大好事，填补了一项空白，这件事非常有意义。成书后会是一部高质量的、不可多得的好书和历史文献……你点燃了我的激情，振奋了我的精神！

@常天民：资料翔实可靠，事例生动感人，读起来引人入胜、不忍释手，是难得一见、不可多得的爱国主义生动教材。英雄在天有灵，定会含笑九泉。亦君做了一件极有功德和意义的事。

@李次膺：读完文章很感动，很受教育。我是1950年末到六航校工作的，不少史实还是第一次读到。作者要把这些收集、整理、编写出来，每一步都需要付出巨大艰辛、顽强毅力和激情。做到这些是很不容易的，是以高度的责任感，通过长时间不懈努力，一点一点搜集起来的。我赞赏这种锲而不舍的精神，也感谢作者的贡献，希望空军的宝贵精神财富、光荣传统永远流传。

@刘汉波：作者不辞辛劳，从浩瀚资料中发掘难以发现的六航校史料，追根求源，辛苦查证，拾遗补阙，不仅为六航校增了辉，也是空军的宝贵精神财富，读后感人至深、回味无穷。承载责任和凝聚心血的新作，对更深入了解空军历史、学习前辈艰苦创业的生动事迹，传承六航校及老二团的优良传统、红色基因有着重要意义，对现在办校也仍有借鉴意义，是难得的革命英雄主义好教材，是向人民空军献上的厚礼！作为从六航校学飞起步、留校直至退休的人，我为母校骄傲和自豪！

@赵金才：每次读完亦君的文章都被感动，都有一种惊喜和耳目一新的感觉，我们还有这么多不知道的事情！早知刘亚楼司令员抓条令抓得真狠，样样争第一，看了文章才知道他抓空军全面建设，从无到有，敢抓敢闯，航校的一切都倾注了刘司令员的心血，都是按照毛主席、党中央和中央军委的指示，带领部队大步前进、发展壮大。像刘司令员、航校老前辈那样做人做事，才能自立于世界民族之林、永远立于不败之地。亦君真不容易，那么多人，那么多资料，提供资料的人各层次都有，人家把资料交给你，实际上是把信任、希望、担子交给了你。谢谢你这个有心人，不辞辛劳为后人留下了宝贵财富！我也为六航校有这样的著书人感到骄傲！

@厚德载物：一口气读完《刘亚楼与六航校》，真是一篇"重磅"的好文章！作者不仅是六校通，更是充满深厚感情，通过讲述刘司令员与六航校的故事，讴歌了老一代的创业精神，文笔流畅，故事感人，内容丰富，举证翔实。虽然六航校已经渐行渐远，但一代代六航校人的创业精神，已经融入空军发展壮大的血脉之中。

@苏国民：又读文章心潮翻卷！作者为鸭鸽营铸起一座丰碑，一座不曾显山露水的碑，一座梦牵几千战友心魂的碑，一座物质流逝但精神永存的碑。我们为老二团撤编而惜，但更为军精国强而振奋。再次谢谢作者，战友们因你的辛劳而收获很多很多，鸭鸽营因你的追寻变得丰满鲜活！

@钱守忠：作者做了一件有功德和意义的事，为老二团留下了永久的记忆，唤起了战友们的无限回忆，也激起了后人的奋起。看后思绪万千，心情久久不能平静！老一辈忘我工作，克服困难，打下了坚实基础；几代战友不懈努力，为空军建设做出了贡献。很多工作和荣誉过去没有听说过，经作者反映出来，给战友们脸上添了光彩，十分感谢！老部队不在了，但文章让我们看到军魂还在，对我们这些老军人也是一次系统再教育、是一次补课，对我们后代的教育更是功不可没！

@孙文超：我在六航校飞行、生活了22年，部队培养我成长。同时，部队的好传统、好作风也潜移默化地带给了爱人、孩子，使他们或多或少都有了军人的忠诚、勇敢、吃苦、耐劳、勇于争先的气质。这是外人不能了解的宝贵东西！感谢六航校老部队！感谢亦君，让我们又系统地回忆了激情燃烧的岁月！

@宋孟仁：六航校老前辈、老英雄的事迹非常生动感人，他们是中华民族的脊梁，他们的事迹和精神永远是激励我们前行的强大力量。作者系统整理和编写了一部好教材。你辛苦了！向英雄们致敬！向你致敬！

@姜澄昭：亦君怀着对军队、军营的浓重感情，下了不少功夫，重现了六航校几十年的军营生活和场景，十分亲切感人，是一份很好的历史文献！凡在六航校工作生活过的男女老少，一定特别感谢送给大家的这样一份宝贵礼物和贡献。我虽然只在六航校生活半年，但和许多充满活力与激情的青春少年在一起的情景，历历不忘，十分珍惜！感谢亦君对我的过誉和深情！

@高成义：传播人民军队文化的宝贵素材，了解空军发展的重要视角。赞赏！

@杨永芳：珍贵的史料、骄人的功绩，再现了六航校的辉煌历史。这既是空军的骄傲，也是六航校干部、战士、职工和家属的骄傲，是我们永远的记忆，是向新中国、人民空军及六航校70年的最好献礼！花了大量心血的亦君可敬可佩，历史不会忘记著史者的功劳！

@魏德明：我连看数遍，感谢作者辛苦收集资料整理成文，让我们重新回到部队的生活，太有重温感了，我为亦君的客观写作点赞！

@唐柏荣：反复拜读大作，心中久久不能平静。老前辈们克服各种困难，为空军建设做出极大贡献，许多事迹都是首次展现于世。时光荏苒，近70年过去了，许多事逐渐被人淡忘，而作者坚定担当起传承红色基因的重任。我与亦君素不相识，他不辞劳苦，殚精竭虑，笔耕不辍，让人感动和钦佩！文如其人，每每阅读文章，就像他叙说着彼此熟悉的人和事，并将许多尘封和淹没在历史中的故事娓娓道来，温馨而又亲切。他的博学和睿智，使我有相识恨晚的感觉。亦君的文章是培养有灵魂、有本事、有血性、有品德的新时代革命军人，永葆人民军队性质、宗旨、本色的绝好教材。我收藏好后几乎每天都要拜读……亦君同志，你为此的付出值了！

@岁月如歌：感谢作者书写六航校的传奇和辉煌的发展历程，我们将永远记住六航校，并将所有的文章、照片永久保存！

@相忘江湖：一个优秀的军人的一篇篇用心、用感情、用军人情怀写就的图文精彩的文章，如一坛老酒，历久弥香，足慰曾经的军旅！

@大海一滴张溢传：我 1963 年参军到六航校，深深感受了浓郁的学习氛围，不知不觉提高了文化和思想理论水平，为共产主义奋斗终生的世界观逐步形成，成了一名坚定的共产党员。退伍后依然保持了我军的优良传统，较好地完成了各级党组织在各个时期交办的各项任务，直至圆满退休。首都航校这么多精彩故事，亦君艰辛收集写作，让六航校及老二团的历史详细完整地保留展现，是一件好事幸事！谢谢亦君，希望尽早见到书！

@刘海岩：感谢作者用精湛的文笔和珍贵史料唤起了我对儿时的美好回忆！小时候我最羡慕身穿白大褂的医生护士，敬仰她们精湛的医技和热忱的服务。从那时起我立志长大也要当医生。若干年后我真的参军成为医务工作者并有幸回到了六航校！我终生难忘的地方，有父母工作的足迹、有我成长的快乐童年。父辈们为空军事业无私奉献，留下了宝贵的精神财富。

@董长有：看了文章感慨万千，心中掀起巨大波澜！感谢作者再现鸭鸽营的辉煌，再现战友们的英姿。鸭鸽营也是我工作战斗过的地方，是我多年魂牵梦萦的地方。我 1977 年从北京外国语学院毕业，分配到老二团机营股，由助理到股长，在那里成长工作了 7 个年头，后到校营房科。这 7 年是我人生的重要时期，鸭鸽营一草一木都刻骨铭心，战友情谊永记心中。

@李斌：老二团有这么多光荣历史，过去了解太少，今天读来热血澎湃！在那么艰苦的条件下培养出那多优秀的蓝天之鹰，是一代又一代热血军人的奉献，无论是飞行员、机务人员、后勤保障人员，老二团的精神代代相传！感谢作者为二团人提供了宝贵的精神财富，让后人将老二团铭记在心，让曾经在那儿留下足迹、洒下汗水的人们能常走近她……

@听风雨诉说：文章太珍贵啦！好好收藏，让我们的子孙了解我们曾经战斗过、现在仍魂牵梦萦的地方。谢谢作者！

@Junr：作为鸭鸽营土生土长的妹子，儿时和小朋友经常到机场玩，总觉得这个地方跟别处不大一样……好像我出生时它就已经在那几百年了！作者的文章满满熟悉的感觉，儿时记忆扑面而来。鸭鸽营机场是我们这代人抹不掉的记忆……

@欣颖：鸭鸽营，一个土得不能再土、小得近乎无人知晓，一个27年前令我魂牵梦萦、每年必去的小乡村，却让我一生中有着太多的第一次和难忘的记忆留在了那里。第一次是完成我的终身大事，我的婚礼；我的第一次探亲，都是从这里开始的，尽管简陋朴素，却终生难忘……鸭鸽营这个终生挥之不去、难以忘怀之地，承载着我们永远的崇敬和思念！

@张正明：你推开了二团的历史之窗／你打开了战友的记忆之门／前辈的创业辉煌／吾辈的前赴后继／写下了敬业奉献的篇章／留下照片一张张，文字一行行……

@刘树学：鸭鸽营，是我们青年时期曾经战斗和生活过的地方。感谢作者让我们大家回忆起过去的军营生活。鸭鸽营虽然已经成为历史，但老二团的精神我们不能忘记！

@羽军：鸭鸽营是一个地名，但于我那是一段记忆、一种情结。回想我成长过程中如果有一件事真正能称之为"理想"的，那就是我真的曾很想成为一名军人、一名飞行员，像父亲一样，驾驶战机翱翔天际。向父亲致敬，向军人前辈致敬！

@超：机场搬走前，我爷爷爸爸都在里面工作过，每每讲起都是一脸荣耀……还好、还好，在文章里看到了它昔日的辉煌，依旧在人们的记忆里，未曾被忘记！

@DOOSAN：看到文章，让我回忆起小时候跟随父亲去营房送副食的场景了，部队食堂白绿花纹的搪瓷碗、白白的大馒头、香喷喷的大米饭，还有各种各样的炒菜。每次去食堂，叔叔都会让我美美地吃上一顿，那时候我才五六岁啊！好怀念穿军装的叔叔们！

@沉默的大海：一个生下来就血肉相连的故乡，常让我追思逝去的美好时光。她像巧克力至今吸引我品味着甜美的童年快乐，她像苦咖啡总让人想起飞翔蓝天者的艰难承受。她为新中国培养了众多优秀飞行员、承载了历史的重任。她像一片秋叶，完成了为后人遮风挡雨的使命后默默飘落，零乱成泥香如故。尽管昔日风光不再，但老二团的精神永恒！作者为我们挖掘出不朽的篇章⋯⋯

@郝树春：我作为一名老兵，回想起当年岁月感慨万千，思念战友之情油然而生！诸多老领导、老战友的留言，充分代表了我此时的心情，也深感文章对一代军人心灵的震撼作用。特别是看到军营驻地一些年轻人的感言，表现出的对那座军营和军人的眷恋，更使人看到了满含正能量的文章所起到的社会效能，真是大快人心！

@朱玲：我在部队16年，从事了不短的文化宣传工作，自以为得意，但看了作者的文章，真没想到有那么翔实的珍贵史料，深感相比前辈们差得太远！速成班的历史是热血谱就的军史！文章饱含深情地讲述了地勤官兵的战斗生活，颂扬了他们的奉献精神和丰功伟绩，我曾在二团机务二中队任过几年指导员，对机务人员的敬业和辛劳深有体会⋯⋯我已把文章转发给十几个战友群。期待早日成书，更期望能为我收藏。

@王明利：一篇篇弘扬空军光荣传统和历史文化的新作！亦君不辞辛苦、踏破铁鞋，克服种种困难，讴歌了我们父辈的创业精神，读来亲切感人。我们的父辈会感谢你，六航校子弟们会感激你，让我们了解了更多的人民空军光辉历史和优秀传统文化精神！

@股市投资创业人：六航校的光辉历史是一笔宝贵的精神财富，是人民空军发展的伟大历史的缩影，值得记录学习研究！

@月仙李永红：家父李自强当机务处主任时，每个月都要下团检查工作，任劳任怨，很少休息，在家里很少见到他……爸爸走后，收拾他的东西，只有几套军装、一堆立功奖章和摆放整齐的毛主席像章。谢谢作者，又让我回到了难忘的六航校机场，仿佛看见那些勤劳的地勤人员。向他们致敬！

@虫贝：我在六航校训练处工作多年，知晓苏方曾停供器材、发动机，作战飞机锐减，国民党空军又经常窜犯，六航校的米格-15比斯全部调走，剩下的只有不多的老米格-15，预校学员因没有飞机大量积压在学校……在这种背景下，修理厂担负了老米格翻修，装上从捷克进口的PD45发动机重返蓝天。二团飞烂飞完雅克-11、雅克-18也是了不起的工程。都是六航校人的骄傲！

@伟金：六航校历史上有着如此多的闪光点，灿若星辰，熠熠生辉，让战友们感到自豪和骄傲！史料多如牛毛、浩如烟海，难得亦君秉持事实第一原则，将历史忠实重现。尽管我也在六航校工作学习多年，但对这些知之甚少，要不是亦君有心孜孜不倦地求索，这些光辉的碎片式的素材还在故纸堆中！作者为传递正能量做出极大努力，充分体现出政治责任感和奉献精神。作品是源于历史、忠于历史而又高于历史的精妙之作，更是难能可贵的精神补品。所有六航校战友们都真心感谢您。我诚意感谢您能孜孜不倦地笔耕和教诲，更热切期待心血之作成书。

@不老松：读完文章，我又回到20多年鸭鸽营的军旅生活。那时机务人员为保障飞机按时起飞，工作没有昼夜之分。飞机不检查完不吃饭，飞机不修好不睡觉。谢谢亦君为老二团不顾辛劳，查核史料。我看很多老照片和老同志的名字,倍感亲切。是前辈们打下基础、创造了辉煌……

@张丽平:亦君历尽千辛万苦,为我们提供了这么好的连载,记录六航校的卓越贡献。六航校官兵的精神让我们感动,他们创造了光荣的历史,为祖国为人民立下了不朽的功勋!作为六校的后辈,感到骄傲和自豪,让革命精神代代相传。感谢有你!

@马勇:为亦君点赞!让我们回到了提倡团结友爱、谦虚谨慎、艰苦奋斗、光明磊落、勤俭节约的年代。时间砥砺信仰,岁月见证初心。这部史话给后辈留下了宝贵的空军成长史、很高品位的文化史,是激励后人的精神财富!

@紫贝壳:这是我们场站政委,一位正直的有点执拗的军人,一位事后回忆让你敬佩的人,一位为数不多的年轻又帅气的政委。看罢,点点滴滴翻涌于心头。这一系列的回忆我都仔细收藏,反复阅读,就像是看到了我成长的每一步!谢谢您,给我们留下了这么好的回忆。

@岁月如歌:感谢作者为我们书写六航校的传奇和辉煌的发展历程!我们将永远记住六航校这个亲切的名字!并将把所有关于六航校的文章、照片永久保存!

@天水:中国空军英雄辈出,世界惊愕,谁人知晓出自六航校居多!如没有亦君辛勤劳动和一些老首长支持,六航校许多光辉史记会永久埋没在历史尘埃下。亦君花费大量的脑力与时间,为官兵了解艰苦岁月、光辉历史,提供了不可多得的史料和文化大餐,也使我们能更好地向英雄们学习致敬!

@王晓光:家父说:"如果你联系亦君,请向那些老战友、老朋友问候,谢谢大家还记得我这个老头。"我要说一句,口述历史在中国尤为珍贵,你做了一件功德无量的好事!

@郭巧林:作者以匹夫有责的精神主动担此重任。文章已不是普通的文字，而且是一段有人有事、有血有肉、有情有义的真实历史，令我缅怀、令我感动、令我钦佩、令我难忘、令我坚持！相信所有在六航校战斗工作过的人也会感同身受，都能珍藏这部曾熔炼磨砺过我们的老部队的史话。

@橄榄绿de风姿：感谢作者，为六航校书写了让我们不知道的历史，这些资料真的很宝贵，很难得一见。能在六航校当兵，这辈子值了！愿六航校精神继续发扬下去、永放光芒。

@ lvy：亦君叔叔出于对军队及六航校的深情热爱，经过艰苦努力，终于完成了这部书！它记录了六航校的精神和激情岁月，传承了人民军队的红色基因，是对后人的激励和引导。盼望早日出版！

后 记

我在序言里着重说了"为什么要做这件事",最后,再简要说明一下撰写中的一些问题。

关于撰写的时间范围。仅写六航校的创建时期(1949年至70年代);写老二团从1952年至撤销(距今已近30年)。这样做,是因为越久远的、缺失的越需要补充;越值得后人知晓的、铭记的越需要有人来写!而其后若干年的历史,还有待"时间老人"的检验和考问……相信今后年轻人的智慧比我多,会写得比我好。

关于对事件人物的评说。主要以原六航校(六飞院)党委机关编纂的校史为基础和主要依据。我只是力所能及地做了些考据、拓展、补充及校正的工作。读者提供的线索或素材,我都尽力查阅、印证和考据,符合史实并合适的尽量使用;无法证实或有歧义、矛盾、争议,拿不准的,一般不予采用;坚持写主流、写正面……这样做,也是尊重事实、尊重历史,对前人负责。

关于记述的对象的范围。考虑到史实和以往记史的缺憾,本书采取以写英雄模范和团以下基层官兵为主,力求以小见大,以平凡见崇高……史料极少的老四团、老五团、部分工作及官兵,经努力发掘和征集,资料素材仍十分有限。为确保真实性和高质量,无法做到也不可能照顾方方面面,只能综合分析把握、用足用好已有的史料,并适当客观说明情况。

本书是用随笔、散文的笔法写成的历史故事。故不能看成"史记",更不是工作总结。本书覆盖了六航校创建时期的各个方面,涉及面比六航校校史要广。尽管已竭尽心力,但由于思想水平和能力的不足,难免出现落笔粗疏、挂一漏万,或因史料的缺陷所致的问题……追求完美却无法杜绝缺憾,辩证法即如此。相信读者能够理解,也敬请空军前辈、相关专家学者指正,以待再版时修正。

与写其他内容不同,本书受各方帮助和支持最多,尤其是很多空军前辈及后代、老领导和老战友……可以说,没有他们就无法成就此书。在此特别鸣谢并致敬(排名不分先后)——

曾在六航校工作和学习的前辈:徐建中、杨萍、游潜智、马占民、丁锦章、鲁开阳、李次膺、常天民、周智弘、刘鹏、姚卫国、孙士金、王秀淑、吕士青、卢艳芬、康振兰、孙淑兰、姜澄昭、高翔、赵一新、张小民、齐中玉、张廷禄、杨凤林、许世茹、许希凤、陈淑芳、赵晶、高仲贤、沈根融等。

原六航校(六飞院)的领导、老同志、老战友:刘汉波、苏国民、钱守忠、杨永芳、唐柏荣、张溢传、赵金才、麦伟金、牛百旺、魏德明、孙文超、朱玲、仲新、赵家俊、柯发棣、崔宝余、陈为全、李玉霞、田义顺、陈廷海、王金、陈长春、王冬红、杨安民、杨文明、杨学明、赵国权、陆思华、李斌、刘晶晶、张植、张富、郭巧林、刘树学、翁以礼、彭铭钟、徐伯懋、诸明标、汪中湘、马满喜、文昌、郑明明、张明华、曾宪春、吴德富、刘占红、张学军、李世庆、潘引军、周忠维、焦柏顺、张龙宝、茅善滢、史城昌、马先刚、李敬荣等。

原军委空军、军区空军及六航校老首长的后代,以及一些空海军部队的干部子女:刘煜鸿、马玲、安元新、张世勇、张世红、杨晓玮、庞延安、李菲、赵红燕、丁英、李萍、刘海岩、吴小辉、鲁晓榕、陈国平、姚军、杨凡、王晓光、高杰、张静、李端明、李小平、高慧青、常江、王明利、虞利亚、霍晓荣、常吉迪、贾丽君、王晓勇、王晓剑、张丽平、马勇、贾彦东、闫春燕等。

空军、中部战区空军机关部队的战友和地方的朋友：郭晓晔、董静、苑智会、吴会文、白先林、张雷、周京涛、鲍岚、乔松柏、汪秀莲、崔巍、黄春一、刘川、邢国庆、黄金鹏、赵重武、贾科峰、陆荣华、马涛等。

对本书采写、出版和发行，给予友情赞助支持的前辈、领导、战友和朋友：李玉霞刘汉波夫妇、鲁开阳、许世茹、常天民、苏国民、潘引军、王干生、邓军、张溢传、马虹刘树学夫妇、李晓林石文秀夫妇、朱玲、郭巧林、赵金才、柯发棣、王向阳、刘占红、吴小辉、马勇、杨文明、孙文超、麦伟金、唐柏荣、张国民、王寿杰、陈汉元、阮章平、李勤喜、于常军、王冬红、李斌、宋孟仁、杨学明、姚军、周忠维、刘海岩、马先刚、王宣娥王富安夫妇、周详、徐建龙、周惠军、张正明、仲新、王静萍、胡其龙等（所有收入将全部用于向创业前辈赠书、传播红色基因）。

致谢人民日报出版社领导的支持，使本书能在共和国、人民空军及六航校七十华诞之际如期面世。

致谢所有给予本书支持和帮助的人！如有遗漏和不周，诚恳致歉并敬请谅解！

亦　君

2019 年 7 月定稿于北京

主要参考文献

[1] 杨万清、齐春元. 刘亚楼将军传. 北京：中共党史出版社，1995

[2] 刘亚楼军事文集. 北京：蓝天出版社，2010

[3] 王海. 我的战斗生涯. 北京：中央文献出版社，2000

[4] 中国人民解放军历史资料丛书编审委员会. 空军回忆史料. 北京：解放军出版社，1992

[5] 中国人民解放军历史资料丛书空军编审委员会. 空军综述. 北京：蓝天出版社，2015

[6] 中国人民解放军历史资料丛书空军编审委员会. 空军大事记. 北京：蓝天出版社，2015

[7] 中国人民解放军历史资料丛书空军编审委员会. 空军图片. 北京：蓝天出版社，2015

[8] 空军装备部. 空天铸剑——人民空军腾飞和发展实录. 北京：蓝天出版社，2011

[9] 空军司令部. 中国人民解放军空军飞行员名录. 北京：蓝天出版社，1995

[10] 空军政治部. 蓝天之路（上下）. 北京：中国科学院出版社，1992

[11] 空军报社. 自豪的蓝天之路. 北京：解放军出版社，2000

[12] 空军政治部. 中国空军画册. 1999

[13] 孙维韬主编. 刘亚楼将军传奇（上下卷）. 北京：中国文化出版社，2010

[14] 中部空军政治工作部. 北京军区空军史（上下册）. 北京：中部战区空军政治工作部，2016

[15] 中部空军政治工作部. 北京军区空军画册. 北京：中部战区空军政治工作部，2016

[16] 空军政治部. 追梦启航. 北京：蓝天出版社，2015

[17] 空军政治部. 空军英模名录（上下册）. 北京：蓝天出版社，1989

[18] 第六飞行学院. 雄鹰从这里起飞. 河北涿州，1999

[19] 第六飞行学院政治部. 首都航校六十年. 河北涿州，2009

[20] 牛百旺等. 第六飞行学院. 光辉的历程. 河北涿州，1998

[21] 第六航空学校政治部. 向英雄模范学习. 河北涿县，1954、1978

[22] 郝玉良等. 第六飞行学院教学发展史. 北京：蓝天出版社，2011

[23] 向本涌. 安志敏将军传. 广州：中国文艺出版社，2016

[24] 郭晓晔. 英雄万岁. 北京：解放军文艺出版社，2006

[25] 当代中国空军编辑委员会. 当代中国空军. 北京：中国社会科学出版社，1989

[26] 吕黎平回忆录. 北京：中国农业科学技术出版社，2002

[27] 肖振邦，牛锐利. 鹰击长空——人民空军空战纪事. 北京：蓝天出版社，2016

[28] 庄品华，蔡振兴. 飞将军李文模传奇. 香港：华夏文化出版社，2010

[29] 夏伯勋，方槐. 红色雏鹰，2008

[30] 徐建中. 两栖生涯. 北京：人民日报出版社，1996

[31] 李次膺. 岁月如歌. 北京：时代文化出版社，2011

[32] 米允林. 长空情. 上海：同济大学出版社，2013

[33] 悠悠蓝天情编委会. 悠悠蓝天情（上下卷）. 北京：蓝天出版社，2011

[34] 清秋子. 寻找牟敦康. 北京：中国环境科学出版社，2011

[35] 张校瑛编著. 中国人民志愿军空军故事. 南京：南京出版社，2014

[36] 人民网、中国军网、中国空军网、《空军报》等资料